SHORT STORY CYCLE

小城畸人

SHERWOOD ANDERSON

WINESBURG, OHIO

舍伍德・安德森 著

夏荷立 譯

方舟文化

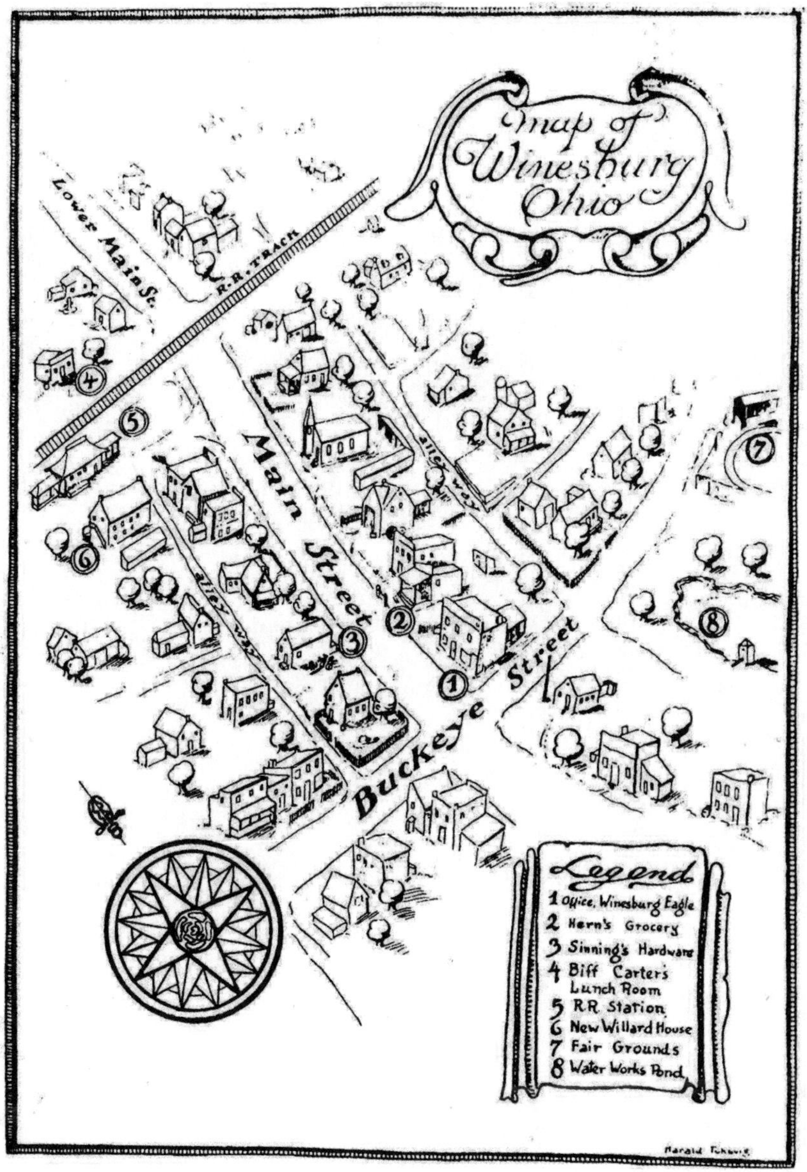

圖出初版《小城畸人》（Sherwood Anderson,1919.*Winesburg, Ohio* (1st edition), New York: B.W. Huebsch, 1919.），由 Harold Toksvig 繪製。

CONTENTS

畸零人之書

THE BOOK OF THE GROTESQUE

這位作家是個留著一把白鬍子的老人，上床睡覺有點不方便。他住的屋子窗戶開得頗高，但他卻想要在早上醒來的時候看看窗外的樹。於是木匠來改造那張床，好讓床與窗戶齊高。

這件事引起好一番忙亂。木匠在美國內戰期間當過兵。他進到作家的房間，坐下來討論辦法，說是要搭建個平臺，好把床給架高。作家身邊散放著雪茄，木匠也就抽起菸來。

兩個人就抬高床鋪的問題講了一會兒，然後又聊到了別的事情上頭。當過兵的那個聊起戰爭話題——其實，是作家把他引到這個話題上的。木匠進過安德森維爾的戰俘營，失去一個弟兄。*那個弟兄是活活餓死的，只要一提起這個話題，木匠就會哭。他和老作家一樣留著一把白鬍子，哭的時候會噘起嘴唇，鬍子一上一下地抖動。嘴裡叼著雪茄的老人哭起來很可笑。後來作家把他打算將床加高的安排給忘了，於是木匠就按照自己的方法了事，搞得年過六旬的作家，想在夜裡上床睡覺不得不用張椅子扶自己一把。

作家在床上翻身側臥，靜靜地躺著。多年來，他一直為自己的心臟問題所困擾。他的菸癮很大，心律不穩。總有一天他會不期然地死去——一旦有了這個想法，只要他一躺上床，總會想到這個。這麼想並沒有讓他心慌。事實上，它的影響頗為特別，不容易解釋。這個想法讓躺在床上的他，比任何時候都更具生氣。他一動也不動地躺著，他的肉體已經衰老，沒什麼用了，但是體內有個東西卻充滿了朝氣。他就像一個孕婦，只不過他體內的東西不是一個嬰兒，而是一個年輕人。不對，不是一個青年，而是一個女人，年輕的女人，像個騎士一樣身披鎖子鎧甲。你瞧，老作家躺在高高的床上聽著自己的心悸，要想知道這時候的他體內究竟有什麼東西，實在很荒謬。我們需要搞清楚的是這個作家在想什麼，或者說作家體內那個年輕人在想什麼。

這個老作家就像世界上所有的人一樣，在他漫長的一生當中，腦子裡有過很多的想法。從前他也長得很俊俏，有許多女人曾經愛上他。後來，當然啦，他認識了人，許多的人，他認識他們的方式特別地親密，不同於你我認識人的方式。至少作家是這麼想的，這個想法讓他感到開心。何必和一個老人家的想法相爭呢？

作家躺在床上作了一個夢，如幻似真的夢。他漸漸浮上睡意，不過尚有意識，在他的眼前開始出現人影。他猜想是自己體內那個無法形容的年輕東西趕著一長串人來到了他的眼前。

你看，這一切的有趣之處正在於這些從作家眼前走過的人影。他們都是奇形怪狀

* 編註：美國內戰（一八六一～一八六五）期間，南方邦聯軍隊的戰俘營，約有一萬三千名北方聯邦士兵死於飢餓、疾病或虐待。

的人。作家認識的每一個男男女女都成了奇形怪狀的人。

這些奇形怪狀的人不見得都很嚇人。有的很有趣，有的幾乎可以算得上漂亮。其中有一個，整個身體都變形的女人，她的怪奇之處傷到了老人。她經過的時候，老人發出一種聲音，就像小狗在嗚咽。如果你進到房間裡，可能會以為老人家作了噩夢，或是消化不良。

在那一個小時裡，這支奇形怪狀的人組成的隊伍走過老人的眼前，然後，痛苦歸痛苦，他還是爬下床來，開始寫作。有幾個奇形怪狀的人在他心頭留下了深刻的印象，他想把這些印象講出來。

作家伏在案前寫了一個小時之久。最後他寫成一本書，取名為《畸零人之書》。*這本書從未出版過，但是我曾經看過一次，它在我腦海中留下了無法抹滅的印象。這本書有一個中心思想非常奇怪，一直留在我的腦海中揮之不去。因為這個思想，我才能夠理解以前始終無法理解的許多人與事。這個中心思想的內容晦澀難懂，但如果用簡單幾句話說，應該是這樣的——

一開頭，人間初始，存在許多思想，卻沒有所謂的真理。人類自己創造出真理，每一個真理都是由許許多多模模糊糊的想法綜合而成的。世界上到處都是真理，真理都很美。

老人在他的書中舉出好幾百條真理，我就不一條一條告訴你了。這裡面有關於貞潔的真理和激情的真理、有財富的真理和貧窮的真理、有節儉的真理和揮霍的真理、有疏忽的真理和任性的真理。成千上百條不計其數的真理，統統都很美。

然後，這些人出現了。每個人一出現就搶走一個真理——有些人長得很壯，一搶就是一大把。

是真理讓這些人變成奇形怪狀的人。老人對這件事自有一套繁複的理論。他認為，一旦有人將其中一個真理據為己有，聲稱那是他的真理，想盡辦法要依靠真理而

＊編註：此為舍伍德・安德森杜撰之作家與作品，並未實際存在。

活，他就成了一個奇形怪狀的人，而他所接納的真理，也就成了謬論。

你可以親眼見見，這位一輩子勤於寫作、一肚子學問的老人，如何就此事寫出幾百頁的文字來。這個問題壓在他的心頭變得如此之大，搞得他自己都要變成一個奇形怪狀人了。我想，他沒有將這本書拿去出版也是出於這個原因。是他內心那個年輕的東西拯救了這個老人。

至於為作家改造床的那個老木匠，我之所以提到他，只因為他就像許多所謂的普通人一樣，成了作家筆下所有奇形怪狀的人之中最接近能讓人理解，也是最可愛的那個人物。

手

HANDS

在俄亥俄州的懷恩石堡鎮，靠近一道溝壑的旁邊矗立著一棟小小的木造房子，小屋的門廊已經半朽，門廊上有個胖胖的小老頭緊張地走來走去。屋前是一片長長的田地，儘管地裡撒下的是三葉草的種籽，卻只長出密密麻麻的黃芥菜雜草來。穿過那片田，他可以見到公路，沿著那條公路駛來一輛馬車，車上載滿了去田裡採漿果回來的工人。這批採漿果的人裡面有青年也有少女，他們嘻嘻哈哈地大聲笑鬧。一個身穿藍色襯衫的男孩從馬車上跳下來，想要扯下他身後的一名少女，少女驚叫，尖聲抗議。男孩的腳踢起路上的塵土，塵土拂過西沉的太陽。一陣少女細細的嗓音穿過那片長長的田野。「喂，我說你呢，威翼．畢鐸鮑姆，梳梳頭吧！你的頭髮都要掉到眼睛裡去了。」一個聲音對那個禿頭的男子吩咐道，他一雙小手正緊張兮兮地撥弄著光可照人的額頭，好似在整理一綹打結的頭髮。

威翼．畢鐸鮑姆一天到晚戰戰兢兢的，飽受一股若有似無的疑慮所困擾。他在這個小鎮已住上了二十年之久，始終不認為自己是小鎮的一分子。放眼整個懷恩石堡的鎮民，就只有一個人曾經和他走得近。他與喬治．韋勒德建立了一種近似友誼的關係，喬治是「新韋勒德之家」業主湯姆．韋勒德的兒子。喬治．韋勒德是《懷恩石堡鷹報》的記者，有時候他會在傍晚出門，沿著公路散步，走到威翼．畢鐸鮑姆家去。

眼下，老人在門廊上走來走去的時候，他的雙手正緊張地擺來擺去，心中盼望著喬治．韋勒德能過來與他一起消磨這個夜晚。在馬車載著採漿果工人駛去以後，他從高高的芥菜雜草叢穿過田野，攀上鐵路柵欄，焦急地眺望著往鎮上去的那條路。他就這樣站了一會兒，搓著手，來來回回地張望，然後，恐懼戰勝了他，他跑回去，又在自家的門廊上走了起來。

這二十年來，威翼．畢鐸鮑姆在鎮上人眼中一直是個謎，唯有在喬治．韋勒德面前，他才不再那麼膽怯，個性陰暗的他，會從沉浸的一片懷疑之中浮上來，審視這個世界。有那個年輕的記者在一旁陪伴，他才能鼓起勇氣在光天化日之下走上緬因大街，或是在自家搖搖欲墜的前廊上大步地走來走去，激動地講話。原本低沉還會發抖的聲音變得尖銳又響亮，彎腰駝背的身子挺直起來。沉默寡言的畢鐸鮑姆，身子一扭，像一條被漁夫放回溪裡的魚似的，開始說話，努力用語言把沉默多年所累積起來的想法表達出來。

威翼．畢鐸鮑姆有很多話都訴諸於他的雙手。修長而富表情的十指，始終活躍，本來一直努力藏在他的口袋裡或背後的手，現在伸了出來，變成他這臺表達機器的活塞桿。

威翼．畢鐸鮑姆的故事就是一雙手的故事。它們不安地躁動著，就像被囚禁的鳥兒在搧動翅膀一樣，這就是他得了這個名字的由來。鎮上一個沒沒無聞的詩人想出來的。這雙手驚動了它的主人。他想要把它們藏起來，當他驚訝地看著那些和他一起在田間做活的人，或是趕著睏倦拉車牲口走在鄉村道路上的人——他們的手安靜而沒有表情。

威翼．畢鐸鮑姆與喬治．韋勒德交談時，會握緊拳頭，捶在桌子上或他家的牆壁上。這個動作讓他覺得更舒爽。兩人在田裡散步時，如果他想說話，就會找塊樹樁或是圍籬的頂板，兩隻手忙著捶打，如此說起話來會讓他重新找回自在。

威翼．畢鐸鮑姆那雙手的故事本身就值得寫一本書。如果能用充滿同情的手法去寫，就能觸及無名小人物身上許多奇特而美好的品行。這是屬於詩人的工作。在懷恩石堡這個地方，這雙手光是憑著它們的動作就引來了注意。威翼．畢鐸鮑姆靠這雙手，一天就能採下多達一百四十夸脫的草莓。這雙手成了他身上顯著的特徵，是促成他出名的來源。同時，也讓他本來就已經顯得怪誕且難以捉摸的個性變得更怪。懷恩石堡的人為威翼．畢鐸鮑姆的這雙手感到驕傲，就像他們同樣為銀行家懷特新蓋的石屋感到自豪，也為衛斯理．莫耶家那匹棗紅色種馬湯尼．蹄波感到自豪一樣。那匹馬在克里夫蘭秋季賽馬會上的兩分十五秒快步項目中贏得比賽。

至於喬治・韋勒德，有好幾次他都想要問問有關那雙手的情況。有時候，他幾乎要壓制不住自己內心那股旺盛的好奇心。他覺得，那雙手所表現出的奇怪動作和想要隱藏起來的欲望一定是有其原因的，只不過他越來越敬重威翼・畢鐸鮑姆，因此沒有脫口問出一直縈繞在他心頭的疑問。

有一次，他差點就要問出口了。一個夏日的午後，他們兩人在田野上散步，中途停下腳步坐在了長滿青草的田埂上。整個下午，威翼・畢鐸鮑姆彷彿一個受到啟發的人，一直在講話。他在一排籬柵邊停了下來，像一隻巨大的啄木鳥般捶打著籬笆上的頂板，對著喬治・韋勒德大喊大叫，譴責他太過容易受周遭人的影響。「你這是在自毀！」他喊道：「你偏愛獨處，又愛作夢，但是你又害怕夢想！你想要和鎮上其他的人一樣！你聽他們講話，再設法模仿他們。」

就在長滿青草的田埂上，威翼・畢鐸鮑姆再次強調這一點。他的聲音放軟，語調令人回味，隨之發出一聲滿足的嘆息，開始滔滔不絕地長篇大論，彷彿一個沉浸於夢中的人在講話。

威翼．畢鐸鮑姆在這場夢境中為喬治．韋勒德勾勒出一幅畫面——這幅畫中的人，重新生活在田園牧歌般的黃金歲月中。穿過一望無際的綠野，走來了四肢勻稱、手腳輕巧的年輕人，有的人步行，有的人騎馬。這些年輕人成群結隊過來，圍在一個老人的腳邊，這位老者就坐在一個小園裡的一棵樹下與他們交談。

威翼．畢鐸鮑姆深深受到了啟發。一度忘記那雙手。慢慢地，它們悄悄地上前，搭在喬治．韋勒德的肩膀上。一種新鮮而大膽的東西滲入那個說話的聲音裡。「你必須試著忘掉你所學到的一切，」老人說：「你必須開始夢想。從這時候開始，你必須閉上耳朵，不去理會那些喧囂的聲音。」

威翼．畢鐸鮑姆講著講著停了下來，認真地看著喬治．韋勒德，看了半天。他的雙眼放光。他再舉起手來摸摸那少年，然後臉上掠過一絲驚恐。

威翼．畢鐸鮑姆的身體一陣痙攣，猛然站起來，雙手深深插入褲兜裡。他的眼中泛起淚光。「我得回家去了。不能再跟你多談了。」他緊張地說。

老人頭也不回，匆匆下了山坡，穿過一片草地，丟下喬治．韋勒德在草坡上，又驚又怕。少年嚇得一陣哆嗦，站起身來，沿著路朝鎮上走去。「我不問他有關那雙手的事了。」他回想起在那個男人眼中所看到的驚恐，有所感觸，心道：「有些什麼不對勁，不過我並不想知道是什麼。他那雙手與對我的恐懼，和他對每個人的恐懼脫不了關係。」

喬治．韋勒德猜對了。讓我們來簡單了解一下那雙手的故事。說不定我們這麼一談就會喚起詩人，他們就會講起隱藏在這則神奇故事中的影響力，而那雙手不過是希望所揚起的旗幟。

威翼．畢鐸鮑姆年輕的時候在賓夕法尼亞州的一個小鎮上當過老師。那個時候他並不叫威翼．畢鐸鮑姆，而是叫阿道夫．麥爾斯，這個名字聽起來不是那麼地文雅好聽。叫阿道夫．麥爾斯的他，深受學校男童的愛戴。

阿道夫．麥爾斯天生就適合當青年的導師。他是很罕見、少有人懂的那種人，他以溫和的力量管教孩子，因而被視為一種討人喜歡的弱點。這種人對自己管教的孩子充滿感情，那與女人對男人那種美好的愛慕沒什麼不同。

不過，這個說法略嫌粗糙。還需要詩人潤飾。阿道夫．麥爾斯和學生們待在一起。傍晚去散步，或是坐在校舍臺階上聊天，聊到暮色降臨，陷入一種幻境之中。他的手伸過來伸過去，這邊摸摸孩子的肩膀，那邊揉揉他們亂蓬蓬的腦袋。他講話的時候，嗓音變得輕柔，如音樂般動聽。聲調之中也有一股憐愛之意。那副嗓音和那雙手、撫肩膀又摸摸頭髮，多多少少可以說是這位教師努力在將夢想注入幼小的心靈中。他透過手指的愛撫表達自我。在這樣的人身上，創造生命的力量是分散出去的，而不是集中起來的，他就是這樣的人。在他那雙手的愛撫下，孩子們心中的懷疑與不信散去，他們也開始有了夢想。

接著就是那場悲劇了。學校裡有個智力不足的孩子迷戀上這位年輕的教師。夜裡躺在床上，他想像著不可告人的事，到了早上，他又將自己的夢境當作事實講了出去。他嘴皮一鬆，口裡吐出了奇怪而醜惡的指控。這個賓夕法尼亞的小鎮整個為之一抖。本來隱藏在人們心中，模模糊糊、因阿道夫．麥爾斯而生的疑慮被激發出來，變成信以為真。

這場悲劇並未持續很久。一個個小子從床上被挖起來接受盤問，渾身發抖。「他伸出胳膊來摟住我……。」其中一個這樣說。「他的手指總是在撥弄我的頭髮。」另一個那樣說。

一天下午，在鎮上開酒館的亨利．布雷德福來到校門口。他把阿道夫．麥爾斯叫到學校的操場上，掄起拳頭就開始揍他。他堅硬的指節打在這個男老師驚恐的臉上，身上的怒氣變得越發凶狠。孩子們驚慌失措地尖叫，像受驚的昆蟲一樣跑來跑去。「你這個禽獸，你怎麼敢對我的孩子伸出你的爪子，我要教訓你！」酒吧老闆吼道。他打累了，開始用腳踢這位男老師，踢得他滿操場跑。

阿道夫．麥爾斯當天夜裡就被趕出賓夕法尼亞州的那個小鎮。十幾、二十個男人提著燈來到他獨居的房舍門口，命令他穿好衣服出來。當時正在下雨，其中一個人手裡拿著一根繩子。他們原打算吊死這位男老師，但是在他身上有某種東西——那麼瘦小，那麼蒼白，那麼可憐——觸動了他們的心，於是他們就放了他一馬。不過當他的身影遁入黑暗，他們又後悔自己心腸太軟，追了上去，罵罵咧咧，朝那個身影丟出一根根棍子和一大球一大球的泥團。那身影尖叫著，越跑越快，沒入黑暗中。

二十年來，阿道夫・麥爾斯孤身一個人住在懷恩石堡。他才四十歲，看上去卻有六十五歲。在他匆匆穿過俄亥俄州東部的一個小鎮時，在貨運站上看到一箱貨物，就拿箱上的字為自己取了畢鐸鮑姆這個姓氏。他有個姑媽住在懷恩石堡，這個一口黑牙的老太太是養雞的，後來他便一直和她住在一起，住到她過世。經歷過賓夕法尼亞州那件事之後，他病了一年之久，病癒後去到田裡打零工，他怯生生地四處走動，盡力隱藏住自己那雙手。他不明白到底發生了什麼事，卻又覺得問題肯定出在那雙手。那些孩子們的父親一再提到那雙手。「管好你那雙手別亂伸！」那個酒館老闆氣得上竄下跳地在學校操場上如此怒吼。

威翼・畢鐸鮑姆在那條溝壑邊的自家房子門廊上繼續走來走去，直到太陽消失不見，田野那頭的道路隱沒在灰色的陰影中。他走進自己的屋裡，切了幾片麵包，抹上蜂蜜。夜間的火車拖著特快車廂，滿載當天收穫的漿果，隆隆地駛走。夏夜重新恢復寂靜時，他又回到門廊上走動。黑暗中他看不見那雙手，它們也安靜了下來。儘管他仍然渴望那個少年的出現，那個少年是他表達對人類之愛的媒介，但是這股渴望再度成為他孤獨和等待的一部分。威翼．畢鐸鮑姆點起一盞燈，把簡單的一餐所弄髒的碗盤給洗了，然後在通往門廊那扇紗門旁邊支起一張折疊床，準備脫衣就寢。幾粒白色的麵包屑散落在桌子旁那洗得乾乾淨淨的地板上。他把燈移到一張矮凳上，開始撿拾麵包屑，以不可思議的速度將它們一一送進嘴裡。在桌子下方濃密的光影中，那個跪著的身影看起來像是正在教堂做禮拜的牧師。緊張卻極富表情的手指在燈光下忽隱忽現，很可能會被誤認為是虔誠信徒的手指，十顆接著十顆飛快地捻數著念珠。

紙團

PAPER PILLS

他是個老頭，有一把白鬍子，一只大鼻子，一雙大手。早在我們認識他之前，他就是個醫生了，總趕著一匹疲憊不堪的白馬，挨家挨戶地跑遍懷恩石堡的大街小巷。後來他娶了一個有錢的女孩。女孩的父親去世時，留給她一大片土地肥沃的農場。那個女孩文文靜靜的，身材高䠷、皮膚黝黑，在很多人眼中她算是長得很漂亮。懷恩石堡的人都想知道她怎麼會嫁給這個醫生。婚後不到一年她就死了。

醫生的手指關節特別大。雙手一握，那雙手看起來就像一粒粒沒上過漆的木球，一顆顆有核桃那麼大，用鋼棍固定在一起。他抽的是玉米棒鑿的菸斗，妻子過世後，他整天在空蕩蕩的診所裡，靠近一扇窗坐著，窗戶上爬滿了蜘蛛網。他從來不開那扇窗。有一年八月裡的一個大熱天，他試過要開窗卻發現窗戶卡得很緊，從此以後他就把這個念頭忘得一乾二淨。

懷恩石堡已經忘了有這個老人，但是在瑞菲醫生的心裡面卻埋著一些很小的種子。他孤零零一個人住在位於海夫納大樓「巴黎絲布品商行」樓上那間充滿霉味的辦公室裡，不眠不休地工作，打造一些他自己親手毀掉的東西。他打造一座座真理的小金字塔，造好之後又推倒，這樣他就擁有真理可以用來再打造別的金字塔。

瑞菲醫生是個身材高大的男子，一套衣服穿了十年。衣袖早已磨損，雙膝和兩肘處都出現小破洞。在診所裡，他還會圍上一件亞麻布做的防塵外衣，這件外衣上縫有大口袋，他不斷地往口袋裡塞紙片。幾週下來，這些紙片變成硬硬的小紙團，口袋塞滿之後再倒到地板上。十年來他只有一個朋友，也是一個老頭，名叫約翰·西班尼亞德，這人有一座苗圃。有時候，瑞菲老醫生出於好玩的心態，會從口袋裡掏出一把紙團，往苗圃主人身上扔。他笑得渾身發抖，喊道：「就是要鬧你，你這個滿嘴胡言亂語、感情用事的老傢伙。」

瑞菲醫生向那個皮膚黝黑、身材高䠷的女孩求愛，她成了他的妻子，還將她的錢留給了他，這是一個非常稀奇的故事。故事可口誘人，就像長在懷恩石堡果園裡那一顆顆歪歪扭扭的小蘋果。秋天走在果園裡，腳下的土地凍得發硬，覆滿了霜。樹上的蘋果已經讓採收的工人摘走了。蘋果裝桶後運到城裡，城裡的人坐在塞滿書本、雜誌、家具和人的公寓裡把蘋果吃掉。樹上只剩下幾顆工人拒絕採收的拐瓜劣棗，它們看起來就像瑞菲醫生的指關節。一口咬下去，酸甜可口。全部的甜味都聚集在蘋果側面一個小圓洞裡面。人在結霜的地面上跑，從這棵樹找到那棵樹，摘下那些粗粗硬硬、歪歪扭扭的蘋果，塞滿自己的口袋。只有少數人才識得這種長得歪歪扭扭的蘋果味道有多甜。

女孩和瑞菲醫生在一個夏日的午後展開他們的求偶過程。那年他四十五歲了，開始養成把紙片塞到口袋裡的習慣，然後等這些紙片變成硬團後再扔掉。他是坐在馬車裡，趕著疲憊的白馬，沿著鄉間小路緩緩前行時養成了這個習慣的。那些紙上寫著想法，想法的結尾，想法的開端。

瑞菲醫生心中生出一個又一個想法。從這許多想法中得出一個真理，這些真理如龐然大物般浮在他的腦海裡。真理遮蔽了整個世界。它變得很可怕，接著漸漸消失，然後那些小小的念頭又再次生起。

那個身材高大、皮膚黝黑的女孩來看瑞菲醫生，是因為她有了身孕，被嚇到了。她之所以會搞成這個樣子，是一連串不尋常的情況造成的。

父親母親的去世，加上一大筆肥沃的土地落入她手中，讓一大群追求者對她窮追不捨。兩年下來，她幾乎每天晚上都要見到追求者。除了兩個例外，他們都是一個樣。他們對她訴說熱情，當他們盯著她看時，聲音裡和眼神裡滿滿都是緊張急切的渴望。不同於其他人的那兩個，彼此之間也很不一樣。其中一個是懷恩石堡一個珠寶商的兒子，身材修長，雙手潔白如玉，不斷談論著貞操。他和她在一起的時候，總是離不開這個話題。另一個是一頭黑髮的男孩，長了一對大耳朵，什麼話也不說，總是設法將她帶到暗處，然後就開始親起她來。

這個身材高大、皮膚黝黑的女孩一度以為自己會嫁給那個珠寶商的兒子。他對她說話，她就靜靜地聽著，一坐就是好幾個小時，然後她害怕了起來。她開始覺得，他在談論貞操的背後，慾望比別人都更強。有時候她覺得，他在講話的時候手上就抱著她的身體。她想像他那雙白皙的手慢慢翻轉著她的身體，盯著它看。夜裡她夢見他咬住她的身體，他的下巴上滴滴答答。這個夢她做過三次，然後她就懷孕了，對象是什麼話也不說的那個，但是在激情的那一刻，他確實咬上了她的肩膀，好幾天下來都還看得到他的牙印。

這個高大黝黑的女孩自從認識瑞菲醫生後，就感覺自己似乎再也不想離開他了。有一天早上她走進他的診所，用不著開口，他似乎就知道她身上發生了什麼事。

在這個醫生的診間裡有一個女人，她是懷恩石堡書店的老闆娘。瑞菲醫生就像所有老派的鄉下醫生一樣，他也幫人拔牙，那個候診的婦人用手帕摀著牙根處，發出呻吟。她的丈夫陪著她，牙齒拔出來那一刻，他們兩人同時出聲尖叫，鮮血流到女人白色的衣裙上。身材高大、膚色黝黑的女孩絲毫不理會。這一男一女走後，醫生笑了。

他說：「我載你去鄉下。」

一連好幾個星期，這個身材高大、皮膚黝黑的女孩幾乎天天都和醫生在一起。當初把她帶到他身邊去的狀況在她生過一場病後就過去了，然而她卻像發現歪歪扭扭的蘋果會甜的那些人一樣，再也無心去吃住城市公寓裡的人吃的既圓又完美的水果上。她與瑞菲醫生開始相識之後的那個秋天，她嫁給了瑞菲醫生，第二年春天，她就死了。那個冬天，他把自己寫在紙片上那些零零碎碎的想法唸給她聽。唸完後他笑了，把它們塞進自己的口袋裡，變成一團團硬硬的紙球。

母親

MOTHER

伊麗莎白・韋勒德是喬治・韋勒德的母親，她身材高大、面容憔悴，滿臉都是長水痘留下的疤。她不過四十五歲，卻被不明的疾病搞得身上失去了對生命的熱情。她無精打采地在老舊而雜亂無序的旅館裡走來走去，看著褪色的壁紙和破舊的地毯。她能夠四處走動的時候，就做做服務生的工作，整理一張張被身材肥胖的男人在外遊走時睡髒的床。她的丈夫湯姆・韋勒德是個身材頎長、姿態優雅的男子，肩膀方闊，步伐快如行軍，蓄著黑色的小鬍子，經過梳理後末端尖尖翹起。湯姆・韋勒德竭力把妻子拋到腦後。那個高大如幽靈般的身影，緩緩穿過廊道——他認為有傷自己的體面。

一想到她，他就會怒火中燒，惡言惡語。這家旅館並未盈餘，始終處於瀕臨破產的邊緣，他希望自己能夠擺脫它。他把這棟老房子和與他同住在裡面的女人都視為破敗不堪且即將淘汰的東西。他曾經滿懷希望要在此開始新生的這家旅館，如今已經沒了旅館該有的樣子，只能勉強說是一家旅館。當他收拾得神清氣爽，一本正經地走過懷恩石堡的街道時，有時候會突然停下腳步，迅速轉過身去，彷彿擔心那座旅館和女人的幽靈會跟著他上街。他漫無目的、氣急敗壞地說：「這該死的生活，真該死！」

湯姆・韋勒德熱衷於鄉村政治，多年來在一個共和黨勢力強大的地方上，一直是民主黨的帶頭人物。他告訴自己：總有一天，政治形勢會轉變成對我有利，多年來白費力氣為黨做的服務將會獲得豐厚的回報。他夢想進入國會，甚至當上州長。有一次，一名年輕黨員在一場政治集會上站起來，吹噓起自己如何為黨效忠，湯姆・韋勒德氣得臉色發白。「你，給我閉嘴！」他瞪著眼睛四下一看，咆哮道：「你懂什麼是服務？不過是個少年郎。看看我在這裡都做了什麼！我在懷恩石堡的人把加入民主黨當作罪過的時候，就是一個民主黨員了。過去那個時候他們簡直是舉著槍追殺我們！」

伊麗莎白和她的獨生子喬治之間存在一種由深厚而無法言喻的理解所形成的羈絆，這份羈絆源於她少女時代的夢想，那個夢想早已破滅。在兒子面前，她顯得膽怯拘謹，不過有時候她會趁著他在鎮上跑來跑去忙著記者的份內事時，走進他的房間，關上門，跪到一張小書桌旁——那張小桌子是拿餐桌改造的，就放在靠窗的地方。她會在這個房間的桌子邊，完成一整套儀式，這套儀式半是祈禱，半是要求，對天發話。她渴望看到曾經屬於自己一部分，卻已經被自己忘得差不多的東西，能在這個稚氣未脫的孩子身上再現。祈禱的內容與此有關。她哭喊道：「就算是我死了，我也會想辦法讓你立於不敗之地。」看得出她的決心是如此堅定，整個身軀都在顫抖。她的雙眼發光，握緊兩隻拳頭。「要是我死了，看到他變成我這副生無可戀、死不足惜的模樣，我會從棺材裡爬起來的。」她聲明：「我現在懇求上天賜給我這個特權。我要求這份特權。我願意為此付出代價。上天可以親自出手打擊我。我甘願接受任何可能的懲罰，只求我兒能為我們倆有所表現。」女人猶豫不決地頓了頓，環顧這個孩子的房間。她含糊地補充道：「可也別讓他變精明或是功成名就。」

喬治．韋勒德和他母親之間的交流只是表面上的，形式化的東西，沒什麼意義。她病了的時候，會坐在房間裡的窗邊，有時他會在傍晚去探望她。他們坐在一扇窗戶前，俯視一棟小木屋的屋頂，望著緬因大街。轉過頭來，從另一扇窗戶，還可以看到沿著緬因大街那排店鋪後面的一條小巷，見到艾伯訥．葛洛夫麵包店的後門。有時候，他們就這樣坐著，一幅鄉村生活的景象就呈現在他們眼前。艾伯訥．葛洛夫會出現在他那家店的後門，手裡握著一根棍子或是一只空的牛奶瓶。長久以來，麵包師和藥劑師席維斯特．衛斯特家養的一隻灰貓之間結了仇。少年和他的母親看到那隻貓悄悄爬進麵包店的門，不一會兒又爬了出來，後面跟著麵包師傅，一邊罵粗話一邊揮舞著手臂。麵包師一雙眼睛小小紅紅的，一頭黑髮和鬍鬚上都沾滿了麵粉。有時候他會氣到即使貓早已不見蹤影，還在往四周扔棍子、碎玻璃片，甚至他營生用的工具。有一次他打破了辛寧思五金店屋後的一扇窗戶。小巷裡，那隻灰貓就蹲在裝滿破紙和碎瓶的垃圾桶後面，桶子上面盤旋著一群黑蠅。有一次，伊麗莎白．韋勒德一個人，看完麵包師在那頭耗時又徒勞地一陣發作過後，她把頭埋在自己那雙白皙而修長的手上哭了。從那以後她就不再朝巷子裡看去，竭力忘掉那個鬍鬚男與那隻貓之間的較量。這齣戲看起來就像是她人生的一場排練，生動得驚人。

傍晚，當兒子的坐在母親房裡陪她，沉默讓母子倆都感到尷尬。夜幕降臨，夜班火車進站了。下面的街道上，人們沉重的腳步在木板鋪成的人行道上來來去去。夜班火車開走後，火車站的調車場內一片沉寂。或許快遞代理人斯金納·利森將貨運車廂*從月臺這頭移到那頭。緬因大街上傳來一個男子的聲音，是笑聲。快遞辦公室的門響砰地一聲關上。喬治·韋勒德起身穿過房間，摸索著找到門把。有時候他會撞到椅子，椅子便刮過地板。靠窗而坐的這名病婦，一動也不動，無精打采。她那雙修長的手，蒼白而無血色，垂在椅子扶手的兩端。「我覺得你最好出門去和男孩子們待在一起，你太常窩在室內了。」她努力緩解分開時的尷尬，說道。喬治·韋勒德回答道：「我想出去走一走。」他感到侷促不安又困惑。

* 編註：在二十世紀汽車普及之前，貨運車廂是一種大型的負重輪式集裝箱，以人工手推移動貨物。

七月裡的一個傍晚，以「新韋勒德之家」為臨時住所的住客變少了，室內只靠煤油燈照明，燈光調得暗暗的，走廊陷入一片昏暗。那天，伊麗莎白・韋勒德有過一次驚險的活動。她已經臥病在床多日了，兒子都沒來看她。她心生警惕。殘存在她體內，微弱的生命之火被她的焦慮搧成熊熊的火焰，她爬下床，穿好衣服，匆匆沿著走廊走向兒子的房間，全身因過度擔憂而顫抖。她一邊走一邊用手穩住自己，沿著牆上糊了壁紙的廊道滑行，呼吸困難。空氣穿過她的牙縫咻咻有聲。她一邊匆匆向前走著，一邊心想自己真是蠢。「他關心的是男孩子的事。」她告訴自己：「也許他現在已經開始會在傍晚和女孩子一起去散步了。」

伊麗莎白・韋勒德唯恐被旅館的房客看到。這家旅館過去是她父親開的，在縣法院那裡的旅館所有權也還登記在她名下。旅館由於破舊簡陋不斷地流失客人，她覺得自己也很寒酸。她自己的房間位於一個不起眼的角落，她感覺有力氣做事時，會主動做做鋪床疊被的工作，她喜歡趁著住客出去拜訪懷恩石堡的生意人尋找商機時勞動。這個做母親的跪在兒子房間門前的地板上，聽聽看裡面有沒有聲音。當她聽到男孩在走動且低聲說話，她的唇邊揚起一絲笑意。喬治．韋勒德有出聲自言自語的習慣，聽到他這樣做總會讓他的母親感到特別高興。她覺得，他身上這個習慣強化了他們私下存在的牽絆。她曾無數次自言自語地說起這件事。「他在摸索，試圖找到自己。」她心想：「他可不是一個笨頭笨腦的呆子，滿嘴空話，有點小聰明。他的內心裡面有一個祕密的東西正在掙扎成長。在我身上我任憑它被扼殺掉的東西。」

這個病中的婦人從門邊走廊上的黑暗中站起身來，又朝著自己的房間走去。她怕房門若打開，孩子會撞見她。她來到一段安全的距離外，就要拐彎進入另一條廊道時，停下了腳步，她雙手支撐著自己的身體，等待著，想要擺脫一陣虛弱襲來的顫抖。那孩子就在房間裡讓她很開心。躺臥在床，這段獨處的漫長時光裡，縈繞在她心頭的小小恐懼已經變成大大的恐懼。現在恐懼都消散了。她感激地喃喃說道：「只要回到我的房裡，我就可以倒頭睡了。」

但是伊麗莎白．韋勒德沒能回去床上睡覺。她站在黑暗中顫抖時，兒子房間的門打開了，孩子的父親湯姆．韋勒德走了出來。他站在門口流洩出來的燭光下，手裡握著門把在說話。他的話激怒了這個婦人。

湯姆・韋勒德希望兒子能夠成大器。他一直認為自己是個頗有成就的人，其實他做什麼事都不成。然而，他只要一離開「新韋勒德之家」的視線範圍，不用擔心會碰上他的妻子，就大搖大擺，開始裝模作樣地表現得像是鎮上的重要人物。他希望自己的兒子能夠有所成就。是他幫這個兒子謀得《懷恩石堡鷹報》的職位。這時候他正針對待人處事之道提出忠告，一副正經八百的口氣。「我告訴你啊，喬治，你必須打起精神來。」他厲聲道：「威爾・韓德森已經為這件事找我談過三次了。他說別人跟你說話，你會一連好幾個小時都沒聽見，表現得像個傻丫頭。你哪裡不舒服嗎？」湯姆・韋勒德一副好脾氣地笑了笑。「好吧，我想你會熬過去的。」他說：「我跟威爾說過了。你又不是傻子，也不是女人。你是湯姆・韋勒德的兒子，你會打起精神來的。我才不怕。你的話會澄清一切。如果身為一名報人，讓你有了想要當作家的念頭，那也無妨。只不過我想你也得打起精神來才能做到，對吧？」

湯姆・韋勒德腳步輕快地沿著走廊走下一段樓梯，往辦公室去。身在黑暗中的婦人能夠聽到他和一位住客有說有笑，這位客人就坐在旅館辦公室門邊的椅子上打瞌睡，努力消磨一個沉悶的夜晚。她回到兒子的房門口。她身上的虛弱無力奇蹟般地消失了，她勇敢地向前走去。無數個念頭在她的腦中飛快閃過。當她聽到椅子刮過地板的摩擦聲和鋼筆劃過紙上的沙沙聲，她又轉過身沿著走廊回去自己的房間。

被人生打敗的懷恩石堡旅館老闆娘心中打定了主意。這份決心是經過多年平靜與白費力氣思考的結果。她告訴自己：「現在，我要採取行動了。我的孩子受到了威脅，我要阻止它。」事實是湯姆．韋勒德和他兒子之間的談話相當平靜而自然，彷彿他們之間有一種默契，這件事令她氣昏了頭。雖然多年來她一直都憎恨自己的丈夫，但是從前她的憎恨並非針對個人的。他不過是她所恨的東西的其中一部分。現在，就門口那幾句話，他已經變成她所憎恨的化身了。她置身在自己房裡的黑暗中，握緊拳頭，怒視著四周。她走到牆邊，取下掛在釘子上的布袋，拿出一把長長的裁布剪刀，像握匕首一樣握在手裡。「我要去刺死他！」她大聲說道：「他選擇成為邪惡的代言人，我就會殺了他。等我殺了他以後，我心裡面的東西就會崩潰，我也會死掉。這對大家來說都是一種解脫。」

少女時代以及在嫁給湯姆．韋勒德之前，伊麗莎白在懷恩石堡的名聲不太好。多年來，她一直「醉心於舞臺演出」，她會穿著花哨的衣服，跟著在她父親旅館裡住宿的男性旅客招搖過市，這些人來自大城市，她會催促他們將城市生活講給她聽。有一次，她穿著男裝，騎自行車駛過緬因大街，為此驚動全鎮。

那段日子裡，這個身材高大、皮膚黝黑的女孩心裡面一直糊里糊塗的。她的內心極度不安，這種不安表現在兩方面——首先是她有一股不安的渴望，渴望改變，渴望她的生活發生一些重大而具體的變動。正是由於這種感覺，讓她把心思轉向舞臺。她夢想著加入一個劇團，滿世界巡迴演出，不斷見上新的面孔，同時也拿出一己之力給所有的人看。有時候到了晚上，她還會想到忘了形，然而當她設法與來到懷恩石堡並住進她父親所經營的旅館的劇團成員談起這件事時，卻是一無所獲。他們似乎不明白她的意思，就算她真的說清楚自己的一腔熱情，他們也只是笑笑而已。「不是那麼回事的，」他們說：「生活就像這裡一樣沉悶而無趣。不會有什麼結果的。」

她和那些四處遊走的男人在一起散步時，與後來和湯姆．韋勒德一起散步，完全是不一樣的。他們似乎總是能理解她並同情她。在村子的小路上，在樹下的黑暗中，他們會握住她的手，她感覺自己心裡不曾說出口的東西湧了出來，與在他們心裡沒有表達出來的東西合為一體。

然後，她的焦躁不安還有第二種表達方式。表達出來的那一刻，她感覺暫時得到釋放與快樂。她並不怪和她一起散步的男人，也不怪後來和她一塊散步的湯姆．韋勒德。每次都一樣，從親吻開始，經過奇怪而狂熱的情緒之後，平靜地結束，接著是嗚咽的懺悔。她在嗚咽時，會把手放在男人臉上，心裡總是有著同樣的想法。即使對方身材魁梧，留著鬍鬚，她還是覺得他突然間變成了一個小男孩。她很想知道為什麼他不跟著發出嗚咽。

伊麗莎白．韋勒德的房間藏在老舊的韋勒德之家角落裡，她點亮房間裡的一盞燈，放到門邊的梳妝臺上。她腦中閃過一個念頭，於是走到衣櫥前，拿出一個小方盒，放到梳妝臺上。盒子裡裝的是化妝用的物品，是曾經滯留在懷恩石堡的一個劇團臨走時留下的，他們還留下些別的東西。伊麗莎白・韋勒德打算讓自己變美。她還是一頭黑髮，一大把頭髮編成辮子盤在頭上。即將在樓下辦公室裡上演的一幕，開始在她腦海中成形。對上湯姆・韋勒德的不該是一個疲憊不堪、幽靈般的人物，而應該要是完全出乎意料且令人震驚的。應該要是一個身材高䠷、雙頰灰暗、大把頭髮披散在肩膀上的身影，大步走下樓梯，去到旅館辦公室裡那些驚愕的閒人面前。這個身影將會默不作聲，身手敏捷且形狀嚇人。她會像一隻幼崽受到威脅的母虎一樣，從陰影中現身，不聲不響地前行，手裡拿著那把邪惡的長剪。

伊麗莎白・韋勒德的喉嚨裡發出小聲而斷斷續續的啜泣，她吹滅了桌上的燈，虛弱地站在黑暗中顫抖。她體內那股奇蹟般的力量消失了，她幾乎是腳步踉蹌地走過地板，緊緊抓住椅背，過去她曾經坐在這張椅子上度過許多個漫長的日子，目光越過鐵皮屋頂凝視著懷恩石堡那條主街。走廊裡傳來腳步聲，喬治・韋勒德從門外走了進來。他坐到母親身旁的椅子上開口了。「我要離開這裡。」他說：「我不知道要去哪裡，也不知道要做什麼，但是我要走了。」

坐在椅子上的婦人等待著，發著抖。她突然有一股衝動。「我想你最好打起精神來。」她說：「你是這麼想的？你要去城裡賺錢，是嗎？你以為，做個生意人，變得俐落、精明、充滿活力，對你會更好嗎？」她等待著，發著抖。

做兒子的搖搖頭。「我想我無法讓你理解，但是啊，我真希望自己能讓你理解。」他說得很認真：「我和父親之間連提都不能提起這件事。我不去試了，試也沒有用。我不知道自己要做什麼。我只想離開，看看世人後再想一想。」

房間裡一片靜默，少年和婦人就這樣坐在一起。就像那些黃昏一樣，他們之間再次陷入尷尬。過了一會兒，男孩又一次試著開口。「我想一、兩年內我還不會走，但是我一直在考慮這件事。」他說著，站起身朝門口走去。「父親說過的一些話讓我確信自己非走不可。」他摸索著門把。房間裡的寂靜讓女人無法承受。聽到這樣的話從兒子的嘴裡冒出來，她高興得想要哭泣，卻已經無法表達自己的喜悅之情。她說：「我想你最好出去和男孩子們待在一起，你在室內窩得太久了。」兒子回答道：「我想出去走走。」說著笨拙地走出房間，關上了門。

哲人

THE PHILOSOPHER

帕西瓦爾醫生是個塊頭很大的男子，嘴角下垂，被他蓄著的一把黃色鬍子遮住。他老是穿一件髒兮兮的白色西裝背心，背心口袋裡突出許多黑色雪茄菸——就是所謂的廉價雪茄。他的牙齒發黑，長得又參差不齊，兩隻眼睛也有些怪怪的。眨眼時他的左眼皮抽動一下，蓋住又掀起來，就好像那眼瞼是一面窗簾，而有個人站在醫生的腦袋裡撥弄拉繩。

帕西瓦爾醫生喜歡喬治．韋勒德那個小夥子。事情開始於喬治進《懷恩石堡鷹報》工作的一年後，兩人的認識完全是醫生自己一手促成的。

那日的下半晌，《鷹報》老闆兼主編威爾・韓德森去到湯姆・維利開的酒吧。他沿著一條小巷從後門溜了進去，喝起一杯用黑刺李琴酒加蘇打水調成的飲料。威爾・韓德森是個好色之徒，年紀也有四十五歲了——他幻想著琴酒能讓他重拾青春活力，跟大多數耽於酒色之徒一樣，喜歡講女人。那天他逗留了一個小時之久，與湯姆・維利說三道四地閒聊。酒館老闆是個身材矮小、肩膀寬闊的男人，兩隻手上有著特殊的胎記。有時候那種火焰般鮮明的胎記會將男人或女人的臉染成紅色，湯姆・維利的胎記則是將手指和手背都染紅了。他站在吧檯邊與威爾・韓德森交談，搓著手。他越講越激動，手指上的紅色也越來越深。那雙手就好像浸過血似的，乾掉後又褪了色。

威爾・韓德森站在酒吧裡，一邊看著那雙發紅的手一邊談著女人；而他的助手喬治・韋勒德，則坐在《懷恩石堡鷹報》報社辦公室裡聽帕西瓦爾醫生講話。

威爾・韓德森人一走，帕西瓦爾醫生立刻就現身。有人可能會以為醫生一直在他診所裡的窗口看著，見到這位報社主編沿著小巷離開。他從前門進去，找了張椅子坐，點了一根雪茄，翹起二郎腿就開講了。他似乎一心想要說服眼前這個男孩，讓他相信採取自己都解釋不清的處世之道是可行的。

「如果你睜大眼睛就會發現，我雖然自稱是醫生，我的患者卻沒幾個。」他講了起來：「這是有原因的。這並非偶然，也不是因為我懂的醫學知識沒有這裡的人多。我不想要病人。你瞧，原因不是表現上的那樣。事實上，問題出在我的個性，你仔細想想，我的性格經歷過許多次奇怪的轉變。我不知道自己為什麼要找你談論這件事。我大可保持安靜不動，這樣在你眼中會顯得更可信。我想讓你敬佩我，這是事實沒錯。我也不知道為什麼。這就是我開口的原因。很有趣，對吧？」

有時候醫生會長篇大論，講起他自己的事。聽在這個小夥子耳朵裡，這些故事都非常真實且意味深長。他開始佩服起這個看上去人長得肥胖、外表又邋遢的男人，於是下午威爾．韓德森走後，他便興味盎然地期盼著醫生的到來。

帕西瓦爾醫生在懷恩石堡已經待了大約五年之久。他是從芝加哥過來的，來到這裡時已經喝得醉醺醺，還和管行李的艾伯特．朗沃斯打了一架。這場爭執涉及一只行李箱，最後醫生被押進村裡的拘留所。獲釋後，他便在緬因大街下端一家修鞋鋪樓上租了一間房，掛上招牌，自稱是醫生。患者雖然少，窮一點的患者甚至還付不起診療費，但是他似乎總有夠多的錢來支付自己的開銷。他睡在髒得無法形容的診所裡，三餐就上畢夫・卡特開在火車站對面一棟木架小樓裡的快餐店解決。夏天，食堂裡到處是蒼蠅，畢夫・卡特身上那條白色圍裙比餐館的地板還要髒。帕西瓦爾醫生並不在意。他大步走進食堂，在櫃檯上放下兩毛錢，笑著說：「就這筆錢，你給我什麼我就吃什麼。清光你賣不掉的食材就行了。反正對我來說沒什麼差別。瞧，我的身分尊貴，何必關心自己吃什麼？」

帕西瓦爾醫生說給喬治・韋勒德聽的故事沒頭沒尾。有時候小夥子覺得，這些故事肯定都是編出來的，謊話連篇。然而他又深信，這裡面蘊含著真理的本質。

「我以前和你一樣是個記者，」帕西瓦爾醫生說了起來：「是在愛荷華州的一個小鎮……還是伊利諾伊州來著？我記不清了，反正也沒什麼差。說不定我想隱瞞自己的身分，不想說得太清楚。你有沒有覺得奇怪，我這個人無所事事，卻有錢支付自己的開銷。我可能在來這裡之前偷了一大筆錢，或是涉入一起謀殺案。這裡面有值得深究之處，不是嗎？如果你真是一個聰明的報社記者，就應該把我查個清楚。芝加哥有個柯羅寧醫生遭人謀害了。*你聽說過這件事嗎？有人謀害他，然後把他裝進一口箱子裡。大清早的，他們就拖著那口箱子穿行過城市。箱子被放在一輛快遞馬車的後座上，他們漫不經心地坐在座位上，一路走過安靜的街道，人人都還在睡夢中。太陽剛剛從湖面上升起。好玩吧？呃，想想他們一邊趕著車，一邊抽著菸斗閒聊，像我現在一樣滿不在乎。也許我就是他們那夥人其中的一員。事情的轉折真是奇怪，不是嗎？」

帕西瓦爾醫生又講起他的故事：「好了，總之，我當時是一家報社的記者，就像你現在這樣，東奔西跑，發幾則小新聞給報社去登。我母親很窮，她在家替別人洗衣服。她的夢想是讓我當上長老會的牧師，而我也是抱著這個目標在讀書的。」

「我父親已經瘋掉好幾年了。那時候他住在俄亥俄州代頓市的一家精神病院。你

---

* 編註：此指十九世紀的愛爾蘭裔芝加哥醫生「派崔克・柯羅寧」（Patrick Cronin, 1846-1889）因與愛爾蘭某個移民家族或祕密會社有關聯，於一八八九年五月遭到殺害之事件。其中一名謀殺案的嫌疑人逃離了芝加哥。

看我一不小心就說漏了嘴！這一切都發生在俄亥俄州，就在俄亥俄州這個地方。如果你起過要調查我的念頭，這就有了一條線索。」

「我想跟你講講我哥哥。這是我做這一切的目的。這就是我要說的。我哥哥是一名鐵路油漆工，在四大鐵路巨頭*的公司做事。你曉得那條鐵路穿過俄亥俄州這裡吧？他和其他幾人就住在一節封閉式的車廂上，他們從一個城鎮到另一個城鎮，給鐵路沿線的設施上漆，包括鐵道轉轍器、平交道柵欄、鐵路橋和車站。」

「『四大』將車站塗成討厭的橙色。我多厭惡那個顏色啊！我哥身上老是沾滿那個顏色的油漆。每到發薪的日子，他總會喝得醉醺醺的，穿著一身油漆的衣服，身上帶著錢回家。他並沒有把錢交給媽媽，而是擱在我們家廚房的餐桌上。」

「他就穿著上面沾滿難看橙色油漆的衣服，在屋裡走來走去。那景象彷彿還在我眼前。我母親身材嬌小，一雙眼睛通紅、眼神哀傷，她會從屋後的小棚子走進屋裡。她原本在那裡面埋首於洗衣盆，搓洗著別人家的髒衣服。她會進屋來，站到桌邊，用沾滿肥皂泡的圍裙揉揉眼睛。」

「『別碰它！你敢碰那筆錢試試！』我哥吼道，然後自己拿起五塊錢或十塊錢，邁開大步去了酒吧。花光了帶在身上的錢後，他再回家來拿錢。他從來沒給過我母親一分錢，而是待在家裡一次花掉一點，直到花光所有的錢為止。然後他又會回到鐵道油漆組的崗位去上工。他走後，我們家就開始收到東西，日用品之類的。有時候是給媽媽買洋裝，或是給我買雙鞋。」

「奇怪，是吧？我母親愛我哥多過愛我，多很多，儘管他對我們兩人從來沒說過一句好話，還總是上竄下跳地大聲嚷嚷，威脅我們看誰敢動他放在桌子上的錢——那筆錢有時會放上三天。」

「我們過得還不錯。我為了當牧師而念書，也做禱告。在禱告這方面我就是個普

---

* 編註：中太平洋鐵路公司創辦人（都是商業巨頭）的暱稱，該公司負責美國「第一條橫貫大陸鐵路」西部支線。這「四巨頭」包括利蘭・史丹佛（Leland Stanford, 1824-1893，實業家兼加州州長）、科利斯・亨廷頓（Collis Huntington, 1821-1900，實業家）、小馬克・霍普金斯（Mark Hopkins, 1813-1878，實業家）和查爾斯・克羅克（Charles Crocker, 1822-1888，鐵路高階主管）。

通的白癡。你真該聽聽我怎麼禱告的。我父親死的時候，我做了一整晚的禱告，就像有時候我哥進城去喝酒、到處買東西給我們時，我也會禱告那樣。傍晚吃過晚飯後，我跪在放著錢的桌子旁，做好幾個小時的禱告。趁著沒人看到的時候，我就偷個一、兩塊錢，放進自己的口袋裡。現在想起來讓我覺得好笑，但當時的感覺卻很慘。我心裡面一直惦記著這件事。我在報社工作每週掙六塊錢，總是直接拿回家交給媽媽。我從我哥那堆錢裡偷來的幾塊錢則都花在自己身上，你懂的，買些有的沒的小東西，糖果、香菸之類的。」

「我父親在代頓的精神病院去世時，我過去了。我向我的老闆借了些錢，搭夜車過去。當時正在下雨。到了精神病院，那裡的人待我彷如上賓。」

「精神病院的工作人員發現我是一名報社記者，這點令他們心生畏懼。你瞧，父親生病的時候，他們有些疏失，有點大意了。他們以為我可能會把這件事寫在報紙上，小題大作把事情鬧大。但我從未打算做這種事情。」

「總之，我去了我父親死去後停屍的那個房間，為屍體祈福。我不知道自己是怎麼會生出這個念頭的，我那個油漆工哥哥知道了不笑死才怪。我站在那裡俯看著屍體，攤開雙手。精神病院的院長和幾個助手進來，無所事事地站在一旁，一臉窘迫。那個情景很有趣。我攤開雙手說：『願和平庇佑這具屍體。』我就是這麼說的。」

帕西瓦爾醫生跳了起來，中斷這則故事，開始在《懷恩石堡鷹報》的辦公室裡來回走動，喬治・韋勒德就坐在那兒聽著。帕西瓦爾醫生的動作笨拙，辦公室又小，他不斷地撞到東西。「我這麼說真是傻了。」他說：「我來這裡，硬要與你交個朋友，這可不是我的目的。我有別的想法。你是一個記者，就像我以前也是一個記者。你引起我的注意。到最後你也可能會成為一個傻瓜。我想為你示警，不斷地示警。這就是我來找你的原因。」

帕西瓦爾醫生開始談起喬治・韋勒德對人的態度。在這個小夥子看來，這個男人的目的只有一個，那就是讓每個人都顯得卑鄙無恥。「我想讓你充滿仇恨與不屑，這樣你就會變得高高在上。」他宣稱：「看看我哥哥。他是個人物，對吧?你瞧，他鄙視每一個人。你無法想像他是如何地看不起媽媽和我。他是不是高我們一等呢?你明白他是高我們一等。你沒見過他，但是我讓你感覺出這點。我已經讓你感覺到了。他死了。有一次他喝醉，躺在鐵軌上，他和其他幾個油漆工賴以為家的那節車廂就從他身上碾了過去。」

*

八月裡的一天，帕西瓦爾醫生在懷恩石堡經歷了一場奇遇。一個月來，喬治・韋勒德每天早上都會去醫生的診所待上一個小時。醫生正在寫一本書，他想要一頁頁讀給這個小夥子聽聽，所以有了這幾次的造訪。帕西瓦爾醫生宣稱，寫這本書是他在懷恩石堡住下來的目的。

八月的這個早晨，小夥子來之前，醫生的診所裡發生過一件事。緬因大街上發生一起事故，一隊馬被火車驚嚇到後跑掉了——有個小女孩，她是農民的女兒，從馬車上給甩下來，摔死了。

緬因大街上的群情開始激動起來，找醫生的呼聲也越來越高。鎮上有三個還在開業的醫生，全都很快就趕到現場，但卻發現那孩子已經死了。人群中有一個人跑到帕西瓦爾醫生的診所，醫生卻直截了當地拒絕，不願走出診所下樓去看看那個死去的孩子。他的拒絕實屬殘忍卻不會影響結果，也未引起人們的注意。事實上，上樓來叫他的那個人還沒聽到他開口拒絕就匆匆走掉了。

這一切，帕西瓦爾醫生一無所知，喬治・韋勒德來到他的診所時，才發現這個人嚇得發抖。「我的所做所為會激起這個小鎮的人注意！」他激動地宣稱：「我還不了解人性嗎？我還不知道會發生什麼事嗎？我拒絕出診的消息會引起眾人的議論紛紛。不久之後，人們就會三五成群地聚在一起談論這件事。他們會過來這裡。我們會起爭執，然後有人就會提起絞刑。之後他們再過來，手上就會拿著繩子！」

帕西瓦爾醫生嚇得發抖。「我有一種不祥的預感……」他強調道：「也許我所說的事情不會發生在今天早上，可能會延到今晚，但是我會被絞死。群情激動，我會被吊死在緬因大街的燈柱上！」

帕西瓦爾醫生走到他那間髒兮兮的診所門口，站在直抵街道的樓梯口膽怯地往下看了看。他轉身回來的時候，眼中的驚懼已經開始被疑惑所取代。他踮著腳尖走過房間，拍拍喬治‧韋勒德的肩膀。「就算不是現在，總有一天也會。」他搖搖頭，低聲說道：「最終我會被釘死在十字架上，無濟於事地被釘死在十字架上。」

帕西瓦爾醫生開始懇求喬治‧韋勒德。「你一定要注意我。」他敦促道：「萬一發生什麼事，也許你能寫出我可能永遠也寫不出來的那本書。這本書裡面的想法很簡單，簡單到一不小心你就會忘記。是這樣的，這個世界上的每一個人都是基督，他們都被釘上十字架。這就是我想要說的。你別忘了這一點。不管發生什麼事，都不可以忘了。」

誰也不知道

NOBODY KNOWS

喬治・韋勒德小心翼翼地看了看，然後從《懷恩石堡鷹報》辦公室的辦公桌前起身，匆匆忙忙從後門出去。夜裡溫暖而多雲，時間還不到八點鐘，《鷹報》報社後面的小巷卻是一片漆黑。有一隊拴在暗處某一根柱子上的馬，踩著烘曬得硬邦邦的地面。有一隻貓從喬治・韋勒德腳下竄起來，跑入夜色中。這個年輕人很緊張。他一整天都在忙著自己的工作，彷彿被打了一拳般暈頭轉向。來到巷子裡，他發著抖像是受到了驚嚇。

喬治・韋勒德在黑暗中沿著小巷走，走得小心翼翼。懷恩石堡一家家商店的後門都開著，他看得見客人坐在店裡面的燈下。在邁爾鮑姆的日用品店裡，酒館老闆娘維利太太站在櫃檯旁，胳膊上挽著一個籃子。店員席德．葛林正在為她服務。他靠在櫃檯上，認真地在講話。

喬治．韋勒德蹲下身後躍起，跳過門口流洩出來的那道光。他開始在黑暗中往前跑去。在艾德．葛里菲斯的酒館後面，鎮上的酒鬼老傑瑞．柏德躺在地上睡著了。當跑過去的人被那雙攤開的腿給絆了一下時，他發出斷斷續續的笑聲。

喬治．韋勒德展開了一場冒險。這一整天他都在努力下定決心完成這次的探險活動，現在他的行動開始了。他坐在《懷恩石堡鷹報》的辦公室裡，從六點起就一直拚命在想。

他並沒有做出任何決定。他只是一躍而起，匆匆掠過正在印刷間看校樣的威爾．韓德森，開始沿著小巷奔跑。

喬治．韋勒德穿過一條又一條的街道，避開路過的行人。他在馬路上穿過來穿過去。每經過一盞路燈，就拽下帽子來遮住臉。他不敢多想。他的心裡面有一股恐懼，那是一種新的恐懼。他怕自己已經展開的探險會遭到破壞，然後他便會失去勇氣，轉身回頭。

喬治・韋勒德在露薏絲・川寧恩父親家的廚房找到她的人。她正在煤油燈下洗碗盤。她就站在屋後那間棚子式小廚房的紗門後面。喬治・韋勒德在尖木樁籬笆邊停下來，努力控制身體的顫抖。他與這次的驚險活動之間只隔了一小塊窄窄的馬鈴薯田。五分鐘過去了，他才找到自信出聲喊她。「露薏絲！噢，露薏絲！」他叫道。叫聲卡在喉嚨裡，他的聲音變成沙啞的低語。

露薏絲・川寧恩手裡抓著擦碗巾，越過那塊馬鈴薯地走了出來。「你怎麼知道我想和你一塊出去散步呢？」她悶悶不樂地說：「你怎麼這麼有把握？」

喬治・韋勒德並沒有回答。兩人靜靜地站在黑暗中，中間隔著那道籬笆。「你先走吧。」她說：「我爸在裡面。我會去的，你在威廉斯家的穀倉旁邊等著。」

這個年輕的報社記者收到露薏絲・川寧恩寫給他的一封信。信是那天早上寄到《懷恩石堡鷹報》報社辦公室的。信的內容很短，上面說：「你要我的話，我就是你的人了。」然而在籬笆邊的黑暗中，她卻假裝他們之間什麼事也沒有，這讓他覺得很火大。「她是發什麼神經啊！好吧，天哪，她是發什麼神經啊！」他一邊沿著街道往前走一邊嘀咕著，路上經過一排種著玉米的空地。玉米長到齊肩高，一直種到人行道的旁邊。

露薏絲．川寧恩從她家前門出來的時候，身上還穿著洗碗時穿的那件格紋洋裝。她並沒有戴帽子。小夥子看得到她手握著門把，站在那裡和屋裡的人說話，那人無疑是她的父親老傑克．川寧恩。老傑克是半個聾子，她講話用喊的。門關上了，小路上一片漆黑寂靜。喬治．韋勒德抖得更厲害了。

喬治和露薏絲站在威廉斯家穀倉的陰影裡，不敢開口說話。她長得不算特別漂亮，鼻側有一塊黑黑的汙痕。喬治心想，她肯定是在摸過廚房裡的鍋子後用手指揉了揉鼻子。

年輕人緊張地笑了起來。「天氣很暖和……。」他說，想伸手碰碰她。「我不怎麼大膽。」他心想。他決定，只要能摸摸那件髒兮兮格子洋裝上的褶皺就算是一大樂事了。沒想到，她卻開始推託抱怨起來：「你覺得你比我厲害。你別說，我想也知道。」她一邊說著一邊靠近他。

一連串滔滔不絕的話從喬治．韋勒德嘴裡脫口而出。他想起他們在街上相遇時，藏在女孩眼中的神情，也想起她寫的那張短箋。疑慮消失了。鎮上到處流傳有關她的小道消息給了他信心。他變得充滿男子氣概，大膽而富攻擊性。他的心裡面對她沒有絲毫的同情。「哎，來吧，沒有關係的。誰也不會知道。他們怎麼會知道呢？」他慫恿道。

他們開始沿著一條狹窄的磚砌人行道散步，人行道的縫隙裡雜草長得高高的。道上少了幾塊磚，崎嶇不平。他握住她的手——那雙手也是粗粗的，他心想，那手小巧討喜。她說：「我不能走遠。」她的聲音平靜自若，聽不出不安。

他們走過一條架在小溪上的橋，又經過一塊長著玉米的空地。街道到了盡頭。他們走上路旁的小徑，兩人不得不一前一後走著。威爾．歐佛頓的漿果田就在路邊，邊上堆著一落木板。「威爾要在這裡搭個棚子，用來放漿果箱。」喬治說著，然後他們就在木板上坐了下來。

*

喬治·韋勒德回到緬因大街時已經是十點多了，那時候開始下起雨來。他在緬因大街上來來回回走了三趟。席維斯特·衛斯特的藥房還開著，他進去買了一支雪茄。藥房店員矮子修提·柯倫多陪著他走出店門時，他的心情很好。兩人站在藥房的遮陽篷下聊了五分鐘。喬治·韋勒德感到心滿意足。他最想要做的莫過於找個男人聊一聊。他輕聲吹著口哨，拐過一個街角，朝著「新韋勒德之家」走去。

在溫尼布店旁邊的人行道上，豎著一道高高的木柵，上面貼滿了馬戲團的圖片，他停止吹口哨，一動也不動地站在黑暗中，全神貫注地聽著，彷彿聽到一個聲音在呼喚他的名字。然後他又緊張地笑了笑。「她可沒我的把柄。沒人知道的。」他倔強地嘟嘟囔囔，然後繼續走他的路。

虔誠

四部曲之一

GODLINESS

班特利家的農場上總有三、四個老人閒坐在屋子的前廊上，或在園子裡閒逛。其中三個是老婦人，她們都是耶西的姊妹。她們幾個是寡淡無趣、細聲細語的一群。另外還有一個悶不吭聲的老漢，一頭白髮蒼蒼而稀疏，他是耶西的叔伯。

農舍是木造的，在原木結構之上再搭一層木板。事實上，那不是一棟房子，而是一簇簇房子亂無章法地連在一起。屋裡面，到處充滿驚喜。從客廳進到餐廳要上臺階，從一個房間到另一個房間也不外要上下臺階。吃飯的時候，這個地方就像一個蜂巢。前一刻整個地方還悄然無聲，下一刻一扇扇的門開啟了，腳步踏在樓梯上發出噠噠聲，一陣陣輕柔的低語響起，人從十幾個不起眼的角落裡冒出來。

除了前面已經提到的老人之外，班特利家的屋子裡還住著許多人。有四個雇工，一個叫卡莉·畢伯大嬸的婦人，負責管理家務；一個腦筋不靈光的弱智女孩，名叫伊萊莎·史托頓，負責鋪床疊被，還幫忙擠牛奶；一個男孩在馬廄裡幹活；還有耶西·班特利本人，他是這裡的主人，主宰這一切。

美國內戰結束了二十年過後，班特利農場所在的北俄亥俄州已經開始擺脫西部拓荒的生活。當時耶西已經擁有用來收割穀物的機器。他造了現代化的穀倉，他的土地上大多精心鋪設了瓦管排水溝來排澇，但是為了了解這個人，我們還得追溯到更早的年代。

早從耶西往上數好幾代，班特利家族就已經來到了北俄亥俄州。他們從紐約州過來，趁著鄉下地方還剛起步待興，土地價格低廉的時候，置下土地。他們和其他的中西部人一樣，長期都很貧窮。他們定居的土地上樹木繁茂，到處都是倒落在地上的原木和灌木叢。經過一段長時間辛辛苦苦地清理與木材砍伐之後，還有樹樁需要處理。

犁頭耕過一畦畦的田時，還會被隱藏的樹根卡住，到處都是石頭，低窪處積滿了水，玉米秧苗黃了、萎了，又死了。

到了耶西・班特利的父親和兄弟們繼承這個地方的時候，艱苦的清理工作大部分都做完了，但是他們仍舊守著過去的傳統，像受到鞭策的牲畜一樣勞作。他們幾乎就像那個時代所有的莊稼漢一樣過活。春天和大半個冬季裡，往懷恩石堡鎮上的公路一片泥濘，家裡的四個年輕漢子整天在田地裡辛勤勞作，他們吃的都是粗糙、油膩的食物，晚上就像極倦的野獸般睡在稻草鋪就的床上。他們的生活中無不是粗野的東西，再說他們本身的外表看上去也是粗野的。星期六下午，他們會將一隊馬套上三人座馬車，然後動身到鎮上去。到了鎮上，他們圍著店家的火爐站著，與別的農民或店主交談。他們都穿工裝褲，冬日裡則穿著厚外套，外套上面濺得都是泥點。他們伸出手去烤火取暖，一雙雙手都乾裂而發紅。他們不懂得怎麼開口講話，所以大多數時候都保持沉默。買好肉、麵粉、糖和鹽後，他們就找一家懷恩石堡的酒館進去喝啤酒。在酒精力量的影響下，屬於他們的本性——那因為花大把力氣在開闢新土地的勞動上而受到壓抑的強烈慾望，得到了解放。一種原始的、動物般充滿詩意的狂熱支配著他們。回家的路上，他們站在馬車座位上，對著繁星大吼大叫。有時候他們會打架，打很久且打得很激烈；有時候他們又會突然扯開喉嚨大聲唱起歌來。有一次，年長的以諾・班特利居然用馬夫的鞭子抽他父親老湯姆・班特利，打得老頭子看起來好像就快死了。那之後一連好幾天，以諾都躲在馬廄閣樓上的稻草堆裡，隨時準備逃跑，以防自己一時衝動犯下的行為演變成一起謀殺。他靠母親帶給他的食物保住性命，母親還隨時向他通報傷者的狀況。直到後來確定沒事以後，他才從藏身之處出來，回去繼續開荒的工作，好似什麼事也沒發生過一樣。

*

內戰為班特利家族的命運帶來一場急劇的轉變，促成小兒子耶西的崛起。以諾、愛德華、哈利和威爾・班特利都應召入伍，在那場漫長的戰爭結束之前，他們都陣亡了。在他們都前往南方打仗之後，有一段時間老湯姆很努力地經營這個地方，卻不成。

入伍的四個兒子中的最後一個也陣亡後，他捎話給耶西，告訴他務必要回家來。

然後，一年來身體一直不好的母親突然撒手人寰，當父親的就徹底喪失了鬥志。他說起要賣掉農場搬到鎮上去住。他整天四處遊走，搖頭晃腦、嘀嘀咕咕。田裡的活無人照看，玉米田的雜草長得老高。老湯姆是雇了人的，卻沒有用對人。早上他們下田去幹活後，他就會晃進樹林裡去，坐到一根木頭上。有時候到了晚上他忘記回家，還得有個女兒出去把他找回來。

耶西・班特利回到農場上，開始掌管一切事務的那年，他二十二歲，是一個身材纖瘦，外表脆弱敏感的男人。十八歲那年，他離家去上學，想要成為一名學者，最終當上了長老教會的牧師。一整個童年時期，他一直是鄉裡人所謂的「孤僻的那頭羊」，跟自己的兄弟們也合不來。一整個家裡，只有母親理解他，如今她死了。他回家來掌管農場，當時家裡的農場已經擴大到六百多英畝，聽到他想以一己之力處理過去由四個身強體壯的哥哥所做的工作，四周農場和懷恩石堡鎮近郊的人們沒有不嘲笑的。

他們確實有理由嘲笑。按照他那個時代的標準來看，耶西看起來根本不像個漢子。他個頭矮小，長得又非常纖細，身材很女性化。他墨守著年輕牧師的傳統，穿一件黑色長外套，繫一條黑色細繩領帶。他離鄉多年，鄰居們一看到他都被逗樂了，當他們看到他在城裡娶的女人，又更樂了。

事實上，耶西的妻子很快就倒下了。這也許可以說是耶西的錯。在內戰過後那段艱苦的歲月裡，位於北俄亥俄州的農場不是一個適合柔弱女人待的地方，而凱瑟琳·班特利很柔弱。耶西對她十分嚴厲，就像他對當時在他身邊的每一個人。她試著像她身邊那些左鄰右舍的婦女一樣幹活，他就讓她做，也不去干涉。她幫著擠牛奶，分擔家務；她為男人們鋪床，為他們準備吃食。一年來，她每天從日出做到夜深才休息，生下一個孩子後她就撒手人寰了。

至於耶西·班特利，他的骨架雖然纖細，內心卻存在著無法被輕易打殺的東西。他有一頭棕色的鬈髮和一對灰色的眸子，時而嚴厲直率，時而搖擺不定。他不僅身材纖細還矮小。他那張嘴像一個敏感而一意孤行的孩子。耶西·班特利是一個狂熱分子。他這個人生錯了時代，生錯了環境，自己為此而受苦，也讓別人受苦。他這一生從未成功得到自己想要的東西，而他也不知道自己想要什麼。他回到班特利農場的家後，在很短的時間之內就讓農場裡的每一個人都有點怕他，連他的妻子，本該像他母親一樣與他親近的妻子也怕他。在他回去兩週後，老湯姆．班特利就將這整個地方的所有權全部移交給他，退隱到幕後去。每個人都退居幕後。耶西雖然年輕，經驗又不足，不過他很善於操控自己人的內心。他做每一件事都是那麼地認真，他還抱怨沒有人理解他。他讓農場上的每一個人前所未有地辛苦幹活，工作中沒有絲毫樂趣可言。如果事情進展得很順利，那是對耶西來講很順利，但是對靠他過活的人而言始終沒有好日子。就像後期來到美國這一方天地的無數個強人一樣，耶西也不過是半個強人。他可以主宰別人，卻無法掌控自己。以前所未有的方式去經營農場，對他來說是輕而易舉的事。他本來在克里夫蘭上學，從克里夫蘭回到家後，他就把自己封閉起來，遠離自己人，開始制定計畫。日日夜夜他想的都是農場上的事，如此一來他成功了。附近農場上的人工作太辛苦，累到都無暇思考，但是對耶西來說，一心為農場考慮，不停地為農場的成功做計畫，卻是一種寬慰。這在一定程度上滿足了他熱情的天性。一回到家後，他就在老房子邊蓋了一個側廂，選了一間朝西的大房，開了幾扇窗對著打穀場，還有幾扇窗戶則可以遠眺田地。他坐到窗前去思考。一個小時接著一個小時，一日復一日，他坐下來眺望這片土地，思考著自己的人生新定位。他天性中那股強烈的熱情燃燒起來，他的目光變冷硬。他想要讓自家農場的產量比這個州內任何一家農場都要多，然後他還想要別的。就是內心這股無以名之的飢渴，讓他的眼神飄忽不定，讓他在人前越來越沉默。他願意付出很多去取得平靜，但是他的內心又怕自己永遠無法取得平靜。

耶西・班特利的全身上下都充滿了活力。在他那副瘦小的身軀裡，積聚著一長串強人祖先遺傳下來的力量。打從他還是生活在農場上的小男孩，到後來成了在學校裡求學的小夥子，他一直都格外有活力。在學校裡，他全心全意研究並思考上帝和聖經。時光流逝，他對人的了解越來越多，開始認為自己是一個不凡的人、與眾不同的人。他很想讓自己的人生有一番大成就，當他環顧四周，看到他的同輩們活得像鄉巴佬時，他覺得無法忍受自己也成為整天和泥土打交道的莊稼漢。他全心專注於自己和自己的命運，以致忽視了這樣一個事實：他年輕的妻子在身懷六甲之後，仍然做著一個身強體健的女人所做的活，她正在為他服務的勞動中殺死自己，即使他也不是故意待她不好；而他的父親年事已高，操勞過度到身體都走了樣。父親把農場所有權轉給他之後，似乎便心甘情願地躲到角落裡去等死，他聳了聳肩，就把這個老人拋諸腦後了。

房間裡，耶西坐在窗前俯瞰著傳到他手上的土地，想著自己的事情。他聽得到牲口棚裡傳來的馬蹄跺地聲和牛群躁動聲；他看得到遠處的田裡，牛隻在綠色的丘陵上漫步。男人的聲音，出自為他幹活的那些人口中，從窗口飄到他的耳邊。擠奶棚裡傳來規律且砰砰作響的聲音，那是腦筋不靈光的伊萊莎．史托頓操作攪拌器的重擊聲。耶西的思緒回到了舊約時代的人身上，那些人也有土地和牲畜。他記得上帝是如何從天而降，與那些人說話的，他希望上帝也注意到他，跟他說話。一股狂熱且孩子氣的渴望支配著他，他渴望降臨在那些人身上的重大意義，也能以某種方式在自己的人生當中實現。他是一個經常祈禱的人，於是也大聲將這件事說給了上帝聽，他自己的話語聲加強且餵養著他的渴望。

「我是一個擁有這些土地的新人類，」他宣稱：「上帝啊，求祢看看我，也求祢看看我的鄰人和此地所有的先人！上帝啊，請在我身上再造另一個耶西，就像古代的耶西那樣，來統治眾人，而我的後代子孫也是統治者！」耶西大聲講著講著，越講越激動，突然跳起身來在房間裡走來走去。他幻想著，看到自己生活在古代和古人之間。在他面前那一望無際的土地變得意義非凡，在他的想像中這片土地上住著一支從他身上繁衍出來的新種族。他感覺他的時代就像其他古老的時代一樣，上帝的力量藉由被祂揀選的僕人之口，就可以建立起王國，並為人類的生活帶來新的動力。他渴望成為這樣的僕人。「我來到這片土地是為了完成上帝的事工。」他大聲宣稱並挺直矮小的身軀，感覺自己身上頂著一種類似上帝認可的光環。

＊

對後世的男男女女來說，想要理解耶西·班特利可能會有點困難。過去這五十年裡，我們人民的生活發生巨大的變化。事實上，一場革命已經發生。工業化的到來，伴隨著一切喧囂和吵嚷，無數高聲吶喊的新聲從海外湧進來，火車的進進出出，城市的發展，穿越城鎮、經過農家的城際路線修建，再加上近年來汽車的出現，在在為如今居住在美國中部的人，帶來生活和思維習慣上翻天覆地的變化。家家戶戶都有書（也許是因為我們這個時代的步調太匆忙，這些書的想像力貧乏且文筆極差），雜誌的發行量數以百萬計，報紙鋪天蓋地無處不在。在我們這個時代，一個農民站在鄉村商店的爐子邊，腦子裡無不是塞滿別人講的話。報紙和雜誌令他充滿底氣。過去那種野蠻無知，其中夾雜著一股孩童般美好的天真爛漫，都已經一去不復返了。火爐邊的農民和城裡人如同兄弟般難以分辨，如果你聽他講話，便會發現他就像我們城裡最厲害的人一樣，口若懸河卻又毫無意義。

然而在耶西・班特利那個時代——內戰後那些年月的整個中西部鄉下地方，情況可不是這樣。人們勞動太過，累到無法閱讀。他們對印在紙上的文字不感興趣。他們在田間勞作時，占據他們心頭的是模糊而不成形的想法。他們相信上帝，也相信上帝有能力控制他們的生活。週日他們聚集在一間間新教的小教堂裡，聆聽上帝與祂的事工。教堂是當時社會和智識生活的中心。上帝在人們心目中的形象很偉大。

耶西・班特利生來就是一個想像力豐富的孩子，內心有一股極大的求知欲，於是他全心全意地轉向上帝。戰爭奪走了他的幾個哥哥，他從中看到了上帝的手。當他父親生病，病到無法經營農場時，他也認為這是來自上帝的示意。城裡的他接到父親捎來的消息時，夜裡在街上走來走去，思索著這件事；回到家裡，將農場整頓到上了軌道之後，他又在晚上出去散步，穿過樹林，爬過矮丘，思考上帝。

走著走著，他個人在某項神聖計畫中的重要性逐漸在他的腦海中成形。他變得貪婪起來，對只有六百英畝的農場規模感到心焦。他跪在草地邊一道柵欄的角落裡，對著一片寂靜發出聲音，他抬起頭來，看到星星在他頭上閃爍。

他的父親去世幾個月後，他的妻子凱瑟琳躺在床上待產隨時可能會分娩時，有一天晚上，耶西離開家去散了很久的步。班特利農場位於懷恩溪所灌溉的一座小山谷裡，耶西沿著溪岸行走，一直走到自家的田地盡頭，然後穿過鄰居家的田地。他走著走著，所經的山谷變寬後又變窄。一大片開闊的田野和樹林出現在他眼前。月亮從雲層後面探出來，他爬上一座小丘，坐下來思考。

耶西覺得，自己身為上帝真正的僕人，他走過的這一整片鄉野都應該歸他所有。他想起死去的幾個哥哥，怪他們沒有更賣力工作，取得更多的土地。在他面前的月光下，小溪淌過一顆顆石頭往下流去，他開始想起古時候的那些人，跟他一樣擁有羊群和土地的人。

一股奇妙的衝動，半是恐懼半是貪婪，支配著耶西．班特利。他想起古老的聖經故事裡，主是如何在那個耶西面前顯靈，吩咐耶西派自己的兒子大衛，去到掃羅和以色列人與非利士人作戰的以拉谷。*耶西的心裡生出這樣一個信念——凡是在懷恩溪山谷擁有土地的俄亥俄州農民都是非利士人，也是上帝的仇敵。他低聲自言自語道：「萬一他們當中出了這麼一個人，像非利士人迦特的歌利亞一樣，能夠打敗我，奪走

* 編註：據《舊約聖經》所述，掃羅乃以色列第一位國王，受先知撒母耳召喚，前往以拉谷與非利士人作戰，後奠定了以色列王國（又稱希伯來王國）。而第二位以色列王大衛（大衛王），也曾受其父耶西所派，帶領掃羅的以色列軍隊戰勝非利士人。

我的財產……。」在幻想中他感到一陣令人作嘔的恐懼，他認為在大衛到來之前，這種恐懼一定重重壓在掃羅的心上。他一躍而起，開始在夜色中奔跑。他一邊跑一邊呼喚上帝。他的聲音傳得很遠很遠，飄過低矮的山丘。「萬軍之耶和華，」他喊道：「求祢今晚從凱瑟琳的腹中賜我一個兒子。讓祢的恩典降臨在我身上。求祢賜給我一個兒子名叫大衛，他將幫助我從非利士人手中奪回所有的土地，讓這些土地為祢所用，在地上建立祢的王國。」

虔誠

四部曲之二

GODLINESS

俄亥俄州懷恩石堡的大衛．哈迪是班特利農場主人耶西．班特利的外孫。他十二歲那年就搬到了班特利老宅去住。他的母親是露易絲．班特利，就在耶西奔過田野，哭求上帝賜給他一個兒子的那晚，這個女孩來到了世界上，在農場裡長大成人，嫁給懷恩石堡鎮上的青年約翰．哈迪。約翰後來進入銀行業。露易絲和她的丈夫過得並不幸福，大家一致認為錯在於她。她是個身材嬌小的婦人，生了雙灰色的利眼與一頭黑色的頭髮。她從小脾氣就暴躁，不生氣時常常悶悶不樂，一聲不吭。懷恩石堡的人都說她酗酒。她的丈夫——那個銀行業人士，是一個小心謹慎、精明能幹的人，努力討她開心。他開始發財的時候，就在懷恩石堡的榆樹街上為她買了棟大磚房，他也是鎮上頭一個請男僕為妻子趕車的男人。

但是露易絲卻開心不起來。她動不動就發脾氣，處於半瘋癲狀態，時而悶不作聲，時而大吵大鬧。憤怒之下，她會罵髒話，大喊大叫。她曾從廚房裡拿來一把刀，威脅著要取她丈夫的性命。有一次，她故意縱火燒房子。她經常一連好幾天都躲在自己的房間裡，不見人。她這輩子過著半隱居的生活，引來各式各樣有關她的閒言閒語。有人說她吸毒，也有人說她經常酗酒，醉到無法遮掩。有時在夏日的午後，她會踏出家門，坐上馬車。她會打發馬夫，親手接過韁繩，駕著馬車全速駛過街道。就算遇到有行人擋住去路，她仍直直向前駛，受驚的鎮民只能盡自己最大的努力逃命。在鎮上的人眼中，她似乎想把他們壓過去。在抽鞭打馬，疾馳過街角，狂奔幾條街後，她駛入鄉間。一離開鎮上房屋的視線範圍，來到鄉間小路，她就會放慢馬速，改成慢步，心中那股狂野、莽撞之氣也隨之消散。她若有所思，念念有詞，有時候她的眼角會泛起淚光。然後她回到城裡，再次狂暴地驅車穿過寧靜的街道。要不是她丈夫的影響力和大家心中對他的敬意，她可能被鎮上的法警逮捕不只一次了。

年幼的大衛・哈迪就和這個婦人住在這棟屋子裡長大，可以想見，他的童年並沒有多少歡樂。那時候他太年幼，對人還沒有自己的看法，即便如此，有時候要他不對身為自己母親的那個女人產生什麼具體看法也很難。大衛一直是個沉默寡言、規規矩矩的孩子，有很長的一段時間裡，懷恩石堡的人都以為他是個傻子。他的眼珠是棕色的，那雙眼從小就養成了一種習慣，長時間盯著東西和人看，卻又彷彿沒看進去似的。每次聽聞母親受到別人的嚴詞批評，或是無意中聽到母親飆罵父親，他都會嚇得跑去躲起來。有時他找不到藏身之處——這會讓他困惑——他便把臉轉向一棵樹；如果在室內則會面向牆壁，閉上眼睛，盡量什麼也不想。他有大聲自言自語的習慣，年輕時他的心頭就經常湧上一股無聲的哀愁。

每次去班特利農場探望他的外祖父，大衛整個人都會感到自得和快樂。他常常希望自己永遠不必再回鎮上去，有一次他過去農場拜訪，在那裡待了很長一段時間，回到家時發生了一件事，那件事在他的心上留下了長遠的影響。

當天大衛由一名雇工陪著他回到城裡。那人急著去辦自己的事，就把孩子丟在哈迪家所在那條路的街口。那是一個秋天的傍晚，黃昏來得早，天上烏雲密布。事情就這樣發生在大衛身上。他再也無法忍受要走進父母居住的房子，一時衝動之下，決定離家出走。他打算回到農場，回到外祖父身邊去，但卻迷了路，結果就在鄉間小路上徘徊了好幾個小時，又是哭又是嚇的。天上開始下起雨來，閃電劃過天空。這個孩子的想像力被激發，他幻想自己能在黑暗中看到且聽見奇怪的東西。他的心中浮起這麼一個信念——他正走在、跑在一個前不見古人的可怕虛空中。他身邊的黑暗似乎無邊無際，風吹過樹林的聲音很嚇人。一隊馬沿著他走過的路逼近時，他嚇得爬上柵欄。他跑過一片田野，跑上另一條路，跪倒在地上，用手指觸摸著鬆軟的地面。他生怕自己在黑暗中永遠找不到外祖父，要不是心裡面還有外祖父的身影，他覺得這個世界肯定是空無一人。有一個農夫從鎮上步行回家，聽到他的哭喊聲，將他送回了他父親家，這時候他又累又激動，根本不知道自己身上發生了什麼事。

大衛的父親在無意中得知了兒子的失踪。他在街上遇到班特利農場的那個雇工，得知兒子回到鎮上的消息。然而孩子並沒有回到家裡，於是警報啟動了，約翰・哈迪找來鎮上幾名男子，下鄉去找人。大衛被綁架的消息傳遍了懷恩石堡的大街小巷。他回到家時，屋裡沒有燈光，母親倒是出現了，急急將他摟進懷裡。大衛覺得她突然變成另一個女人，他簡直不敢相信竟然會發生如此令人高興的事。露易絲・哈迪親手為他那副疲憊的小身體洗澡，並為他做飯。他換好睡衣後，她也不讓他上床睡覺，就吹滅了燈，坐到椅子上，把他抱在懷裡。這個女人抱著她的兒子在黑暗中坐了一個小時之久。自始至終，她一直都低聲說話。大衛不明白是什麼原因讓她發生如此巨大的改變。他覺得，她那張習慣性露出不滿的臉，變成了他所見過最平靜、最可愛的東西。他哭出來之後，她越抱越緊。她的聲音不斷地響起——不像她對丈夫說話時那樣尖銳刺耳，而是像雨點落在樹上。不久，有人開始上門回報說還沒有找到他，她卻讓他躲起來，不要出聲，直到她將他們都打發走。他以為這一定是母親跟鎮上的人在和他玩遊戲，便高興地笑了。他的腦海裡冒出這樣的想法——他在黑暗中迷路和受到驚嚇是一件全然無關緊要的事。他覺得，要是能夠確定在長長的黑暗道路盡頭，能找到像母親這樣突然變得如此可愛的東西，他願意再經歷無數次這麼可怕的經歷。

＊

大衛在童年階段的最後幾年裡很少見到他的母親，對他來說她不過是一個曾經和他住在一起的婦人。儘管如此，他還是無法將她的身影從腦海中抹去，隨著他逐漸長大，這個身影也變得越來越清晰。十二歲那年，他住到了班特利農場。耶西這個老頭跑到鎮上去，理直氣壯地要求由他負責照看這個孩子。老人很激動，堅持己見。他在懷恩石堡儲蓄銀行的辦公室與約翰．哈迪談過一番話，隨後兩人前往位於榆樹街的宅子找露易絲交談。他們倆都以為她會鬧事，但是皆料錯了。她很平靜。當耶西解釋他的來意，不遺餘力、長篇大論地闡述讓男孩子待在戶外，生活在老農舍安靜的氣氛中所帶來的好處，她點頭表示贊同。她尖聲說道：「這種氣氛並沒有因為我的存而受到破壞。」她的肩膀顫抖著，似乎就要發脾氣了。「那地方適合大男孩，從來就不適合我。」她繼續說道：「你那個地方從來就不要我，當然你那棟房子裡的氣氛對我也沒有一點好處，它就像流在我血液裡的毒藥。但是對他來說就不一樣了。」

露易絲轉身走出房間，留下兩個男人尷尬地坐在那裡沉默以對。後來她一連好幾天都待在自己的房間裡，就如經常發生的那樣。即使到了孩子的衣服都收拾好了，人被帶走的那一刻，她也沒有露面。失去兒子讓她的人生發生巨大的改變，她似乎不太願意再和丈夫爭吵了。約翰·哈迪以為一切進展得很順利。

於是年幼的大衛搬去班特利的農舍與耶西同住。這個老農有兩個姊妹仍然健在，還住在這棟宅子裡。她們都怕耶西，當他在身邊的時候她們很少開口說話。其中一個婦人年輕時有著一頭火紅色的頭髮，以此而著稱，她是天生當母親的料，便成了男孩的照顧者。每天晚上大衛上床睡覺時，她都會進去他的房間，坐到地板上，一直待到他睡熟了。在他昏昏欲睡的時候，她會變得大膽起來，低聲說些話，事後他以為自己一定是作了夢。

她的嗓音輕柔低沉，用各種親暱的叫法喚他，於是他夢見母親來到他的身邊，她已經變了一個模樣，始終保持著那次他離家出走後的樣子。他也壯起膽子，伸出手去撫摸著地板上那個婦人的臉，讓她欣喜若狂。男孩住過去以後，老宅裡的每一個人都變得快樂起來。過去耶西·班特利身上那股頑固不化的東西，搞得屋子裡的人都保持沉默和怯懦，它從來沒有因為露易絲那個女孩的降生而被驅散過，但很顯然隨著這個男孩的到來一掃而空。上帝彷彿大發慈悲，給這個男人送來了一個兒子。

這個男人自稱是上帝在整個懷恩溪谷中唯一的忠僕，希望上帝能夠藉由凱瑟琳的子宮賜給他一個兒子，以示對他的嘉許。這個男人開始認為他的祈禱終於如願以償了。當時他才五十五歲，看上去卻有七十歲，由於思慮太多、算計太過而心力交瘁。他為了擴大土地持有所做的努力都成功了，山谷裡只有少數的農場不是他的，可是在大衛來之前，這個男人已經失望到痛心疾首的地步。

耶西·班特利身上有兩股力量在發生作用，終其一生他的內心一直是這兩股影響力的戰場。首先，他身上保有舊的東西。他想做上帝的子民，成為他們之中的領袖。夜裡他在田野上行走，穿過樹林，使他更為接近自然，在這個充滿宗教熱情的人身上，有一股力量是向著大自然而去。凱瑟琳生的是女兒而不是兒子，他所感受到的失望就像一隻無形的手給了他一擊，這個打擊多多少少削弱了他的自負。他依舊相信上帝隨時可能從風中或雲裡顯靈，但是他不再要求這種認可。相反地，他為此祈禱。有時候他會全然懷疑，認為上帝已經拋棄了這個世界。他埋怨命運沒有讓他生活在一個更簡單、更美好的時代，那個時代天上會出現奇怪的雲彩，人們在它的召喚下離開他們的土地和屋舍，到曠野去創造新的民族。雖然他夜以繼日地工作，提高農場的生產力，擴大他所持有的土地，他卻遺憾自己無法將那股躁動不安的精力用在建造聖殿、屠殺不信教者，總之就是在這個人世上榮耀上帝之名的事工。

這就是耶西所渴望的，但同時，他也渴望別的東西。他在美國內戰結束後的那幾年裡長大成人，他和那個時代的人一樣，深深受到在現代工業主義誕生那些年裡，對這個國家產生的作用所觸動。他開始購買機器，這樣他就可以雇更少的人做更多的農活，有時候他會想，如果自己再年輕一點，他便會完全放棄務農，在懷恩石堡開一家工廠，專門製造機械。耶西養成了閱讀報章雜誌的習慣。他發明一臺用鐵絲製作柵欄的機器。他隱隱約約意識到，自己一直在心中營造的那股古時舊地方的氣息，對別人腦海裡正在滋長的東西來說是陌生的異類。世界歷史上最是金錢至上的時代開始了，那時候打仗並不是出於愛國主義；那時候人類忘了上帝，只關注道德標準；那時候掌控權力的意志將取代服事的意願，人類急於獲取財產，在可怕衝動之下幾乎忘了美——這些都在向上帝的子民耶西申述，也向他周圍的人發聲。他的內心裡有一股貪婪，想要比種地所得更快賺到錢。他不只一次跑去懷恩石堡，找他的女婿約翰・哈迪說起這件事。他說：「你是銀行業者，你碰到的機會是我從未有過的。」說著，他眼睛閃閃發亮：「我一直在思考這件事。這個國家將會做出大事，可以賺到的錢會比我夢寐以求的還要多。你投身去幹吧！我真希望自己還年輕，有你這樣的機會。」耶西・班特利在銀行辦公室裡走來走去，說著說著就越來越激動。他這輩子曾經差點癱瘓，左半邊的身體仍然有些無力。一說話，他的左眼皮就會抽一下。後來他駕車回家，夜幕降臨，繁星閃閃爍爍。已經很難再找回以前那種感覺了——那個親密而私密的上帝，就在頭頂上的天空中，隨時都可能伸出手來碰碰他的肩膀，指派一些英勇的任務讓他去完成。耶西滿腦子都是報章雜誌上所讀到的內容，精明的人在一買一賣之間能不費吹灰之力地發財致富。對他而言，少年大衛的到來在很大程度上為他舊日的信仰注入了新的力量。在他看來，上帝終於眷顧他了。

至於來到農場上的這個少年，生活就此以無數種新鮮且令人愉悅的方式展開。在他周遭的人都抱著和善的態度，得以開拓他沉靜的天性，他也不再像過去與自己人相處那樣，舉止畏畏縮縮、講話吞吞吐吐。在牲口棚裡、田野上，或是跟著外祖父坐馬車東奔西跑，走訪一座座農場，經歷過一整天的探險活動之後，每在夜裡上床睡覺時，他就想要抱抱屋裡的每一個人。如果每天晚上坐在他床邊地板上的婦人雪莉・班特利沒有立即現身，他會走到樓梯口大聲叫人，那副稚嫩的嗓音響徹狹窄的大廳，打破長久以來這個地方一直保持沉默的傳統。早上醒來時，他躺在床上一動也不動，窗外傳來的聲音讓他心曠神怡。他想起住在懷恩石堡那棟房子裡的生活，又想起母親總是令他不寒而慄的發怒聲音，就忍不住一抖。在鄉下，所有的聲音都是悅耳的。天亮時他一醒過來，屋後的打穀場也醒了。屋子裡的人都走動起來。伊萊莎・史托頓那個腦筋不太好的姑娘被農場工人戳了肋骨，咯咯咯笑得很大聲；遠處的田地裡有一頭母牛哞地叫了一聲，牲口棚裡的牛群便起而應和；有一個農場工人在牲口棚的門邊為馬梳毛，厲聲訓斥那匹馬。大衛跳下床，跑到窗前。熙熙攘攘的人讓他的心情激盪，他想不明白母親待在鎮上的那棟房子裡做什麼。

從他所住的那個房間窗戶無法直接看到打穀場，不過他聽得到男人的聲音和馬匹的嘶鳴，農場裡的工人這時候都聚集在那裡，幹著早晨該幹的雜活。有一個人笑了，他也跟著笑了。他從敞開的窗戶探出身子，望向果園，一頭肥肥的母豬在裡面走來走去，腳邊緊跟著一窩小豬。每天早上他都會數一數這幾隻豬。他慢慢數道：「四、五、六、七……。」一邊舔濕手指頭，在窗臺上畫下橫橫豎豎的記號。大衛跑去穿上褲子和襯衫。一股想要走出門的狂熱渴望霸占了他的全副身心。每天早上他下樓時都會發出很大的聲響，管理家務的卡莉大嬸都說他這是要把房子拆了。他跑過這棟長長的老房子，砰砰砰地關上一扇扇門，來到打穀場，帶著一臉驚訝和期待的神情四下張望。在他看來，在這樣一個地方，夜裡可能會發生驚天大事。農場上的工人看著他，哈哈大笑。亨利．史垂德那個老人，打從耶西繼承農場以來就一直在農場工作，在大衛來之前他從來沒有開過玩笑，現在每天早上都會開同樣的玩笑。這個笑話把大衛逗樂了，忍不住拍手叫好。「瞧，過來這裡瞧瞧。」老人喊道：「你耶西祖父那頭白色母馬撕破了腳上的黑絲襪。」

一整個漫長的夏季裡，耶西・班特利日復一日地駕著馬車，在懷恩溪河谷上上下下四處走，巡視一座座農場，他的外孫就跟在他身邊。他們乘坐的是一輛舒適老舊的四輪輕型敞篷馬車，拉車的是白馬。老人抓了抓稀疏的白鬍子，自言自語地說起他打算提高巡視過的田地生產力，也談到上帝在人定計畫中起到的作用。有時候他會看著大衛，欣然微笑，接著又有很長一段時間似乎忘記了這個孩子的存在。如今他一天比一天更常想起那些夢想，當初他離開城市回到這片土地上生活時塞滿腦子的夢想。有一天下午，他讓那些夢想霸占了他的全副身心，把大衛嚇壞了。就在這個少年的見證下，他打算做一場儀式，引發了一場意外，這幾乎破壞掉他們祖孫之間正在滋長的相伴之情。

耶西帶著他的外孫駕著馬車，走在離家好幾英里*外的山谷裡。一片樹林延伸到路邊，懷恩溪蜿蜒地流過樹林，淌過石頭，奔入遠方的一條河。整個下午耶西都陷入沉思，現在才開始講起話來。他的思緒又回到那個晚上，當時他一想到可能會有個巨人跑來搶奪他的財產，便嚇到了。而也是在那個晚上，他奔過田野，哭求上帝賜他一個兒子，激動到幾乎瀕臨瘋狂的邊緣。他停下馬，下了馬車，吩咐大衛也下車。祖孫兩人翻過柵欄，沿著溪岸走去。少年並不理會外祖父的嘀咕，只是跟在他的身邊跑，不知道接下來會發生什麼事。有隻兔子跳了起來，跑過樹林，他拍拍手，高興地手舞足蹈。他看著高大的樹木，只恨自己不是一隻小動物，無法爬到高高的空中而不受到驚嚇。他彎下腰，撿起一塊小石頭，從外祖父的頭上拋進灌木叢中。「醒醒吧，小動物。快點爬到樹梢上頭去！」他尖著嗓子喊道。

耶西．班特利低垂著頭，心神不寧地走在在樹下。他那副正經的態度影響了少年，少年很快就變得默不作聲，還有些驚慌。老人心中浮起這麼一個想法，現在他可以從天上獲得上帝的一個預言或預兆，他以為一個小孩和一個大人跪在樹林裡的偏僻無人之處，這件事情本身就會讓他一直在等待的那個奇蹟終於發生。「那個大衛，他的父親過來叫他下去掃羅那裡時，就是在這樣的地方放羊的。」他嘀咕道。

他頗粗魯地抓著男孩的肩膀，爬過一根倒下的木頭，來到樹林裡的一塊空地上，雙膝跪地，開始大聲祈禱。

一股前所未有的恐懼支配了大衛。他蹲到一棵樹下，看著面前那個跪在地上的男人，自己的膝蓋打起顫來。在他看來，眼前的不僅是他的外祖父，也是另一個人，這個人可能會傷害他，這個人不僅不懷好意，還既危險又殘暴。他哭了起來，伸手撿起一根小木條，緊緊握在指間。沉浸在自己想法中的耶西·班特利，突然站起身向著孩子走來，那個孩子的恐懼更甚，全身顫抖。樹林裡，一切似乎都闃寂無聲，突然間，在這片寂靜中傳來老人粗澀刺耳且急切而執著的聲音。耶西抓住孩子的肩膀，轉過臉來對著天空大聲喊叫。他左半邊的臉整個都抽搐了，抓住孩子肩膀的那隻手也在抽動

* 編註：英制長度單位，使用於美國、英國與其殖民地等。一英里約等於一·六〇九公里。

著。「上帝啊，給我一個預兆吧！」他喊道：「我和大衛那個孩子就站在這裡。求祢從天而降到我這裡來，當著我的面顯靈。」

大衛嚇得大叫一聲，轉過身，掙開抓著他的那雙手，鑽過樹林跑掉了。他根本就不相信，這個仰著臉朝天，用粗澀而刺耳的聲音對著天上大喊的男人是他外祖父。這個人看起來不像他的外祖父。他堅信有什麼奇怪而可怕的事情發生了，一個陌生的危險人物，奇蹟般附在這個慈祥的老人身上，這個想法支配著他。他不停地跑啊跑，跑下山坡，邊跑邊抽泣。他絆倒在一棵樹的樹根上，撞到了頭，站起來還想再跑。由於頭嚴重受傷，他很快就倒下了，一動也不動，直到耶西把他抱上馬車。他醒來後發現老人的手正溫柔地摸著他的頭，那股恐懼才消散。他堅決地宣稱：「帶我走吧。樹林裡有個可怕的人。」耶西移開視線，目光越過樹頂，再次開口向上帝呼喊。「我做了什麼，祢如此不認可我。」他輕聲低語，一遍又一遍地說著這句話，一邊駕著馬車沿道路快速奔馳，少年的頭被割傷了，頭上流著血，他溫柔地讓少年靠在他的肩膀上。

屈服
四部曲之三

SURRENDER

露易絲・班特利後來成了約翰・哈迪的太太，與丈夫住在懷恩石堡榆樹街上一棟磚砌的大屋裡，她的故事就是一則誤解的故事。

要讓露易絲這樣的女性能夠為世人所理解，並且活得下去，我們還需要做更多的努力。我們必須寫出有思想的書，她們身邊的人也得過上有思想的生活。

露易絲的母親身體嬌弱、勞累過度；父親個性衝動、嚴厲、想像力豐富，從未期待過她的出生。有這樣的父母親，讓露易絲從小就神經質，屬於那種過度敏感的女性，後來的工業化，就為這個世界帶來了大量這樣的女性。

她幼時住在班特利農場上，是個沉默寡言、喜怒無常的孩子，她對愛的渴求勝過世上任何東西，卻得不到愛。十五歲那年，她去了懷恩石堡與艾伯特・哈迪一家人住在一起，艾伯特・哈迪開一家店專賣輕型馬車和四輪載重馬車，他還是鎮上教育委員會的委員。

露易絲入鎮是去懷恩石堡高中上學，艾伯特・哈迪和她的父親是朋友，所以她才住在哈迪家。

哈迪是懷恩石堡的馬車商，他和那個時代的無數人一樣，都熱衷於教育這個議題。他在這個世界上闖出一條屬於自己的路，憑藉的不是從書本上學習到的知識，但是他相信如果自己讀過書，做什麼事都會更順利。他對每個走進店裡來的客人談起這件事，在他自己家裡也喋喋不休地談論這個話題，搞得全家人都不堪其擾。

他育有兩女一子，兒子叫約翰・哈迪，而兩個女兒不止一次威脅說要乾脆退學。原則上，他們只求做足功課以免在課堂上受罰。「我討厭書本，也討厭喜歡書的人！」年紀較小的海麗特激烈地表示。

露易絲在懷恩石堡和在農場上一樣過得並不快樂。多年來，她一直夢想著有一天能夠到外面的世界去闖一闖，她把搬進哈迪家視為邁向自由的一大步。一想到這件事，她總覺得鎮上的一切必然充滿歡樂與生機，那裡的男男女女應該都活得既開心又自在，付出並接受友誼和感情，感覺就像微風拂面。經歷過班特利家的靜默和無趣生活之後，她夢想著踏入一個溫暖、生機勃勃與現實的氛圍中。露易絲在哈迪家本來也許能夠得到一點她所渴望的東西，可是她剛到鎮上就犯了一個錯。

露易絲在學校念書很用功，因而不得哈迪家兩個女兒瑪麗和海麗特的歡心。她一直到要開學了才住到這個家裡，一點也不知道他們對這件事的看法。她很怯懦，頭一個月裡沒有認識任何朋友。每個星期五的下午都會有一名農場的幫工駕著馬車進懷恩石堡，接她回家去過週末，所以她並沒有和鎮上的人一起過週末。她覺得侷促不安，又很孤單，所以一直都很用功。在瑪麗和海麗特眼中，她似乎想用熟記課業的表現給她們找麻煩。露易絲急於表現，只要老師在課堂上提出問題，她便想要回答。她上竄下跳的，兩眼發光。當她回答出班上同學都無法回答的問題之後，開心地笑了。「看，我為你們做到了。」她的眼睛彷彿在說：「你們不必再為這件事煩惱了。我會回答所有的問題。只要有我在，全班同學都會沒事。」

傍晚哈迪家用過晚餐後，艾伯特．哈迪開始稱讚起露易絲。有一個老師大力讚許她，他很欣慰。他開口說道：「嗯，我又聽說了。」他狠狠地看著自己那兩個女兒，然後轉頭對露易絲笑。「還有一個老師告訴我露易絲的課業表現很好。懷恩石堡的人都告訴我她很聰明。他們不是這樣評價我自己的女兒，讓我感到很慚愧。」這個生意人起身，大步在房間裡走來走去，點起傍晚抽的那根雪茄。

兩個女孩面面相覷，消沉地搖了搖頭。看到她們的無動於衷，當父親的生氣了。「告訴你們，這是你們兩個應該想一想的事！」他怒氣沖沖地瞪著她們大喊道：「美國正在發生巨大的變化，學習是後代子子孫孫唯一的希望。露易絲雖是有錢人家的女兒，但她不以學習為恥。看到她的所作所為，你們應該感到羞愧才對。」

這個生意人從門邊的衣帽架上取下帽子，準備出門享受夜生活。走到門口，他停下腳步，回頭瞪了一眼。他的神態是那麼地兇狠，將露易絲嚇壞了，她跑上樓回到自己的房間。那兩個女兒開始講起自己的事。「注意聽我說！」這個生意人吼道：「你們思想怠惰。對於受教育不感興趣，這點正在影響你們的性格。你們將會一事無成。記住我現在講的，露易絲會遙遙領先你們，你們永遠都趕不上。」

這個男人心煩意亂地走出屋子，來到街上，氣得發抖。他一路走一路喃喃自語又罵罵咧咧，但是一來到緬因大街，他的怒氣就消了。他停下腳步和別的商販或是到鎮上來的農民談論天氣與莊稼，把自己的女兒忘得一乾二淨，即使想起她們，也不過聳聳肩。「欸，好吧，女孩子就是女孩子。」他豁達地嘀咕道。

屋子裡，露易絲下樓來，進到兩個女孩坐著的房間，她們連理都不肯理她。她在那個地方待了六個多星期之久後，由於總是受到冷淡的對待，相處氣氛很冷，她傷心透了。有一天傍晚，她突然掉起眼淚來。瑪麗．哈迪口氣尖銳地說：「閉嘴別哭了，回你的房間，讀你的書去吧！」

*

露易絲住的房間在哈迪家的二樓，從她的窗戶望出去是一片果園。房間裡有一個火爐，每天晚上，年輕的約翰．哈迪都會抱一捧木柴上樓，放進靠牆的柴火箱裡。來到這個家的第二個月後，露易絲就放棄與哈迪家的女孩和睦相處的一切希望，只要一吃完晚飯，她便回到自己的房間。

她的腦子裡開始起了與約翰．哈迪交朋友的心思。當他抱著木頭走進房間，她假裝忙著念書，其實眼巴巴地看著他。他把木柴放進柴火箱裡，轉身出去時，她低下頭，臉紅了。她試著寒暄，卻找不出話來說，他走後，她又氣自己的笨拙。

這個鄉下姑娘的心裡裝滿了要接近這個年輕人的念頭。她以為也許在他身上可以找到她這輩子一直在人們身上尋找的特質。在她看來，她和世人之間似乎築有一道牆，她就生活在某個溫暖的生活圈邊緣，這個圈子對其他人來說肯定是相當開放且可以理解的。她開始執著於這樣的想法：只要她勇敢採取行動，她和別人的交往就會變得完全不一樣，只要這麼一個舉動，她就有可能進入新的生活，就像打開一扇門踏進一個房間裡。她日日夜夜想著這件事，儘管她那麼誠心想要的是一種很溫暖且很親密的東西，卻還沒有自覺這件事與性有關聯。事情還沒有那麼明朗化，她的心思之所以會在約翰・哈迪這個人身上，是因為他就近在身邊，而且也不像他那兩個妹妹對她那麼不友善。

哈迪家這對姊妹花瑪麗與海麗特，年紀都比露易絲大。就某方面的認知而言，她們倆更是長她好幾歲。她們的生活與中西部城鎮所有年輕女性的生活一樣。那個年代，年輕的女性還沒有走出我們的家鄉小鎮去東部上大學，社會階級的觀念幾乎還未形成。工人之女與農民或商人之女的社會地位大致一樣，也不存在有閒階級。一個女孩不是「好」，就是「不好」。如果是好女孩，就會有個年輕人在週日和週三晚上來她家找她。有的時候，她會和這個年輕人一起去參加舞會，或是教會的聯誼活動；有的時候，她會在家裡接待他，也會被允許使用會客室接待他。沒有人會闖進去打擾她。兩個人關著門一坐就是幾個小時。有時候燈光會調得很暗，這對年輕的男女會抱在一起。臉頰發燙，頭髮凌亂。過個一、兩年，如果他們內心的衝動夠強也夠持久，他們就會結婚。

在懷恩石堡的第一個冬天，有一個晚上露易絲經歷了一場新奇的經驗，這件事讓她產生一股新的衝動，想要推掉那堵牆，她以為這是橫在她和約翰之間的障礙。那天是星期三，晚餐過後，艾伯特·哈迪立即戴上帽子出去了。年輕的約翰抱來木柴，放進露易絲房中的柴火箱裡。他侷促不安地說：「你可真用功，對吧？」然後在她開口回答之前就出去了。

露易絲聽著他走出屋子的聲音，生出一股瘋狂的欲望想要去追他。她打開窗戶，探出身子，輕聲喊道：「約翰，親愛的約翰，回來啊，別走開。」夜色昏暗，黑暗中她看不清遠方，但是她在等待的時候，想像自己聽得見輕微的聲響，好似果園裡有人踮著腳尖穿行過一棵棵樹。她嚇壞了，趕緊關上窗戶。整整一個小時，她在房間裡來來回回走動，激動得渾身顫抖，直到她再也等不下去，於是躡手躡腳溜到廊道上，下了樓梯，走進一個壁櫥似的小室，那是往會客室去的。

露易絲下定決心，她要勇敢採取行動，過去幾個星期以來她一直在心裡琢磨著。她深信約翰·哈迪就藏在她窗下的果園裡，她決心找到他並告訴他，她想要他來接近她，把她抱進懷裡，對她傾訴他的心事與夢想，同時聽她傾訴她的心事與夢想。她站在那個小房間裡摸索著門時，低聲自言自語：「在黑暗中講起來會容易些。」

然後露易絲突然意識到屋子裡不是只有她一個人。在這扇門另一邊的那間會客室裡，響起男人輕柔的說話聲，門開了。瑪麗．哈迪由跟她約會的年輕人陪同，走進這個黑暗的小房間，露易絲只來得及躲進樓梯下方的一個小空間裡。

露易絲坐在黑暗中的地板上，聽了一個小時之久。瑪麗．哈迪一聲不吭，在那個來和她共度良宵的男人協助下，為這個鄉下姑娘上了一堂男女之間的情事課。她低垂著頭，整個人縮成一團，一動也不動地躺著。在她看來，眾神出於某種奇怪的衝動，給瑪麗．哈迪帶來一份很棒的禮物，她無法理解這個比她年長的女孩何以堅決抗拒。

那個年輕人把瑪麗．哈迪擁入懷中，吻了她。她又是掙扎又是笑的，他卻將她抱得更緊。他們之間的較量持續了一個小時，然後他們回去會客室，露易絲逃上了樓。她站在二樓走廊上自己的房門口，聽到哈麗特對她姊姊說：「希望你待在外面那邊時能夠不要出聲。你可不能打擾那隻小老鼠用功。」

露易絲寫了張紙條給約翰·哈迪，那天深夜，當屋裡的人都入睡後，她躡手躡腳地下樓，把紙條塞進他的門縫裡。她擔心，如果不馬上採取行動，她就會鼓不起勇氣。紙條上，她盡力把自己想要什麼表達清楚。「我想要有人愛我，我也想去愛一個人。」她寫道：「如果你是上天安排給我的那個人，希望你晚上到果園來，在我的窗下發出聲音。我很容易就能爬過棚屋，下去找你。我一直在想這件事，如果你要來的話，就快點來吧。」

有很長一段時間，露易絲都不知道她想為自己找個情人的大膽嘗試，會帶來什麼後果。她還有點搞不清楚自己是否希望他來赴約。有時候她覺得被人緊緊抱住和親吻就是人生全部的祕密，但緊接著一股新的衝動襲來，她又感到很害怕。女人渴望被占有的古老慾望支配著她，但是她對人生的看法又是那麼地模糊，似乎只要約翰·哈迪的手摸摸她的手，她就能得到滿足了。她不知道他能不能明白這一點。第二天的飯桌上，艾伯特·哈迪在說話時，兩個女孩竊竊私語又大笑，她看都不看約翰一眼，而是盯著桌子，然後盡快逃之夭夭。傍晚，她走出那棟屋子，一直待到確定他把木柴抱到她的房間之後就離開了，她才回去。她認真聽了幾個晚上，都沒有聽到黑暗裡的果園傳來呼喚聲，她傷心得幾乎要發狂，還斷定她沒辦法衝破那堵將自己與人生樂趣隔絕開來的牆。

然後，在寫下那張字條過了兩、三個星期後，一個星期一的晚上，約翰·哈迪來找她了。那時露易絲已經完全打消他會來找她的念頭，所以有很長一段時間都沒有聽見果園裡傳來的呼喚聲。前一個星期五的傍晚，一名幫工駕著馬車送她回農場過週末時，她一時衝動之下做了一件令自己都大吃一驚的事。當約翰·哈迪站在下方的黑暗中，輕柔而堅持地叫喚著她的名字，她正在自己的房間裡走來走去，心裡納悶著是哪來新的衝動，讓她做出如此荒謬的行為。

那個農場工人是個年輕小夥子，有一頭黑色的鬈髮，那個星期五的傍晚他來接她的時間已經有點晚了，他們在黑暗中趕著馬車回家。露易絲滿腦子都是約翰·哈迪，她努力和他攀談，但是這位鄉下男孩感到侷促不安，什麼話也不肯說。這時她的心中開始回想起童年時的孤獨，然後一陣劇痛襲來，又想起剛剛降臨在她身上那股新生卻強烈的孤獨感。她突然喊道：「我討厭每個人！」然後爆發出激烈的言論，嚇壞了護送她的人。「我討厭父親和哈迪那個老頭！」她口氣激烈地宣稱：「我在鎮上的學校念書，但我也討厭那所學校！」

露易絲轉過身來，把臉頰貼在這個農場工人的肩膀上，這麼一來讓他更害怕了。她隱隱約約盼望，他能像和瑪麗一起站在黑暗中的那個年輕人一樣，伸出手來摟住她並親吻她，但是這個鄉下小子只是受了驚嚇。他揮鞭抽馬，吹起口哨來。「這條路很顛吧，嗯？」他大聲說道。露易絲非常生氣，氣到伸過手去，奪下他頭上的帽子，扔到路上。他跳下馬車去撿帽子時，她就駕著車走了，留下他一路走回農場。

露易絲・班特利將約翰・哈迪當作她的愛人。這並不是她想要的，但是那個年輕人是這樣去理解她接近他的心態的，而她又是那麼急著想實現別的願望，於是也就沒有做出任何抗拒。過了幾個月，兩人都擔心她就要當未婚媽媽了，於是某天傍晚他們跑去縣城所在地結了婚。他們在哈迪家住了幾個月，然後買下屬於自己的房子。頭一年裡，露易絲一直嘗試讓她的丈夫理解，驅使她寫下那張字條背後那股模糊且難以捉摸的渴望，那股渴望尚未得到滿足。她一次又一次地鑽進他的懷裡，試圖談論這件事，卻總是不成。他滿腦子都是自己對男女之情的看法，總聽不進她的話，而是開始親吻她的嘴唇。這讓她很困惑，搞到最後她也不想要他的吻了。她不知道自己想要什麼。

把他們騙去結婚的警報被證實是毫無根據的虛驚一場，她很生氣，說了些尖酸刻薄、傷人的話。後來，她的兒子大衛生下來之後，她又無法哺育他，也不知道自己到底想不想要他。有時候她會整天陪著他待在房間裡，走來走去，不時悄悄靠近他，溫柔地用手摸摸他；也有些日子，她不想看到或是接近那個已經降生到這個家中的小人兒。約翰・哈迪譴責她的殘忍時，她笑了。「這是個男孩，無論如何都會得到他想要的東西。」她尖聲說：「如果是個女孩，我會不計代價為她做任何事。」

恐懼
四部曲之四

TERROR

大衛．哈迪長到十五歲，長成一個高個子的少年，他像他的母親一樣，經歷過一次險事，這件事改變了他整個人生的走向，把他從安靜的角落推到了外面的世界。他生活的環境外殼被打破，他不得不啟程出發。他離開了懷恩石堡，那個地方的人再也沒有見過他。他失蹤後，他的母親和外祖父雙雙過世，他父親變得非常富有。他花了很多錢想要找到他的兒子，不過這部分不是此篇故事所要講的。

剛進入深秋時節。那是在班特利農場上很不尋常的一年。各處的莊稼都長得沉甸甸的。那年春天，耶西買下位於懷恩溪山谷裡的一大片黑土沼澤地。他以低價購得那塊土地，卻花了大筆錢去改良土質。他挖了一條條大溝渠，還鋪上無數的排水瓦管。附近的農民對這筆花費搖頭不已。有些人笑了，他們希望耶西這次的冒險損失會很慘重，但是這個老頭卻不聲不響地繼續做，什麼話也沒說。

土地排過澇後，他種上甘藍菜和洋蔥，鄰居們又笑了。然而，收成極為驚人，價錢也賣得很高。就在那一年之內，耶西賺到的錢已足夠支付整地的所有費用，還綽綽有餘，可以再買下兩座農場。他得意揚揚，掩不住內心的喜悅。他持有農場這麼多年以來，第一次面帶微笑走在他的員工之間。

耶西買了很多新的機器來降低人力成本，還將那片肥沃黑色沼澤地剩下的土地全買了下來。有一天，他去懷恩石堡給大衛買了一輛自行車和一套新衣服，還給他那兩個姊妹一筆錢，讓她們去俄亥俄州的克里夫蘭參加一場宗教集會。

那年秋天，降霜了，懷恩溪沿岸森林裡的樹都轉成金褐色，只要是不用去上學的時間，大衛都待在野外。每天下午，大衛不是一個人就是和別的孩子一起去樹林裡撿堅果。這個鄉下地方的男孩子大多是班特利農場工人的兒子，他們身上大多帶著槍，用來打野兔和松鼠，但是大衛不跟他們一起去打獵。他用橡皮筋和分岔的樹枝給自己做了一把彈弓，自己一個人出發去撿堅果。他四處走著，一個個想法湧上心頭。他意識到自己就要長成一個男人了，不知道自己這輩子要做什麼，但是沒等他想出什麼來，那些想法就過去了，他又變回一個小孩。有一天，他射死一隻松鼠，那隻松鼠坐在一根低枝上對他吱吱叫個不停。他抓著松鼠跑回家去。班特利家那對老姊妹其中一人把這隻小動物煮了，他吃得津津有味。他將松鼠皮釘在一塊木板上，再用一根繩子將木板懸起來，掛在臥室的窗戶上。

這件事為他的心靈帶來新的轉變。從那以後，每次入林他都會在口袋裡揣上那把彈弓，花好幾個小時彈射自己幻想出來的動物——牠們就隱藏在一棵棵樹上那一片片褐色的樹葉間。即將長大成人的想法就這麼過去了，他滿足於做個淘氣的小孩。

有一個星期六的早上，他的口袋裡揣著彈弓，肩上背著一口裝堅果的袋子，準備出發入林，他的外祖父攔住他。老人的一雙眼睛神色很嚴肅，有一種緊繃感，那總是讓大衛感到有些害怕。遇到這種時候，耶西・班特利的雙眼並不是直視前方，而是瞟來瞟去，似乎沒有焦點。彷彿有一道無形的簾幕屏蔽在這個人和這個人世之間。「我要你跟我來。」他的話很簡短，雙眼越過少年的頭頂望向天空。「今天我們有重要的事情做。你想的話，可以帶上裝堅果的袋子。沒關係，反正我們都要進樹林去。」

耶西和大衛乘著白馬拉的那輛老舊四輪馬車，從班特利農場出發。他們默默地走了一大段路，在一塊田地邊停了下來，有一群羊正在那裡吃草。羊群之中有一隻生錯季節的小羊，大衛和他的外祖父逮住這隻小羊，把牠綁得緊緊的，牠看起來就像一顆小白球。他們驅車繼續往前走，耶西讓大衛把羔羊抱在懷裡。「昨天我就見到牠了，牠讓我想起很久以來自己一直想做的事。」他說著，搖擺不定、猶豫不決的目光再次越過少年的頭頂。

這一年的成功讓這個農民意氣風發，而後他又受到另一種情緒的支配。這麼長一段時間以來，他覺得自己在四處走動時一直很謙卑，很虔誠。他在夜裡獨自行走，想著上帝，走著走著，他再次將自己的角色與古代的人物聯想在一起。星空下，他跪在濕濕的草地上，高聲禱告。現在他決定像寫滿聖經故事裡的那些人一樣，向上帝獻祭。

「上帝賜予我莊稼豐收，還送給我一個叫大衛的孩子。」他輕聲地自言自語：「也許我早就該這麼做了。」他很後悔沒有在女兒露易絲出生前幾天就想到這個主意，所以他就想，現在他在樹林裡找了一個偏僻的地方，堆起乾柴來燒，再獻上一頭羔羊當作燔祭品，上帝肯定會對他顯靈，給他啟示。

他頻頻想起這件事，然後便想到大衛，以及他的一部分熱烈的自我之愛也被忘掉了。「是時候了，該讓這個孩子開始考慮出去闖盪世界了，所以這份啟示將會與他有關。」他如此斷定。「上帝會為他闢出一條道路。祂會告訴我，大衛這輩子要做什麼、應該何時踏上旅程。這孩子應該在場。如果我運氣好，上帝的使者會現身，大衛就會看到上帝向人類顯現的美和榮耀。這也會使他成為一個真正的上帝之子。」

耶西和大衛默默驅車沿著道路前行，一直來到先前耶西曾經向上帝祈求而嚇壞了孫子的地方。這天早上本是陽光明媚、令人愉快，這時卻颳起一陣冷風，烏雲蔽日。當大衛看清楚他們所在之處，他開始嚇得發抖，當他們停到橋邊，溪水穿過樹林流淌而下，他真想從馬車上跳下來逃之夭夭。

大衛的腦海裡閃過十幾個逃跑的計畫，但是在耶西停下馬，下車翻過柵欄進到林子裡去時，他還是跟了上去。「害怕是愚蠢的。不會有事的。」他懷裡抱著小羊繼續走，邊走邊告訴自己。他緊緊地抱著這隻小動物，牠的無助裡面有什麼東西給了他勇氣。他感覺得到這頭小獸急促的心跳，這讓他自己的心跳不再跳得那麼急。他快步跟在外祖父身後走著，同時解開綁在小羊四條腿上的繩子。他心想：「萬一發生什麼事，我們就一塊逃走。」

在林子裡，他們遠離大路走了一大段路後，耶西在林間的一處空地上停了下來，這塊空地在小溪流經之處往上走的地方，上面長滿了小灌木叢。他仍然一言不發，但是馬上堆起一堆乾柴，很快把它點燃了。少年抱著小羊坐到地上。他的想像力開始為老人的一舉一動賦予意義，使他一刻比一刻更害怕。在乾柴上的火焰開始燒旺起來的時候，耶西嘀咕道：「我得把羔羊的血塗在這個孩子的頭上。」說著，從口袋裡掏出一把長刃，轉過身去，快步走過空地，朝著大衛走去。

恐懼攝去這個男孩的心魄。他覺得噁心。他一動也不動地坐了一會兒，坐到身體都僵硬之後才猛然站起來。他的臉色變得像羔羊毛一樣蒼白，這時候小羊發現自己突然被人放開了，便跑下山坡去。大衛也跑了起來。恐懼讓他健步如飛。他瘋狂地跨過一叢叢低矮的灌木和一根根原木。他一邊跑一邊將手伸進口袋裡，掏出那把分岔樹枝做的彈弓，上面掛著射松鼠的橡皮筋。他來到那條小溪邊，溪水很淺，水花濺在石頭上。這時候他衝進水裡，回頭一看，看到外祖父的手裡緊緊握著那把長刀還在朝著他跑來，他毫不猶豫，手往下一伸，挑了一顆石子，放入橡皮筋的位置。他用盡全身的力氣，將厚實的橡皮筋往後一拉，石頭在空中呼嘯而過。耶西已經完全忘了那個少年，只顧著追趕小羊；石子正中耶西的頭部。隨著一聲呻吟，他向前撲過來，幾乎是倒在少年的腳邊。大衛看到他一動也不動地躺著，顯然已經死了，原本無以復加的驚恐，變成一種瘋狂的恐慌。

他哭喊一聲轉過身去，哭得一抽一抽地跑過樹林。「我不管了——我殺了他，但我不管了！」他嗚咽道。他不斷地向前跑，跑啊跑的，突然下定決心，再也不回班特利農場或懷恩石堡鎮了。「我殺了上帝的子民，現在我將成為一個男子漢去闖蕩世界。」他停止奔跑，堅定地說道，沿著一條路快步走去，那條路順著蜿蜒的懷恩溪，穿過田野和森林，向西而流。

倒臥在溪邊地上的耶西・班特利不舒服地動了動。他呻吟一聲，睜開雙眼。他一動也不動地躺了很久，看著天空。他終於從地上爬起來時，腦中仍一片混亂，但孩子的失踪並未令他感到驚訝。他來到路邊，坐到一根原木上，開始談論上帝。這一切就是人們所能夠從他嘴裡問到的全部。不論何時，只要一提起大衛的名字，他都會茫然地看著天空，說是上帝派來的使者把那個孩子帶走了。「都怪我過於貪慕榮耀才會發生這種事。」他如此宣稱，不肯就此事再多說些什麼。

想法很多的人

A MAN OF IDEAS

他與母親住在一起，他的母親是一個個性陰沉、沉默寡言的婦人，臉色泛著一種古怪的灰白。他們住的房子坐落在懷恩石堡那條主要街道與懷恩溪交匯處的一小片樹林再過去。他叫喬．魏凌，他的父親曾經是這個地方上有點身分地位的人，是一名律師，也是哥倫布市的俄亥俄州議會議員。喬本人身材矮小，性格也不同於鎮上其他人。他就像一座小火山，平靜好幾天，然後突然間就噴出火來。不對，他也不是那樣的人——他就像一個患癲癇的人，走在同胞之間會令人害怕，因為他會突然痙攣發作，很容易就進入一種奇怪而不可思議的身體狀態，在這種狀態下，他會翻白眼，四肢抽擂。他就是那副樣子，只不過發生在喬．魏凌身上的是精神上的毛病，而不是生理上的。他受到各種想法所困擾，在一個個想法的陣痛中無法自拔。一個個字從他的嘴裡吐出來。他的嘴角浮起一絲奇特的笑容，鑲著金邊的牙齒在光線下閃閃發亮。他一把抓住一個旁觀者就講了起來。對旁觀者來說，根本無處可逃。這個男人興奮地對著他的臉噴氣，盯著他的眼睛看，抖著食指戳著他的胸口，要求對方注意，強迫對方注意。

在那個年代，標準石油公司*可不像現在這樣，用大貨車和載重卡車把石油送到消費者手上，而是運送到零售雜貨店、五金行等。喬是標準石油公司在懷恩石堡的代理商，兼行經懷恩石堡這條鐵路沿線上幾個城鎮的代理商。他負責收賬、登記訂單等事宜。這份工作是他那個當議員的父親為他謀得的。

喬．魏凌進出入懷恩石堡的商店，沉默寡言，過分彬彬有禮，一心放在生意上。人們看著他，眼神中隱隱覺得好笑又有幾分警戒。他們在等著他發作，準備逃跑。他的發作雖然不會造成多大傷害，卻又無法一笑置之。無人可與之相抗。當喬挾著一個想法，便所向披靡。他的個性變得妄自尊大。它凌駕在與他交談的人之上，把對方打得落花流水、全軍覆滅，所有站在他嗓門範圍內的人都被打倒。

在席維斯特・衛斯特的藥房裡面站著四名男子，他們正在談論賽馬。衛斯理・莫耶名下的種馬湯尼・蹄波將參加六月份在俄亥俄州蒂芬鎮一地舉行的賽馬會，有傳言稱牠將面對職業生涯中最激烈的一場競爭。據說偉大的騎師波普・吉爾斯†將會親自下場。懷恩石堡的空氣中瀰漫著濃濃的懷疑氣氛，大家對湯尼・蹄波能否成功贏得比賽表示懷疑。

喬・魏凌猛力推開紗門，走進藥房。他眼中閃爍著奇異而著迷的光芒，逮住艾德・托馬斯就撲過去，艾德・托馬斯認識波普・吉爾斯，所以要知湯尼・蹄波的勝算機率有多高，艾德・托馬斯對此的看法值得參考。

---

* 編註：約翰・洛克菲勒（John D. Rockefeller）創立的石油生產和運輸公司。在鼎盛時期，標準石油公司是世界上最大的煉油廠。

† 編註：艾德華・佛蘭克林・吉爾斯（Edward Franklin Geers, 1851-1924），人稱「波普」，他是專業的賽馬騎師兼馴馬師。

「懷恩溪的水上漲了！」喬・魏凌喊道，那股神氣彷彿菲迪皮德斯*在馬拉松戰役中傳遞希臘人獲勝的捷報。他的手指頭連續敲在艾德・托馬斯寬闊的胸膛上。他繼續說：「川尼恩橋頭的水位距離橋面不超過十一英寸半。」他的話說得很快，齒縫間發出像吹哨子般輕微的噓噓聲。四個人的臉上都浮現出莫可奈何的惱怒之色。

「我得到的事實是正確的，靠得住的。我去辛寧思五金店裡買了一把尺。然後我再跑回去量。我簡直不敢相信自己的眼睛。你們看，已經十天沒下雨了。起初我不知道該怎麼想。各種想法閃過我的腦海。我想到了地下水道和泉水。於是我的思緒就深入地下，四處探索。我坐在橋上撓頭。天上一片雲都沒有，一片也沒有。你們走出去站到街上就看得到。一片雲都沒有。現在也是一片雲都沒有。是啦，剛才是有一片雲。我不想隱瞞任何事實。西邊靠近地平線上有一朵雲，比一個人的手掌大不了多少的雲。」

「我倒不認為這有什麼關係。就在那裡，你們瞧。你們明白我有多困惑了吧？」

「然後我靈機一動，我笑了。是你們你們也會笑的。當然，梅迪納縣那裡肯定下過雨了。有意思，對吧？即使沒有火車、沒有郵遞、沒有電報，我們也會知道梅迪納縣下雨了。懷恩溪就是從那裡流過來的，大家都知道這個。小小一條老懷恩溪給我們帶來這個消息，有意思。我笑了。我想我應該告訴你們，很有意思，對吧？」

喬．魏凌轉身就出了門。他從口袋裡掏出一本冊子，停下腳步，一根手指在其中一頁由上往下滑。他再次專心於標準石油公司代理人的職責。「鶴恩雜貨店的煤油快用完了，我去看看。」他一邊嘀咕，一邊匆匆沿著街道走，還對左右兩邊路過的人禮貌地鞠躬。

喬治．韋勒德去《懷恩石堡鷹報》上班的時候，遭到了喬．魏凌的圍攻。喬忌妒這個少年。他覺得自己天生就是當報社記者的料。他在多爾提飼料店門前的人行道上攔住喬治．韋勒德，宣稱道：「那是我應該做的工作，無庸置疑。」他的眼睛開始閃

＊編註：西元前四九〇年，在希臘與波斯軍隊交戰的馬拉松戰役中，菲迪皮德斯由馬拉松平原跑回雅典請求增兵，並跑到斯巴達求援；待他回到馬拉松時，希臘人已擊敗波斯人，於是他又跑回雅典報捷，並因力竭而死亡。希臘人為了紀念菲迪皮德斯，於一八九六年舉辦了第一次馬拉松賽跑大會。

閃發光，食指顫抖。「當然，我在標準石油公司賺的錢更多，我不過是告訴你而已。」他補充道：「我對你沒有意見，不過你那個職位應該是我的才對。我可以利用餘暇做這份工作。我會到處跑，發掘你永遠看不到的東西。」

喬・魏凌越講越激動，把這個年輕的記者逼到背抵著飼料店門前。他看似陷入沉思，一邊轉動眼睛四下看，一邊用細瘦的手緊張地爬梳頭髮。他的臉上綻開笑容，金牙閃閃發光。「拿出你的筆記本來，」他命令道：「你的口袋裡有一小疊紙，對吧？我知道你有。嗯，你把這個記下來。我前幾天想到的。我們就拿腐朽來說吧。腐朽是什麼呢？是火。它會燒掉木頭和其他的東西。你沒想過吧？當然沒想過。這裡的人行道和這家飼料店，這整條街上的樹——它們都著火了，它們都燒起來了。你所看到的腐朽一直在發生。它不會停止。水和油漆都擋不住它。如果那東西是鐵製的，那會怎樣呢？它會生鏽，看吧。那也是火。世界著火了。就用這個方式開始在報紙上寫文章。只需要用大寫字強調『世界著火了』。這樣就會讓他們抬頭仰望。他們會說你真是個聰明人。我才不在乎。我可不羨慕你。我只是憑空想像，突發奇想。我能讓一份報紙忙得亂哄哄，你得承認這點。」

喬．魏凌迅速轉身，快步走開。走了幾步後，他又停下來，回頭看了看。「我會盯緊你的，」他說：「我會讓你成為一個正經的記者。我應該自己辦一份報紙，這才是我應該做的。我會創造奇蹟。大家都知道。」

喬治．韋勒德為《懷恩石堡鷹報》做滿一年後，喬．魏凌身上發生了四件事——他母親去世了，他住進新韋勒德之家，捲入一段感情糾葛，還組織了懷恩石堡棒球隊。

喬之所以組織棒球隊是因為他想當教練，坐上這個位置之後他開始贏得鄉親們的敬重。「他是個奇人。」喬帶領的球隊大敗梅迪納縣的球隊後，他們宣稱：「他讓大家團結在一起。你們該看看他。」

在棒球場上，喬．魏凌站在一壘旁，激動得渾身發抖。所有的球員都不由自主地緊盯著他看。對方的投手不禁糊塗了。

「就是現在！現在！現在！現在！」那個激動的男人喊道：「看我這邊！看我這邊！看著我的手指！看著我的手！看著我的腳！看著我的眼睛！我們在這裡齊心協

力！看我這邊！在我身上可以看到整場比賽所有的動作！跟我合作！跟我合作！看我這邊！看我這邊！看我這邊！」

隨著懷恩石堡隊的球員連續上壘，喬．魏凌彷彿受到天啟的那個。還沒等他們意識到發生什麼事，壘上的跑者就盯著他這個人看，悄悄離開壘包、前進、退回去，就好像有一根看不見的繩子牽引著似的。對方的球員也都看著喬。他們被迷住了。他們看了一會兒，然後，彷彿要打破施在他們身上的魔咒，開始亂投球，在教練發出一連串野獸般的嘶吼聲中，懷恩石堡隊的跑壘員一個個奔回本壘。

喬．魏凌的戀情則讓懷恩石堡的人坐立難安。剛開始，眾人低聲議論，紛紛搖頭。人們想笑，笑聲勉強且不自然。喬愛上了莎拉．金恩，這個女人身材精瘦、愁容滿面，她和她的父親與兄弟住在懷恩石堡公墓大門對面的一棟磚屋裡。

金恩家這對父子——父親愛德華與兒子湯姆，在懷恩石堡的人緣很差。人家說他們既傲慢又危險。他們是從南方某一地過來懷恩石堡的，在川尼恩大道上經營著一家蘋果酒廠。據說，湯姆．金恩在來到懷恩石堡之前殺過人。他這年二十七歲，騎著一匹灰色的小馬在城裡到處轉。他蓄著長長的黃色小鬍子，鬍子長到嘴唇上，遮住了牙齒，他手裡總是拿著一根沉重且看上去頗具邪氣的手杖。有一回，他用這根手杖打死了一條狗。那是鞋商溫．波西養的狗，牠站在人行道上搖著尾巴。湯姆．金恩一棍下去就把牠打死了。他被捕後繳了十塊錢的罰款。

老愛德華．金恩個頭矮小，在街上經過人家身邊的時候，會發出一種古怪又一本正經的笑聲。他笑的時候，會用右手抓抓左肘。由於這個習慣的關係，他的外套袖子幾乎都抓破了。他沿街行走時，會緊張地左顧右盼，同時發出笑聲，感覺比他那個沉默寡言、一臉兇相的兒子更危險。

莎拉．金恩開始在傍晚出門與喬．魏凌一道散步的時候，人們擔憂地搖頭。她的身材高䠷、臉色蒼白，眼下有著黑眼圈。這一對人在一起看起來很可笑。他們在樹下散步，說話的是喬。他的愛情宣言既熱情又急切，從黑暗中墓地的牆邊傳出來，或者從自來水廠蓄水池一直到集市廣場那片山坡上濃濃的樹影下傳過來，被人家聽去後又在店裡被轉述。男人站在新韋勒德之家的吧檯邊，笑談喬的求愛過程。笑聲過後是一片沉默。在他的管理之下，懷恩石堡棒球隊一場接一場地贏球，鎮上的人也開始敬起他來。他們意識到將會有一場悲劇，緊張地一邊笑一邊等著。

有一個週六下午，傍晚的時候，喬・魏凌和那兩位金恩家的男人，在喬・魏凌租住於新韋勒德之家的房間裡會面，鎮上的人對這場會面早已有所期待，這讓全鎮都緊張不安起來。喬治・韋勒德親眼見證了這次的會面。事情是這樣的——

這位年輕的記者吃過晚飯後要回去自己的房間，看到半明半暗中，湯姆・金恩和他的父親就坐在喬的房間裡。那個兒子手裡拿著沉重的手杖，坐在門邊。老愛德華・金恩則緊張地走來走去，用右手撓著左肘。走廊上空蕩蕩的，寂靜無聲。

喬治・韋勒德回到自己的房間，在書桌前坐下。他想寫東西，但是手抖得握不住筆。他也緊張地走來走去。他就像懷恩石堡鎮上的人一樣，惶惶然不知所措。

當喬・魏凌沿著火車站月臺朝著新韋勒德之家走過去，時間已是七點三十分，天色很快就暗了下來。他的懷裡抱著一捆雜草。喬治・韋勒德雖然怕得全身都在抖，但是看到那個敏捷而矮小的身影，抱著草，沿著月臺半走半跑的，還是覺得好笑。

喬·魏凌與金恩家兩個男人在那個房間裡談話時，這位年輕的記者就潛伏在那個房門外的走廊上，既驚恐又焦慮，忍不住發抖。先是一聲咒罵，愛德華·金恩緊張得咯咯笑了一聲，然後一片靜默。這時，喬·魏凌尖銳而清晰的聲音響起。喬治·韋勒德笑了起來。他明白了。喬·魏凌正在用他那如潮水般滔滔不絕的話語迷住房間裡那兩個人，就如他過去令他面前的聽眾徹底昏頭那樣。在走廊裡聽著的那個人走來走去，驚詫不已。

房間裡的喬·魏凌不理會湯姆·金恩咕咕噥噥的威脅。他沉浸在一個想法之中，關上房門，點亮一盞燈，把那捧雜草鋪在地板上。「我這裡有些東西，」他鄭重地宣布：「我要把這件事拿去告訴喬治·韋勒德，讓他寫一則報導登在報紙上。我很高興你們上這裡來。要是莎拉也在場就好了。我本來打算去你們家，把我的一些想法告訴你們。我的想法很有趣。但莎拉不讓我過去，她說我們會吵起來。這麼說太傻了。」

喬·魏凌在這兩個困惑不解的人面前跑過來跑過去，開始解釋。「你們現在可別搞錯了，」他喊道：「這是一件大事！」他的聲音激動且變得尖利。「你們聽我說下去，就會感興趣的。我知道你們會感興趣的。我們這樣假設——假設所有的小麥、玉米、燕麥、豌豆、馬鈴薯都因某種奇蹟被一掃而空。我們在這裡，你們看，在這個縣裡。我們四周圍著高高的柵欄。我們這樣假設。誰也越不過這道柵欄，地上的果實也都被糟蹋了，除了這些野生植物，這些草之外，什麼也不剩。我們就此完了嗎？我就問你們，我們就此完了嗎？」湯姆．金恩再次咆哮，房間裡一度靜默無聲。然後喬再次一頭栽進去，闡述自己的想法。「有一段時間事情會很艱難。我承認這點，我必須承認這點。無法迴避，我們會陷入困境中，扁下去的不只是一個吃得肥肥的肚子。但是這些困難無法打倒我們。我敢說打不倒我們。」

湯姆．金恩好脾氣地笑了笑，愛德華．金恩那哆哆嗦嗦、神經質的笑聲則響徹整間屋子。喬．魏凌趕緊繼續說下去：「你們看著，我們會開始培育新的蔬菜和水果。很快我們就會再次收穫失去的一切。注意，我並不是說新的與舊的會一樣。它們不會一樣的。也許會更好，也可能不那麼好。很有意思，對吧？你們可以想一想。它讓你們開始動起腦筋了，不是嗎？」

房間裡一片靜默，然後老愛德華・金恩又神經質地笑了。「話說，要是莎拉在場就好了。」喬・魏凌大聲道：「我們一起去你們家吧。我要把這件事說給她聽。」

房間裡傳來一陣椅子的刮擦聲。喬治・韋勒德這才退回到他自己的房間。他從窗口探出身去，看到喬・魏凌和金恩家那兩個男人沿著街道一塊走著。湯姆・金恩不得不邁開大步才能跟上這個小個子男人。他一邊大步走，一邊俯身過去傾聽，全神貫注，聽得入神。喬・魏凌再次激動地說道：「眼下就以馬利筋來說吧。」他大叫道：「馬利筋可以用來做很多事，對吧？簡直是令人難以置信。我要你們想一想，我要你們兩位好好想一想。你們會看到一個新的蔬菜王國。很有意思，對吧？這是個想法。等一下你們見到莎拉，她會明白的，她會感興趣的。莎拉總是對各種想法感興趣。你們就算再怎麼聰明，也比不上莎拉，不是嗎？你們當然比不上，你們明白的。」

冒險精神

ADVENTURE

喬治・韋勒德還是個孩子的時候，艾莉絲・辛德曼就是個二十七歲的婦人了，她一輩子都住在懷恩石堡。她在溫尼布店當店員，母親再婚後她仍與母親同住。

艾莉絲的繼父是一名馬車油漆工，嗜酒成性。有關他的故事也是很古怪，改天再拿出來講。

二十七歲的艾莉絲，個子高高的，但是有些瘦弱。她頭很大，讓她的身體看起來相形顯小。她的肩膀有點駝，頭髮和眼珠都是褐色的。她的個性很文靜，但是在平靜的外表之下，內心卻持續不斷地騷動。

在十六歲的少女時代，艾莉絲還沒有去店裡做事之前，曾經和一個小夥子有過一段情。那個小夥子名叫奈德·柯里，年紀比艾莉絲大。他和喬治·韋勒德一樣，受雇於《懷恩石堡鷹報》，有很長一段時間，他幾乎每天晚上都去找艾莉絲。兩人一起在樹下散步，穿過小鎮的街道，聊著今後的人生。那時候的艾莉絲是個長相很漂亮的女孩，奈德·柯里將她擁入懷中親吻。他變得興奮起來，說了些他本沒打算要說的話；艾莉絲渴望著自己狹隘的生活中能出現一些美好的事物，這份欲望出賣了她，她也逐漸興奮起來。她也開口了。她生命的外殼，天生的不自信與矜持，都被扯掉了，完全獻身於自己的情慾。她十六歲那年的深秋，奈德·柯里去了克里夫蘭，他想在那座城市的一家地方報謀得一職，在這個世界上出人頭地，她則想跟著他一塊去。她哆哆嗦嗦地將自己內心的想法說給他聽。「我會找事做，你也會做事。」她說：「我不想用些不必要的開銷套住你，妨害你的前程。別在這時候娶我。我們倆不結婚也可以過得很好，還可以在一起。即使住在同一個屋簷下，也沒有人說什麼閒話。在城市裡誰也不認識我們，世人不會注意到我們。」

心上人的決心和任性令奈德．柯里感到不解，同時也深受感動。他想過就讓這個女孩當他的情婦，但是他改變了主意。他想保護她，照顧她。「你不知道自己在說什麼。」他厲聲說：「你大可放心，我不會讓你做這種事的。找到一份好工作後我就會回來。眼下你必須留在這裡。我們別無他法，只能這樣。」

離開懷恩石堡去城市裡展開新生活的前一天晚上，奈德．柯里去看艾莉絲。他們在街上走了一個小時，然後在衛斯理．莫耶的車店裡租了一輛大型馬車，駕車去鄉下兜風。月亮升起，他們發現彼此相對無言。傷心之下，年輕人忘記了自己先前下定決心要怎樣對待這個女孩。

他們來到一個地方下了馬車，這個地方有一片長長的草地一直往下延伸到懷恩溪溪畔，在昏暗的光線下成為一對真正的戀人。午夜時分，他們回到城裡，兩人都很高興。在他們看來，無論未來發生什麼事，都無法將這件已成就之事的奇妙與美好抹除掉。奈德．柯里把女孩送到她父親家門口時說：「現在開始我們必須彼此相依，無論發生什麼事都要彼此相依。」

這個年輕的新聞人未能在克里夫蘭的報社謀得一職，於是西行去了芝加哥。有一段時間他很寂寞，幾乎每天寫信給艾莉絲。後來，他就被城市生活給吸引了，開始交起朋友，找到新的生活趣味。他在芝加哥住的是一棟有包飯的房子，那棟屋子裡住了好幾個女人。其中一個女人引起了他的注意，於是他忘了懷恩石堡的艾莉絲。那一年的年底，他就不再寫信了，只有久久才會想起那麼一次，在他感到寂寞的時候，或是踏入城市裡的某座公園，看見月光照在草地上，猶如那晚的月光照在懷恩溪畔的草地上一樣——那時，他才會想起她來。

在懷恩石堡，曾經被他愛過的那個少女長成一個女人。在她二十二歲那年，開著一家馬具修理店的父親突然撒手人寰。這個馬具製造商是一個退伍的老兵，幾個月後，他的妻子領到一筆遺孀的撫卹金。她拿著領到的第一筆錢買了一架紡織機，開始做織工織起地毯；艾莉絲則在溫尼的店裡找到一份工作。好些年下來，什麼事也無法讓她相信奈德．柯里最後不會回到她的身邊。

她很高興有人雇用她，因為每天在店裡辛苦工作讓等待的時間不再那麼漫長與無趣。她開始存錢，想著等到存了兩、三百塊，就追隨愛人的腳步去到城裡，試試看她的出現能否挽回他的愛意。

艾莉絲並未為月光下發生在野地裡的事責怪奈德．柯里，只是覺得自己再也不可能嫁給別的男人了。對她來說，把她認為只能屬於奈德的東西拿去給別人，這個想法感覺很駭人。也有別的年輕小夥子設法引起她的注意，她卻不肯與他們牽扯不清。她低聲地自言自語：「我是他的妻子，無論他回不回來，我永遠都是他的妻子。」她雖然願意養活自己，卻無法理解日漸強大的現代觀念——女性獨立自主，為自己的人生目標付出和索取。

艾莉絲在布店從早上八點做到晚上六點，每週有三個晚上還要回到店裡，從七點待到九點。時光流逝，她變得越來越寂寞，開始做起寂寞的人常搞的那一套。夜裡，她會上樓回到自己的房間，跪在地板上祈禱，在祈禱中低聲說出她想對愛人傾訴的話。她對無生命的物體生出執著，因為房間是她的，她不能容忍任何人碰她房間裡的家具。一開始存錢是有目的的，後來即使放棄進城去找奈德．柯里的計畫，她還是繼續存錢。它成了一種固定的習慣，需要新衣服穿的時候，她也不去買。有時在下雨的午後，店裡的她會拿出銀行存摺，把它攤開在自己面前，花幾個小時作著不可能實現的夢，夢想著存夠了錢，光靠利息就能養活自己和未來的丈夫。

「奈德一直喜歡四處旅行。」她想著：「我會給他機會。哪一天我們結婚之後，我可以把他的錢和我的錢都存起來，這樣我們就有錢了。到時候我們就可以一起去環遊世界了。」

艾莉絲就在布店裡，等待並夢想著戀人的歸來，日子一週週過去，然後一個月一個月過去，這一等就是幾年過去了。她的雇主是一個頭髮花白的老先生，戴著假牙，蓄著稀疏而花白的小鬍子，耷拉在嘴邊，他不愛與人交談。有時候，下雨天和暴風雨肆虐緬因大街的冬日，漫長的時間過去了也沒有半個顧客光顧。艾莉絲反覆不斷地整理存貨。她站在店裡的櫥窗前面，那裡可以眺望整條空蕩蕩的街道，想起她和奈德·柯里一起散步的那些夜晚，還有他說過的話。「現在開始我們必須彼此相依。」這句話不斷在這個日漸成熟的女人腦海裡迴蕩。她的眼睛裡噙滿淚水。有時候，她的雇主出去了，店裡只剩她一個人，她會把頭埋在櫃檯上哭泣。她一遍又一遍地低聲說：「噢，奈德，我在等著。」恐懼悄悄爬上她的心頭，她怕他再也不會回來了，這份恐懼越來越強烈。

雨季過後的春天，在漫長而炎熱的夏季到來之前，懷恩石堡四周的鄉村景色令人賞心悅目。小鎮位於開闊的田野之中，田野過去就是一片片宜人的林地。在樹木茂密的地方有許多隱蔽的小角落，是情侶們會在週日下午去坐坐的悠靜之地。透過樹林可以眺望原野，看農民在穀倉附近勞作，或是看人們駕車在路上來來往往。鎮上的鐘聲悠揚，偶爾有一列火車駛過，遠看就像個玩具。

奈德．柯里走後，有好幾年艾莉絲都不在週日與別的年輕人一起進樹林裡去，但是在他離開兩、三年後的某一天，在那份孤單寂寞似乎令人再也無法忍受的時候，她穿上最好的衣服出門了。她找到一塊隱蔽的小地方，從那個地方可以看見小鎮和一大片田野，坐了下來。她的全副心思都被年華老去與芳華虛度的恐懼占滿。她坐不住了，於是站起身來。當她站著眺望這片大地的什麼，也許是想到在四季流轉中永不止息的生命，她的全副心思都放在了逝去的歲月上。她嚇得一個哆嗦，意識到對她來說，青春之美與鮮活已經逝去了。她第一次感到自己被騙了。她並不怪奈德・柯里，也不知道該怪什麼。悲傷襲來。她跪倒在地，想要祈禱，但是從她嘴裡冒出來的不是祈禱，而是抗議的話語。「事情不會發生在我身上了。我永遠找不到幸福了。我為什麼要騙自己呢？」她哭了，隨之而來的是一種奇怪的解脫感，恐懼已經成為她日常生活的一部分，這是她第一次大膽嘗試去面對這份恐懼。

艾莉絲・辛德曼二十五歲那一年裡，發生兩件事，擾亂了她平靜無波的日子。她的母親嫁給了懷恩石堡的馬車油漆工布胥・米爾頓，她自己則成了懷恩石堡衛理公會的教徒。艾莉絲之所以加入衛理公會是因為她自己生活中的孤獨感令她害怕。母親的再婚突顯出她的孤立。她笑得有點猙獰地告訴自己：「我變得越來越老，越來越古怪。即使奈德回來了，他也不會要我。在他所居住的城市裡，男人永保青春。事情那麼多，他們沒有時間變老。」接著毅然決然開始去認識人。每週四晚上店裡打烊後，她都會去教堂的地下室參加祈禱會，週日晚上則去參加一個名為務德會的團契聚會。

威爾·賀立是一個中年男子，在一家藥房當店員，也是衛理公會的教徒；他主動提議陪她一起走回家的時候，她並沒有出聲反對。「當然，我不會讓他習慣和我在一起，但是如果他久久來看我一次，也不會有什麼壞處。」她告訴自己，依然決心忠於奈德·柯里。

艾莉絲並沒有意識到發生了什麼事，起初她的嘗試是無力的，但是隨著決心越來越堅定，她想要重新把握新的人生。她默默地走在這個藥店店員的身邊，他們在黑暗中索然無味地走著，有時候她會伸出手去，輕觸他外套的褶皺。他送她到她母親家門口就走了，她沒有進屋去，而是在門邊站了一會兒。她想叫住這個藥房的店員，邀他在一片黑暗中陪她一起坐在屋前的門廊上，又怕他無法理解。「我想要的不是他。」她告訴自己：「我是想避免如此孤單寂寞。只要一不小心，我就會越來越不習慣與人相處。」

*

艾莉絲二十七歲那年的初秋，一陣強烈的不安充塞了她的心頭。她無法忍受那個藥房店員的陪伴，於是晚上他過來和她一起散步時，她便打發他走了。她的心思變得異常活躍，由於在店裡的櫃檯後面站了幾個鐘頭站累了，她一回到家，便爬上床去，但卻又睡不著。她瞪大眼睛，凝視黑暗。她的想像力就像睡了一場大覺後醒來的孩子一樣，在房間裡游盪。在她的內心深處有著什麼東西，不被幻想所欺騙，要求從人生之中得到一些明確的答案。

艾莉絲把一粒枕頭抱在懷裡，緊緊貼在胸前。她下床來，擺弄一條毯子。黑暗中，那條毯子看起來就像是一個人躺在床單之間，她跪到床邊，撫摸毯子，一遍又一遍地低聲念著，就像在唱疊句一樣。她嘀嘀咕咕道：「為什麼不發生點什麼事情呢？為什麼留我一個人在這裡？」雖然她偶爾還是會想起奈德．柯里，卻不再依賴他了。她的願望變得越來越模糊不清。她不想要奈德．柯里或是別的男人。她想要被愛，想要有什麼人來回應她內心裡面越來越大聲的呼喚。

於是在一個下雨的晚上，艾莉絲經歷了一場驚險刺激的事。這件事讓她感到既害怕又困惑。九點鐘她從店裡回到家，發現房子裡空無一人。布胥・米爾頓到鎮上去了，她的母親則去了鄰居家串門。艾莉絲上樓回到自己的房間，在黑暗中脫掉衣服。她在窗邊站了一會兒，聽著雨點打在玻璃窗上，然後一股奇怪的欲望支配著她。她沒有停下來想想自己打算要做什麼，就跑下樓去，穿過黑漆漆的屋子，跑進雨中。當她站在屋前那一小塊草地上，感受冰冷的雨水打在她的身上，一股想要上街裸奔的瘋狂欲望霸占了她的身心。

她以為雨水會對她的身體產生一些新奇又美妙的影響。她已經有好些年不曾感到如此充滿著青春活力和勇氣了。她想要跳躍、想要奔跑、想要大聲呼喊，想要找個孤獨的人，擁抱他。在屋前的磚砌人行道上，有個男人跌跌撞撞地朝著家裡走。艾莉絲跑了起來。一股狂野、絕望的情緒充塞她的心頭。她想著：「我管他是誰。他是一個人，我要去找他！」她並沒有停下來考慮她的瘋狂可能帶來的後果，輕聲叫道：「等等！」她叫道：「別走啊。不管你是誰，一定要等等。」

人行道上的那個人停下腳步，站著聽聲音。那是一個老頭，有點耳背。他把手放到嘴邊，大聲呼喊。「啥？說啥啊？」他喊。

艾莉絲倒在地上，渾身發抖。一想到自己所做的事，她感到很害怕，直到那個人繼續走他的路了，她也不敢站起身來，只能手腳並用地爬過草地，回到屋裡去。她回到自己房間，鎖上了門，推過梳妝臺擋在門口。她的全身都在發抖，彷彿受寒打冷顫似的，雙手也在抖，抖得連穿睡衣都有困難。上床後，她把臉埋在枕頭裡，哭得傷心欲絕。她心想：「我到底是怎麼了？如果不小心點，我會做出可怕的事來。」然後她面向牆壁，開始強迫自己勇敢地面對這樣一個事實——許多人必須孤孤單單地活著，孤孤單單地死去，即使在懷恩石堡也是一樣。

得體

RESPECTABILITY

如果你曾在城市生活，也在夏日的午後公園裡散過步，也許見過，一隻巨大而怪異的猴子，在一只鐵籠子的角落裡眨著眼睛，這種生物眼睛下方的皮鬆弛而下垂、沒有毛髮又難看，下體是艷紫色。這隻猴子是真正的怪物。在完全的醜陋之中，牠有一種變態的美。駐足在籠子前面的孩子們看得入迷，男人帶著一臉厭惡的神情轉過身去，女人則是逗留片刻——也許是想要回想起來這東西與哪位相熟的男性有那麼一絲絲相似之處。

如果你早年曾經是俄亥俄州懷恩石堡鄉鎮的居民，那麼籠中的這頭畜生對你而言就沒有什麼神祕感可言了。「牠就像渥石・威廉斯。」你可能會這麼說：「坐在角落裡的時候，這頭野獸確實像老渥石。這就像夏天的傍晚他下班關上辦公室的門後，坐在火車站調車場的草坪上一樣。」

懷恩石堡的電報員渥石・威廉斯是這個鎮上最醜的人。他腰圍粗壯、脖子細長，雙腿虛軟無力。他很髒，全身上下沒有一個地方是乾淨的。就連他的眼白看起來都髒兮兮的。

我講太快了。渥石也不是全身上下沒有一個地方是乾淨的。他很愛惜他那雙手。他的手指頭很粗，但是擱在電報室機器旁邊那張桌子上的手，卻給人一種靈敏、勻稱而優雅的感覺。渥石・威廉斯年輕的時候號稱是全州最厲害的電報員，雖然被貶到了懷恩石堡這間不起眼的辦公室，他仍然為自己的能力感到自豪。

渥石・威廉斯不與他居住的這個鎮上的人交往。他說：「我不會和他們有什麼牽扯。」用混濁的雙眼看著那些沿著車站月臺走過電報室的人。傍晚他會順著緬因大街走去艾德・葛里菲斯的酒館，喝掉多到令人難以置信的啤酒之後，就腳步踉蹌地回到他在新韋勒德之家租住的房間，上床去睡覺。

渥石．威廉斯是一個勇氣可嘉的人。在他身上發生過一件事，讓他憎恨人生，全心全意地憎恨人生，像詩人那般任性而為。首先，他討厭女人。他稱她們為「賤貨」。他對男人的感覺則有些不同，他可憐他們。他問：「男人不是都讓某個賤貨替他掌管自己的人生嗎？」

在懷恩石堡，沒有人注意到渥石．威廉斯和他對同胞們的仇恨。有一次，懷特太太向電報公司投訴——懷特太太是銀行員懷特的老婆——她說懷恩石堡的電報室很髒，氣味很難聞。但是她的投訴石沉大海。走到哪裡都有人尊敬這個電報員。那些男人本能地能感覺到，在他身上有一股強烈的怨氣，怨恨著自己沒有勇氣去怨恨的東西。當渥石走過街道，這樣的人會出於本能地想要對他致敬，或是脫帽或是彎腰鞠躬。負責監督穿過懷恩石堡這條鐵路沿線的電報員主管，也有這樣的感覺。他把渥石下放到懷恩石堡那間不起眼的辦公室裡，是為了避免解雇他，他打算一直把他留在那裡。渥石．威廉斯收到那位銀行業者的妻子寫來的投訴信，把信給撕了，不快地笑了笑。

不知怎地，他在撕掉信的時候想起了自己的妻子。

渥石·威廉斯曾經有過老婆。他還年輕的時候，在俄亥俄州的代頓市娶過一個女人。那個女人的身材既高䠷又苗條，有一雙藍色的眼睛和一頭黃色的秀髮。渥石本身也是一個俊秀的青年。他愛這個女人就像他後來恨所有的女人一樣全心全意。

在整個懷恩石堡，只有一個人知道讓渥石·威廉斯這個人和他的性格變醜陋的背後故事。他曾經對喬治·韋勒德講過這個故事，故事是這樣的——

有一天傍晚，喬治·韋勒德和蓓兒·卡本特一起去散步，蓓兒·卡本特是女帽的帽飾師傅，在凱特·麥可休太太開的女帽店工作。這個年輕人並不愛這個女人，事實上，她有一個追求者，那人在艾德·葛里菲斯酒吧當酒保。不過他們在樹下散步時，時不時會抱一抱。夜色和他們的心思喚起他們內心的某種情感。他們回到緬因大街上時，經過火車站旁邊的小草坪，看到渥石·威廉斯，顯然在一棵樹下的草坪上睡著了。第二天傍晚，這個電報操作員和喬治·韋勒德一塊走出門。他們沿著鐵路走下去，在鐵軌旁一堆朽爛的枕木上坐下。就是在這個時候，這個電報員向年輕的記者講起了他仇恨背後的故事。

也許有那麼十幾次，喬治．韋勒德差點就要和住在他父親旅館裡這個奇怪、邋遢得不成形的男人交談。年輕人看著那張粗俗猥瑣、斜眼盯著酒店餐廳的臉，心中充滿了好奇。他從那雙瞪視的眼睛裡看到其中藏著什麼，告訴他這個對別人無話可說的人有話想要對他說。夏日的傍晚，坐在枕木堆上，他滿懷期待地等待。當這個電報員默不作聲，看似改變了主意，不想開口的時候，喬治設法打開了話匣子。「威廉斯先生，你結過婚嗎？」他開口道：「我猜你結過了，但是你的妻子已經死了，對嗎？」

渥石．威廉斯吐出一連串惡毒的髒話。「對啊，她死了。」他同意道：「她是死人，就如所有的女人一樣都是死人。她是一個活死人，走在男人的視線裡，她的存在汙染了她腳下的這片大地。」男子盯著男孩的眼睛，氣得臉色紫脹。「你的腦子裡不要有傻念頭。」他命令道：「我的妻子，她死了；沒錯，想必是死了。我告訴你，所有的女人都是死人，我的母親、你的母親，還有在女帽店工作那個個子高高、皮膚黑黑的女人，昨天我看到你和她一起四處走——所有的女人，她們都是死人。我告訴你，他們身上有些東西爛掉了。我結過婚，沒錯。我的妻子在嫁給我之前就死了，她是個髒貨，出自一個更髒的髒貨。她是上天派來讓我的人生變得無法忍受的東西。我以前是個傻瓜，你知道嗎？就像現在的你一樣，所以我娶了那個女人。我真希望男人能稍稍開始了解女人。她們是上天派來阻止男人讓世界變得有價值的，這是造化的詭計。啊！她們是偷偷摸摸、匍匐在地、扭來扭去的東西，她們有一雙柔軟的手和藍色的眼睛。看到女人就讓我感到噁心。我不明白我為什麼不看到女人就殺。」

這個形容猥瑣的老頭眼中灼熱的光芒令喬治·韋勒德心裡有些害怕，卻又深受吸引，他滿腹好奇地聽著。夜幕降臨，他傾身向前，想要看清楚講話的人的那張臉。當夜色漸濃，他再也看不清那張紫脹的臉和灼熱的眼睛，他的腦海中產生了一種奇怪的幻想。渥石·威廉斯講話的嗓音低沉、語氣平板，讓他的話聽起來更可怕。黑暗中，這個年輕的記者發現自己想像著他就坐在枕木上，身旁坐著一個俊秀的年輕人，他有一頭黑髮和一雙閃閃發亮的黑眸。當這個形容猥瑣的渥石·威廉斯在敘述自己的仇恨故事時，聲音裡有一種幾乎算得上是美妙的東西。

懷恩石堡的這位電報員，在一片黑暗中坐在枕木上，變身為詩人。是仇恨將他提升到了這個高度。「我看到你親了那個蓓兒．卡本特的唇，才會把我的故事告訴你。」他說：「發生在我身上的事接下來可能會發生在你身上。我想讓你提高警覺。你的腦子裡可能已經作起夢來了。我想破壞那些夢。」

渥石．威廉斯開始講起故事，他娶了一個身材高眺、金髮碧眼的女孩，過起婚姻生活；年輕時候的他是俄亥俄州代頓市一名電報操作員，他就是在那時候時認識她的。在他的故事裡，時不時會出現美麗的瞬間，夾雜著一連串惡毒的咒罵。這位電報員娶了一個牙醫的女兒，她是三姊妹中的老么。結婚當天，由於他的能力，他被提拔為電報簽派員，薪水也加了，同時被派往俄亥俄州哥倫布市的一個辦事處。他帶著小嬌妻在那裡安頓下來，開始分期付款買了一棟房子。

這個年輕的電報員瘋狂地墜入愛河。他憑著一股類似宗教信仰的狂熱，年輕時歷經各種隱藏的危險，直到婚前仍一直保持童子之身。他為喬治．韋勒德描繪一幅他和小嬌妻在俄亥俄州哥倫布市那棟房子裡過的生活。「我們在我家後院裡種菜，」他說：「你知道的，就是豌豆和玉米之類的。我們在三月初去到哥倫布市，天氣一暖，我就去園子裡幹活。我用鐵鍬翻開黑土，她則嘻笑著跑來跑去，假裝害怕我翻出來的蚯蚓。四月下旬，我們開始播種。她站在一畦畦苗床之間的小路上，手裡拿著一個紙袋。袋子裡裝滿了菜種。她一次只遞給我幾粒種子，讓我撒到鬆軟、溫熱的地裡去。」

黑暗中，說話的男人聲音一咽。「我愛她。」他說：「我承認自己就是個傻瓜。我還愛她。春天的傍晚，暮色中我匍匐在黑色的地面上，爬到她的腳下，拜倒在她面前討好她。我親吻她的鞋子和鞋子上方的腳踝。她的衣襬碰到我的臉時，我忍不住顫抖。這樣的生活過了兩年之後，我發現她居然想方設法找了三個情人，他們趁著我外出工作時，經常到我們家來。我碰都不想碰他們或是她，我把她送回丈母娘身邊，什麼話也沒說。沒什麼好說的。我的銀行戶頭裡有四百塊錢，我把那筆錢給了她。我沒有問她原因，我什麼也沒說。她走後，我哭得像個小傻子。不久後我就有機會賣掉那棟房子，我把那筆錢也寄去給她。」

渥石・威廉斯和喬治・韋勒德從那堆枕木中站起身來，沿著鐵軌朝鎮上走去。這位電報員很快講完他的故事，講得上氣不接下氣。

「她母親把我找去。」他說：「她寫了封信給我，請我去他們在代頓的家。我到那裡的時候差不多就是傍晚這個時候。」

渥石・威廉斯拔高聲音，幾乎是在尖叫。「我在那棟屋子的會客室裡坐了兩個小時。她母親把我帶進那裡後就留下我。他們的房子布置得很有格調，他們是所謂的體面人家。房間裡有絨布椅，還有一張沙發。我渾身顫抖。我痛恨那些我認為欺負她的男人。我過膩了一個人孤孤單單的生活，想要接她回去。我等的時間越久，心就變得越軟。我想，只要她進來用手碰碰我，我可能就會暈過去。我只求不再追究，就此遺忘。」

渥石・威廉斯停下腳步，站在那裡盯著喬治・韋勒德。小夥子的身體抖得像受了寒似的。男人的嗓音再次轉為輕柔而低沉。「她赤身裸體走進那個房間。」他繼續往下說：「是她母親搞的。我人坐在那裡的時候，她就在脫女孩的衣服，也許是在哄她那麼做。我先是聽到往小門廳的那扇門外有聲音，然後門輕輕地開了。女孩覺得丟臉，一動也不動地站著，眼睛盯著地板。那個當母親的沒有進到會客室來。她把女兒推進門後，人就站在門廳裡等待，希望我們——嗯，你懂的——等著。」

喬治・韋勒德和那位電報員來到懷恩石堡的主街上。商店櫥窗裡的燈光照在人行道上亮晃晃的，人們有說有笑地來來去去。年輕的記者感到不適，身體虛軟無力。想像中，他也變得蒼老而不成人形。「我並沒有殺死那個當母親的。」渥石・威廉斯說著，左看看右看看張望著街道。「我操起椅子砸了她一下，然後左鄰右舍就進去把椅子拿走了。她叫的那一聲很大聲，你懂的。我現在再也沒有機會殺她了。事情發生一個月後，她就發熱死了。」

思考者

THE THINKER

懷恩石堡的塞斯．厲奇蒙和他母親住的那棟房子曾經是鎮上人炫耀的地方，但是到了年輕的塞斯住在那裡的時候，它有過的輝煌已經變得有些黯淡了。銀行家懷特在七葉樹街上蓋起的那座大磚房，令它黯然失色。厲奇蒙家的宅子遠在緬因大街盡頭的一個小山谷裡。農民們若要從南邊沿著一條塵土飛揚的道路來鎮上，會路過一片胡桃樹林，繞過集市廣場外高高豎立、貼滿廣告紙的木柵，然後再策馬穿過山谷，經過厲奇蒙家那棟宅子進城。由於懷恩石堡北邊和南邊大部分的鄉下地方都從事水果和漿果的種植，塞斯會看到一車車採漿果的工人，有少年、少女，還有婦人，早上去田裡摘果子，傍晚滿身塵土回來。人群嘰嘰喳喳，講著粗俗的笑話，從一輛馬車傳到另一輛馬車，有時候這會令他大為惱火。他恨不得能跟著吵吵鬧鬧地大笑，大聲講些毫無意義的笑話，加入那些來來往往、嘻嘻笑笑的活動，成為這條川流不息人潮其中的一員。

厲奇蒙家的房子是用石灰石造成的，雖然村裡的人都說它已經破敗不堪，但實則一年比一年更加漂亮。歲月已經開始為石頭染上些許顏色，讓它的表面泛著濃濃的金黃，每到了傍晚或是在天色昏暗的日子，屋簷下的陰影處還會添上飄忽的棕色與黑色斑塊。

這棟房子是塞斯的祖父建的，他是採石匠出身。他將房子，連同往北十八英里位於伊利湖上的採石場，都留給他的兒子克倫斯·厲奇蒙——就是塞斯的父親。克倫斯·厲奇蒙這個人話雖不多卻很熱情，深受鄰人的愛戴，他死於和俄亥俄州托雷多市某報社編輯的街頭鬥毆中。這場爭鬥與克倫斯·厲奇蒙和一名學校女老師的名字雙雙被登在報上有關，由於這場爭吵是死者先向那個編輯開槍起的頭，所以就連懲罰兇手也做不到。這位採石匠死後，後人才發現他所繼承的遺產大多在友人的影響下，放入了投機買賣與不可靠的投資上。

薇吉妮亞・厲奇蒙手頭只剩下微薄的收入，於是住到村子裡，過起隱居的生活，撫養兒子。丈夫同時也是兒子的父親這一死，讓她十分難過，不過對於丈夫死後才流傳出來與他相關的故事，她是一點也不信。在她看來，那個敏感且孩子氣的男人，雖然被大家出於本能地喜歡，但其實只是一個不幸的人，他好到不能適應日常生活。「你會聽到各種不同的說法，但是不要去相信你所聽到的。」她對兒子說：「他是個好人，對誰都滿懷柔情，不該想要當個風流男子。不管我如何為你的將來打算與想像，除了希望你長成一個像你父親一樣善良的人，我想不出更好的了。」

丈夫過世好幾年後，薇吉妮亞・厲奇蒙對自己的收入需要應付的需求不斷增加感到擔憂，她毅然決定開始提高收入。她學過速記，透過丈夫友人的影響力，找到縣府所在的法庭速記員一職。法庭開庭期間，她每天早上搭乘火車過去；休庭期間，她就在自家花園裡的玫瑰花叢中勞動，打發日子。她是一個身材高䠷挺拔的女人，一張臉長得平平無奇，卻有一頭濃密的褐髮。

塞斯・厲奇蒙和他母親之間的關係有一個特點，甚至到了他十八歲的時候，已經開始影響他與同性之間的一切交往。出於一種對這個年輕人近乎不健康的尊重，這個當母親的在他面前大部分時候都保持沉默。當她厲聲訓斥他，他只需要定定地盯著她的眼睛，就會看到她眼裡浮現出困惑的神情——這是他看著別人時，會從人們眼神中留意到的。

事實是，做兒子的思路非常清晰，做母親的則不然。她期望每個人對生活都會做出些一成不變的反應。孩子是你的兒子，你罵他，他顫抖地看著地板。等你罵夠了，他哭過了，一切便得到了寬恕。哭過之後，等他上床去睡覺，你再躡手躡腳進他房間去親親他。

薇吉妮亞・厲奇蒙無法理解，她的兒子為什麼不是那樣。經過最嚴厲的訓斥之後，他的身體並沒有顫抖，也不看地板，而是定定地看著她，讓她心生不安的疑慮。至於躡手躡腳偷偷溜進他房間這種事，在塞斯滿十五歲以後，她就有點害怕，不敢再做了。

塞斯十六歲大的時候，有一次和另外兩名少年結伴離家出走。三個少年爬上一節敞開著車門的空貨車，搭了四十英里，去到一個正在舉辦集市的小鎮。其中一個少年帶了一瓶酒，裡面裝的是威士忌混黑莓酒，三個人坐在車門邊，腿懸在車廂外，以口就瓶直接喝著瓶子裡面的酒。與塞斯同行的那兩個同伴一邊唱歌，一邊向火車途經的小鎮車站附近的閒人揮手。他們打算襲擊舉家一起來趕集的農民，搶走他們手中的籃子。他們自誇地宣稱：「我們會過上王族般的生活，用不著花一分錢就能逛集市、看賽馬。」

賽斯失踪後，薇吉妮亞．厲奇蒙在她家的地板上走來走去，心中隱隱感到擔憂。儘管第二天，透過小鎮警察的詢問調查，她就知道孩子們去探了什麼險，但她還是無法平靜下來。一整個晚上，她躺在床上睡不著，聽著時鐘的滴答聲，告訴自己，塞斯會跟他的父親一樣，突然暴斃且死於非命。她是如此這般下定決心，這一次肯定要讓那孩子感受到她的怒氣之盛，儘管她不讓法警出面打斷他的探險之旅，不過她還是拿出紙筆，寫下一連串嚴厲且尖刻的斥責，她要一股腦發洩在他身上。她把這些訓斥的話都記在心裡，在花園裡走來走去，高聲念誦，就像演員在背誦自己所扮演角色的臺詞那樣。

等到週末的時候，塞斯回來了，他的人有點疲憊，耳朵裡和眼睛四周都沾滿了煤灰，她再一次發現自己無法開口責備他。他走進屋子，把帽子掛到廚房那扇門邊的釘子上，站在那裡定定地看著她。「我們出發不到一個小時，我就想回來了。」他解釋道：「我不知道該怎麼辦。我知道你會煩惱，不過我也知道，如果不繼續下去，我會覺得丟臉。為了我自己好，我還是照原先計畫的做到底。睡在濕濕的麥稈上很不舒服，還有兩個喝得醉醺醺的黑人過來和我們一起睡。我從一個農民的馬車裡偷了一個午餐籃，忍不住就想到他的孩子會一整天沒有東西吃。我對這整件事感到厭倦，但是我決心堅持下去，直到另外那兩個小子準備回來為止。」

「我很高興你堅持了下來。」做母親的半帶著怨恨地回答道，同時親親他的額頭，裝作自己忙著做家務的樣子。

夏日裡的一個傍晚，塞斯．厲奇蒙去新韋勒德之家找他的朋友喬治．韋勒德。午後下了一場雨，不過他走過緬因大街時，天空已經有部分放晴，一抹金光照亮了西方的天邊。他拐過一個街角，轉身從旅館門口進去，踏上樓，往朋友住的房間走去。在旅館辦公室裡，旅館老闆和兩個旅人正忙於討論政治。

塞斯在樓梯上停下腳步，聽著樓下男人的話語聲。他們很激動，講話很快。湯姆·韋勒德正在痛斥旅客。「我是民主黨人，但是你的言論令我不快！」他說：「你不了解麥金利*。麥金利和馬克·漢納†是朋友。也許你們的腦袋無法理解這點。如果有人告訴你，友誼比金錢更深厚、更偉大、更有價值，甚至比國家政治更有價值，你會暗地裡譏笑。」

旅館老闆的話被一位住客打斷，那是一名身材高大、鬍子花白的男子，他在一家雜貨批發店做事。「你以為我在克里夫蘭住了這麼多年還不認識馬克·漢納嗎？」他詰問道：「你說的都是廢話。漢納只要錢，啥也不要。這個麥金利就是他的魁儡。他

* 編註：威廉·麥金利（William McKinley），第二十五任美國總統，共和黨人，生於俄亥俄州。

† 編註：Mark Hanna，共和黨人。因經商而致富，一八九六年助麥金利贏得總統選舉，曾任俄亥俄州聯邦參議員。

是在唬弄麥金利，你可別忘了這點。」

樓梯上的年輕人不再逗留下去聽他們討論，他繼續上樓，走入漆黑的小廊道。在男人們於旅館辦公室裡談話的聲響中，有些東西在他的腦子裡引發一連串的想法。他很寂寞，開始覺得孤單寂寞屬於他性情中的一部分，會一直跟著他。他步入一條側廊，站到一扇窗邊，俯視一條小巷。鎮上的麵包師傅艾伯訥．葛洛夫站在他家店鋪後面。他那雙布滿血絲的小眼睛上下打量著巷子。店裡有人叫他，但是麵包師傅裝作沒聽見。麵包師傅手裡抓著一只空牛奶瓶，眼神裡帶著惱怒的陰沉。

在懷恩石堡，塞斯．厲奇蒙被人稱作「那個深沉的傢伙」。「他就像他的父親，」他走在街上的時候人們這樣說：「總有一天他會爆發的，你等著瞧吧。」

因為鎮上人的議論，男人和男孩們本能地帶著敬意與他打招呼（就像大家跟沉默寡言的人打招呼一樣），這影響了塞斯．厲奇蒙的人生觀與對自我的看法。他就像大多數的少年一樣，比外人以為的要深沉些，可他也不若鎮上的男人，甚至他的母親所想的那般深沉。在他習慣性的沉默背後並沒有隱藏著什麼了不起的意圖，他對自己的人生也沒有什麼明確的規劃。他所往來的男孩子們吵吵鬧鬧、爭論不休時，他就靜靜地站在一旁。他用平靜的目光看著夥伴們指手畫腳、充滿活力的身影。他對正在發生的事並不特別感興趣，有時候他也懷疑自己是否會對任何事情特別感興趣。此時，他站在有點暗的窗邊看著那個麵包師，他真希望自己能夠為什麼事情激動萬分，哪怕只是像麵包師傅葛洛夫那樣發作惱怒也好，葛洛夫可是以此而臭名昭彰。「如果我能像只會空談的湯姆．韋勒德那個老頭一樣，談政治談到激動起來，與人爭論，對我來說會好些吧？」他一邊想，一邊離開窗邊，再次沿著走廊走向他的朋友喬治．韋勒德所住的房間。

喬治．韋勒德的年紀比塞斯．厲奇蒙大，但是在這兩人之間相當古怪的友誼當中，總是喬治．韋勒德對年紀小的那個人獻殷勤。喬治所服務的這家報社有一項政策。它力求盡可能在每一期的報紙上多多提到村民的名字。喬治．韋勒德就像一條興奮的狗，四處跑來跑去，在他的小本子上記下誰去縣城辦事了，或是誰從鄰鎮回來了。他一整天都在本子上記一些細瑣的小事。「A．P．甯禮收到一批草帽。艾德．拜爾鮑姆和湯姆．馬歇爾週五人在克里夫蘭。湯姆．辛寧思大叔正在他位於山谷路的那塊地蓋一座新的穀倉。」

有朝一日喬治．韋勒德會成為作家，這個想法讓他在懷恩石堡享有一定的聲名地位，他不斷地對塞斯．厲奇蒙說起這件事。他宣稱道：「這是最輕鬆的活法。」越講越激動，也越自負。「你四處走，沒有人可以管你。管你人是在印度，或是南洋的船上，只管寫就行了。等我成名以後，再看看有什麼好玩的。」

喬治．韋勒德的房間裡，有一扇窗戶可以看到下面的一條小巷，還有一扇窗戶可以看到鐵路過去，火車站對面的畢夫．卡特快餐店。塞斯．厲奇蒙坐在椅子上，看著地板。喬治．韋勒德已經閒坐了一個小時，無所事事地玩著一枝鉛筆，他熱情洋溢地招呼塞斯．厲奇蒙。「我一直想要寫一個愛情故事。」他緊張地笑了笑，解釋道。點上菸斗，開始在房間裡走來走去。「我知道要怎麼做了。我要去談戀愛。我一直坐在這裡，認真思考，我就要去做了。」

喬治似乎為自己的這番表白感到尷尬，他走到一扇窗前，背對著他的朋友，朝窗外探出身子。「我知道我要跟誰墜入情網了。」他突然說：「就海倫．懷特。她是鎮上唯一有『打扮』的女孩。」

年輕的韋勒德被一個新的想法打動了，他轉過身來朝著他的訪客走去。「聽好了，」他說：「你跟海倫．懷特比我跟她要熟，我要你把我的話轉告她。你就跟她說，說我愛上她了。看看她有什麼話說，看看她如何接受，然後你再來告訴我。」

塞斯．厲奇蒙站起身來，朝門口走去。這位同伴的話激怒了他，令他覺得無法抑制。「好吧，再見。」他簡短地回答。

喬治大為驚愕。他跑上前去，站在黑暗中，嘗試仔細端詳塞斯的臉。「怎麼了？你要做什麼？你留下來，我們談談吧。」他催促道。

塞斯心中湧起一股對朋友的怨恨，對鎮上那些男人的怨恨，他覺得鎮上的男人永遠都在說些有的沒的。最重要的是，他怨恨自己習慣沉默寡言，這讓塞斯感到有些絕望。「噢，你自己跟她說吧。」他突然迸出一句話來，然後迅速越過門口，當著他朋友的面甩上門。「我要去找海倫．懷特，跟她談談，但是不談他。」他嘀咕道。

塞斯走下樓梯，從旅館的前門出來，怒氣沖沖地嘀咕著。他穿過一條塵土飛揚的小馬路，爬過一道低矮的鐵欄杆，來到火車站調車場的草坪上坐下。他覺得喬治·韋勒德是個徹頭徹尾的傻瓜，真可惜自己當時沒有說得更過分一些。他和那個銀行業者的女兒海倫·懷特的交情，雖然看似淪於表面且不經意，但她卻經常是他遐想的對象，他覺得她對他來說是私有的、屬於他個人的。「這個忙著寫愛情故事的傻瓜，」他嘟囔道，回過頭去盯著喬治·韋勒德的房間：「他怎麼會永遠說個沒完，都說不膩呢。」

此時正值懷恩石堡漿果的收穫季節，在火車站的月臺上，男人和男孩們將一箱箱果香馥郁的紅色漿果裝上兩節快遞車廂，快遞車廂就停在鐵路側線上。六月的一輪月亮掛在天上，儘管西邊有暴風雨逼近，街上卻還沒有點起路燈。昏暗光線下，站在快遞車廂上把箱子往車門裡拋的男人們，在車門邊的身影依稀可辨。也有人坐在防護車站草坪的鐵欄杆上，有人點起菸斗。他們一來一往開著鄉下人的玩笑。遠處有一列火車呼嘯而去，裝箱的工人重新動了起來。

塞斯從草坪上站起身，默默地走過歇在欄杆上的男人，來到緬因大街上。他下定了決心。「我要離開這裡。」他告訴自己：「我待在這裡有什麼用？我要到城市裡去工作。明天我就把這件事告訴媽媽。」

塞斯・厲奇蒙沿著緬因大街慢慢走，經過瓦克雪茄店和市政廳，轉進七葉樹街。一想到自己並未融入家鄉小鎮的生活，他就感到沮喪，不過，他不認為自己有錯，所以這份沮喪並沒有深入骨子裡。來到魏凌醫生家門前一棵大樹濃密的樹蔭下，他停下來，站在那兒看著弱智的土客・史莫雷特推著獨輪車走在路上。這個老人的心智幼稚得可笑，獨輪車上堆著十幾塊長條木板，他順著那條路匆匆走去，極為巧妙地平衡著車上的載重。「慢慢來，土客！你要穩住啊，老傢伙！」老人自言自語對著自己喊，他還笑了，笑得車上那一堆木板搖搖欲墜。

塞斯認識土客・史莫雷特，他是個上了年紀且有點危險的伐木工，他的怪癖為這個村子的生活平添許多色彩。他知道，當土客轉入緬因大街後就會成為人們一陣呼喊和議論的中心，事實上，這個老人為了穿過緬因大街，顯示他用獨輪車推木板的技巧，還繞了遠路。「如果喬治・韋勒德在場，一定有話說。」賽斯心想：「喬治屬於這個小鎮。他會對著土客大喊大叫，土客也會對他大喊大叫。他們都會為自己所說的話暗自高興。我卻不一樣。我格格不入。我不會為此大驚小怪，我只想要離開這裡。」

塞斯在有點昏暗的夜色中跌跌撞撞往前走，感覺被自己出生長大的小鎮排斥在外。他開始自憐起來，但是在意識到自己的想法後又生出一股荒謬感，不禁失笑。最後他斷定自己只是少年老成而已，根本不適合自憐。「我天生就該去工作。也許我可以靠著勤勤懇懇工作為自己掙得一席之地，不如我就這樣做吧！」他決定好了。

塞斯去到銀行家懷特的宅子，站在前門口的黑暗之中。門上掛著一個沉重的黃銅製門環，這是海倫．懷特的母親引進村裡的一件新東西，她還組織一個研究詩歌的婦女俱樂部。塞斯拉起門環後再讓它落下。沉重的咯噹聲聽起來像是遠處的槍炮聲。「我是有多蠢，有多笨啊！」他心想。「如果懷特太太前來應門，我都不知道該說什麼才好。」

來應門的是海倫．懷特，她發現塞斯站在門廊邊，高興得漲紅了臉，走上前去，輕輕關上門。「我要離開這個小鎮了。我不知道要做什麼，不過我要離開這裡去工作。

我想我會去哥倫布市。」他說：「也許我會進那裡的州立大學。總之，我要走了。今晚我就告訴媽媽。」他躊躇了一下，疑惑地四下看了看。「也許你不介意跟我一起散個步？」

塞斯和海倫在街上散步，走過樹下。厚厚的雲層飄過月亮表面，在沉沉的暮色中迎面走來一個人，肩膀上扛著短梯。那人匆匆往前走，在街口停了下來，把梯子靠在路燈的木頭柱子上，點亮了村裡的燈火，路燈的光再加上低矮樹枝投下了深深的陰影，照得他們的路半明半暗。風開始在樹梢上起舞，驚起熟睡的鳥兒，嚇得牠們飛來飛去地哀哀鳴叫。有一盞路燈照亮之處，兩隻蝙蝠盤旋復盤旋，逐著成群的夜蛾。

打從塞斯還是個穿及膝褲的男孩開始，他和這個少女之間就有一種說一半藏一半、半遮半掩的親密情感，但眼前這個時候，卻是她第一次走在他的身邊。有一段時間，她瘋狂寫字條給塞斯。他在學校的課本裡發現藏著這些紙條，其中有一張紙條是在街上遇到一個孩子遞給他的，還有幾張是從村裡的郵局寄出的。

這些字條都是用圓潤而孩子氣的筆跡寫的，反映出來的是受到小說所薰陶的心靈。信是用鉛筆草草寫在銀行家懷特他妻子的專用信紙上，塞斯並沒有回信，不過有些句子還是令他感動且覺得受寵若驚。他把信放進外套口袋裡，當他走在街上，或是站在學校操場的柵欄旁時，會感覺身上有東西在燃燒。自己能被城裡最有錢、最有魅力的女孩看上，受到她的寵愛，感覺很好。

海倫和塞斯在一道柵欄前停了下來，附近有一棟昏暗且低矮的建築，面向著街道。這棟建築曾經是一家專營製造木桶板的工廠，現在卻空置在那裡。街對面一棟房子的門廊上，有一男一女正講起他們的童年，他們的聲音清清楚楚傳進了這對有點尷尬的少男和少女的耳中。然後椅子的刮擦聲響起，男人和女人走上碎石路，來到一扇木門前。男人站在門外，俯身吻了女人。「看在往日的情分上。」他說，轉身沿著人行道快步走開。

「那是貝樂．特納。」海倫低聲說道，然後大膽地將她的手放入塞斯的手中。「我不曉得她有男朋友。我還以為她太老了，沒有男朋友。」塞斯侷促不安地笑了笑。少女的手很溫暖，一種奇怪的暈眩感襲來。他突然心生渴望，想要將一些他本來決定不說的事情說給她聽。他說道：「喬治．韋勒德愛上你了。」儘管他的內心激動不安，聲音卻低沉且平靜。「他在寫一個故事，想要談戀愛。他想知道那是什麼滋味。他要我告訴你，看看你怎麼說。」

海倫和塞斯再次默默無語地走著。他們來到圍著厲奇蒙老宅的那座花園，從樹籬上的一個缺口穿過去，坐到灌木叢下的木凳上。

與女孩並肩走在街上的時候，幾個大膽而新鮮的想法浮上塞斯．厲奇蒙的心頭。他開始後悔自己下定決心要離開這個小鎮。他心想：「如果留下來，經常和海倫．懷特一起在街頭散步，會是一件新鮮而且令人愉快的事情。」幻想中，他看見自己伸出胳膊去摟住她的腰，感覺她的兩隻手臂緊緊地箍著他的脖子。這些事件和地點奇怪地結合在一塊，其中一個讓他將做愛的想法與這個女孩、幾天前他去過的一個地方聯想在一起。那時他去一個農民家裡辦事，那個農民就住在集市廣場外的那個山坡上，然後要順著一條穿過田野的小路回來。來到農夫家那個山坡下來的山腳，塞斯停在一棵梧桐樹下，四處看了看。一陣輕柔的嗡嗡聲傳入他的耳中。有那麼一瞬間，他覺得這棵樹八成是蜂群築巢之所。

然後，塞斯低頭一看，發現在他四周長長的草叢中到處都是蜜蜂。原來他站在一片野草叢中，地上的野草長到齊腰高，一路從山坡那邊延伸過來。野草上開滿了紫色的小花，散發出一股濃郁的花香。蜜蜂成群結隊地聚集在野草叢上，嗡嗡嗡地工作。

塞斯想像在一個夏日的傍晚，自己躺在樹下，深深埋入雜草叢中。在他幻想出來的場景中，他的身邊躺著海倫．懷特，他的手握著她的手。一種不尋常的阻力促使他沒有親吻她的雙唇，但是他覺得如果他想要的話他也可以那麼做。相反地，他一動也不動地躺著，看著她，聽著蜜蜂大軍在他頭頂上努力不懈地唱著熟練的勞動之歌。

坐在花園長椅上的塞斯不安地動了動。他鬆開女孩的手，把手插進褲袋裡。他突然覺得一股欲望湧上心頭，希望自己所做的決定能夠給他的同伴留下深刻的印象，記住它的重要性，於是他朝著房子的方向點了點頭。「我想，媽媽會大驚小怪的。」他低聲說道：「她根本沒想過我這輩子要做什麼。她以為我會是一個長不大的孩子，永遠待在這裡。」

塞斯的聲音變得充滿著孩子氣的認真。「你看，我必須出擊。我得開始去工作。這是我的長處。」

海倫．懷特受到了感動。她點點頭，心中生起一股欽佩之情。「就是應該這樣沒錯。」她心想：「這個少年不再是一個孩子，而是一個堅強、有目標的男人。」先前侵襲她身體的那股模模糊糊的慾望蕩然無存，她在長凳上坐直了身子。雷聲繼續轟隆隆作響，一道道閃電照亮了東方的天際。曾經那般神祕而廣闊的花園，因為有塞斯陪伴在她身旁，可能會成為奇異而美妙的探險背景所在；但眼前看起來不過是懷恩石堡一座再平常不過的後院，輪廓相當清楚明確且狹仄有限。

「你去那裡要做什麼？」她低聲說道。

坐在長椅上的塞斯轉過半個身去，努力在黑暗中看清楚她的臉。他覺得她遠比喬治．韋勒德理智且率直多了，同時很高興自己離開了他那個朋友。他的內心裡一直對這座小鎮有一種不耐煩的感覺，那種感覺又回來了，他試著將這種感覺說給她聽。「每個人都講個不停。」他開口道：「我受夠了。我要做點什麼，做些空談沒有用的工作。

也許我就在店裡當個技工。我不知道，我想我不是很在意這點。我只想做事，保持安靜。這就是我心裡面全部的想法。」

賽斯從長椅上站起身來，伸出手去。他並不想讓這次的見面就此結束，又想不出還有什麼話可以說的。「這是我們最後一次見面了。」他低聲說道。

一陣傷感湧上海倫的心頭。她伸出手去搭在塞斯的肩膀上，開始將他的臉往下拉向她自己仰起來的臉。這個舉動是出於一種純粹的感情，也是痛心的遺憾，因為當晚氣氛中那股曖昧不明的探險情緒，如今永遠無法實現了。「我想我該走了。」她說，雙手重重落下，垂到身體兩側。她想到了一點。「你別跟過來，我想一個人靜一靜。」她說：「你去找你媽媽談談吧，最好是現在就去。」

塞斯猶豫了，他站在原地等著，女孩轉過身去，穿過樹籬跑走了。他生起一股欲望，想要追上去，可他只是站在那裡瞪著眼，對她的舉動感到困惑不解，就像他對她出身的這個小鎮和鎮上一切生活感到困惑和不解一樣。他慢吞吞地朝著家裡那棟房子走去，在一棵大樹的樹影下停下來，看著母親坐在亮著燈的窗邊忙著做針線。傍晚時候生出的那股孤獨感又回來了，為他剛剛經歷過刺激的想法添上色彩。「啊！」他驚呼道，轉身盯著海倫．懷特離去的方向。「事情的結果就是會變成這樣。她會像其他人一樣。我想她現在會開始用一種可笑的眼光看我。」他看著地面，仔細斟酌這個想法。「一旦我在身邊，她便會感到尷尬，覺得怪怪的。」他低聲自言自語：「事情就是會這樣。一切都會變成這樣。到了要愛上一個人的時候，那個人決不會是我。會是別人，某個傻瓜，某個話很多的，像喬治．韋勒德那樣的人。」

坦迪

TANDY

長到七歲以前，她一直都住在一棟沒有粉刷過的老房子裡，房子位於川尼恩大道往下的一條廢棄道路上。她的父親不太關心她，母親死了。當父親的把時間都花在談論宗教和思考宗教上。他自稱是不可知論者*，一心一意要摧毀已經悄悄滲透到鄰人心中關於上帝的觀念，以至於他從未看到上帝在這個小小孩的身上顯靈。那個幾乎被

* 編註：不可知論（Agnosticism）是一種哲學觀點。其主張形上學的問題，是不可能為人所知或無從得知的。不可知論者認為人類不可能得到真理。

遺忘了的孩子，東家住住、西家住住，全靠著她死去母親那些親戚們的救濟過活。

有一個陌生人來到懷恩石堡，他在這個孩子身上看到了那個當父親的看不到的東西。他是一個身材高大、一頭紅髮的年輕人，幾乎總是喝得醉醺醺的。有時候他會和那個孩子的父親湯姆・哈德一起坐在新韋勒德之家門前的椅子上。湯姆說著話，宣稱不可能有上帝，這個陌生人則微笑，向一旁看熱鬧的人眨眼。他和湯姆交上朋友，兩人經常在一起。

這個陌生人是克里夫蘭一個富商的兒子，懷抱著任務來到懷恩石堡。他想戒掉酗酒的習慣，他以為避開城市裡的交際往來，住到鄉下地方，在他與破壞他胃口的這場鬥爭中勝算可能會高一點。

他在懷恩石堡所做的逗留毫無成果。沉悶的時光流逝，他的酒喝得比以前更多了。不過他確實做成了一件事。他替湯姆・哈德的女兒起了一個別有深意的名字。

有一天傍晚，這個陌生人從長醉的墮落中清醒過來，踉踉蹌蹌地沿著鎮上那條主街往前走去。湯姆・哈德坐在新韋勒德之家門前的椅子上，他當時才五歲大的女兒就坐在他膝上。在他身旁，年輕的喬治・韋勒德坐在木板鋪成的人行道上。陌生人一屁股跌坐在他們一旁的椅子上。他的身體在發抖，試著要說話時，他的聲音也在打顫。

當時已是傍晚接近晚上，夜色籠罩著整個小鎮，也籠罩著旅館前小斜坡腳下那條鐵道。遠遠的地方，在西邊那頭，傳來一班客運列車的汽笛長鳴聲。一直睡在馬路上的一條狗突然站起來吠叫。這個陌生人開始胡言亂語，還對著躺在那個不可知論者懷裡的孩子做了一番預言。

「我是來這裡戒酒的。」他說，淚水開始順著他的臉頰流淌下來。他沒有看著湯姆・哈德，而是俯身向前，凝視著黑暗，彷彿看到了幻象。「我跑到鄉下來治病，卻沒有治好。這是有理由的。」他轉身看向那個孩子，孩子直挺挺地坐在她父親的膝上回視他。

這個陌生人碰了碰湯姆・哈德的手臂。「我上癮的豈是酒而已，」他說：「還有別的。我是一個多情人，還沒有找到我所愛的。如果你懂得夠多，就會明白我的意思，這是很重要的一點。你看，它造成我的毀滅而無可避免。很少人能夠理解這點。」

陌生人沉默下來，似乎傷心欲絕，但是又一聲載客列車的汽笛鳴響驚醒了他。「我並沒有失去信心。我是當著大家的面這樣說的。我只是被帶到一個地方，明知道我的信念不會實現的地方。」他嘶聲宣稱道。他緊盯著那個孩子，對她說起話來，不再去理孩子的父親。「有一個女子出現了。」他說道，這時候他的口氣是嚴厲而正經的。「你看，我錯過她了。她沒有出現在我這個時代。你可能會是那個女子。這就像是命運的安排，讓我站在她的面前，在這樣的一個夜晚，當我用酒精把自己喝垮，而她還只是個孩子的時候。」

陌生人的肩膀劇烈抖動，他想要捲一根菸，菸紙從他顫抖的指間掉下來。他生氣了，高聲譴責：「他們以為做一個女人很容易，被愛很容易，我可是清楚多了！」他又轉向那個孩子。「我懂，」他喊道：「也許所有人中只有我一個人懂！」

他再次移開視線，回到漆黑的街道上。「雖然她從未與我相遇，我卻了解她。」他輕聲說道：「我明白她的掙扎與失敗。正是因為她的失敗，她對我來說才可愛。從她的失敗中產生一種新的女性特質。我幫它取了一個名字。叫它坦迪。當我還是一個真正的夢想家，在我的身體還沒有變壞之前，我就想出這個名字。這是堅強到可以被愛的特質。這是男人要從女人那裡取得，卻求而不得的東西。」

陌生人站起身來，站到湯姆・哈德面前。他的身體前後搖晃，眼看著似乎就要倒下，結果他卻跪倒在人行道上，將小女孩的手舉到喝醉了酒的唇邊。他欣喜若狂地吻了吻。「做坦迪吧，小東西！」他懇求道：「敢於堅強而有勇氣。這就是道路。敢於冒險，勇於被愛。不僅僅是做男人或女人，做坦迪吧！」

陌生人站了起來，腳步蹣跚地走下街道。一、兩天後，他登上一列火車，回克里夫蘭的家去了。夏日的傍晚，在旅館前的談話過後，湯姆・哈德帶著女兒去了一個親戚家，那個親戚邀她去那裡過夜。他走在樹下的黑暗中，忘了那個陌生人喋喋不休的聲音，他的心思又回到與人爭論之上，他可以用那些論點來摧毀人們對上帝的信仰。他說出女兒的名字，女兒哭了起來。

「我不想叫這個名字，」她宣稱：「我想叫坦迪，坦迪・哈德。」那孩子哭得很傷心，哭得湯姆・哈德都被感動了，試著哄她。他停在一棵樹下，將她抱入懷裡，開始摩挲她。「要乖一點。」他厲聲說，但是她不肯安靜下來。帶著孩子氣的任性，她沉溺於悲傷之中，她的聲音打破了傍晚街道的寂靜。「我要做坦迪！我要做坦迪！我要做坦迪·哈德！」她搖著頭哭喊，嗚咽著，彷彿她稚嫩的力量不足以承受那個酒鬼的話給她帶來的異象。

上帝的力量

THE STRENGTH OF GOD

柯提斯．哈特曼牧師是懷恩石堡長老教會的牧師，他擔任這個職位已有十年。他今年四十歲，生性沉默寡言，不喜與人交談。站到講道壇上對人群布道，對他來說始終是一件難事，從週三早上到週六晚上，他一心只想著週日必須講的兩場布道。週日一大早，他會走進教堂鐘樓上那個稱做書房的小房間裡祈禱。在他的禱告中，有一點始終占據著主導地位。「主啊，請賜給我力量與勇氣完成主工！」他跪在光禿禿的地板上，面對擺在他面前的任務低下頭，懇求道。

哈特曼牧師是個身材高大的男子，蓄著棕色的鬍子。他的妻子是俄亥俄州克里夫蘭一名內衣製造商的女兒，長得粗壯結實，是個神經質的女人。牧師本人頗受鎮上人的喜愛。教會的長老們喜歡他是因為他性情沉靜、謙遜不張揚，而銀行家懷特的妻子懷特太太則認為他既有學問又有教養。

長老教會對懷恩石堡其他幾個教會擺出一副高高在上的姿態。長老教會規模更大、教堂更雄偉、牧師的薪俸待遇也更好。他甚至擁有一輛專供他用的四輪馬車，夏日的傍晚，有時候他會帶著妻子一起駕馬車在鎮上到處轉轉。他駛過緬因大街，在七葉樹街上來回，表情嚴肅地對人欠身表示問候；而他的妻子則暗自得意，用眼角的餘光瞄著他，擔心馬兒受驚逃竄。

柯提斯．哈特曼來到懷恩石堡後的這許多年裡，諸事順遂。他不是能在他主持的教堂引起信徒狂熱崇拜的那種人，但另一方面，他也沒有樹敵。事實上，他非常嚴肅認真，有時會因為不能在鎮上的大街小巷高聲宣揚上帝之道，而陷入長時間的懊悔之中。他很想知道，聖靈之火是否真的在他體內燃燒，他還夢想著有一天，一股強大而甜美的新力量將會像颳起一陣大風似的，吹進他的聲音和他的靈魂裡——屆時，上帝會在他身上顯靈，人們將在他面前顫抖。他沮喪地沉思道：「我是一個可憐的傢伙，這種事絕對不會真的發生在我身上。」然後露出一個耐心的微笑突顯出他的五官。「噯，好吧，我想我做得夠好了。」他豁達地補充道。

教堂鐘樓裡的那個房間只有一扇窗戶，每週日早上牧師都會在那裡祈求上帝在他身上的力量能夠增強。那是一扇狹長的窗戶，裝有鉸鏈，像門一樣向外開啟。窗戶用鉛條鑲著一小片一小片的玻璃，玻璃上有一個圖案，看得出是基督將手放在一個孩童的頭上。有一個夏日的週日早上，他坐在那個房間的桌前，一大本聖經攤開在他面前，他的講道稿四散。牧師震驚地發現，就在隔壁那棟屋子的樓上，房間裡有個女人躺在床上，一邊抽菸一邊看書。柯提斯．哈特曼躡手躡腳走到窗前，輕輕關上窗戶。一想到有個女人在抽菸，他就心驚肉跳；再想到自己的眼睛剛從上帝之書的書頁上抬起來，就看到一個女人赤裸裸的肩膀和白皙的喉嚨，他便全身發抖。他的腦子裡一片混亂，於是下樓去走上講壇，講了一長篇布道，絲毫沒有考慮到自己的手勢和聲音。這篇布道講得清楚有力，引起了不尋常的關注。他心道：「不知道她是否在聽，我的聲音能否帶給她的靈魂啟示。」他開始期盼在未來的週日早上，也許他能夠說出一番道理感動並喚醒這位顯然私底下罪孽深重的女人。

長老教會隔壁的那棟房子裡住著兩個女人，牧師透過教會窗戶看到了令他心煩意亂的景象。依莉莎白·史威夫特大嬸是一位面色灰暗、看上去很能幹的寡婦，在懷恩石堡國家銀行存了些錢，她和她的女兒凱特·史威夫特住在一起，她的女兒是學校老師。這個女老師現年三十歲，身材勻稱，看起來很苗條。她沒什麼朋友，出了名的牙尖嘴利。他開始想起她時，才記起她去過歐洲，還在紐約市住過兩年。他心想：「也許她抽菸根本不代表什麼。」他開始回想起來，自己在上大學的時候，偶爾也讀讀小說，有一次落入他手中的書裡面就出現過一些世故卻善良的女人會抽菸。下定了新的決心，那一整個星期他都在努力準備他的布道，熱衷於觸及這位新聽眾的耳朵和靈魂，甚至忘了他在講壇上的尷尬和週日早上在書房祈禱的必要。

哈特曼牧師與女性打交道的經驗相當地有限。他是印第安納州曼西市一個馬車製造商的兒子，靠著半工半讀完成大學。在他學生時代時，有個內衣製造商的女兒也租住在他所住的那棟房子裡，經過了正式而漫長的求偶過程（大部分都是女方自己搞出來的）之後，他娶了她。結婚當天，這位內衣製造商給他女兒五千元，他還承諾在遺囑裡留給她的遺產至少會是這筆金額的兩倍。這位牧師認為自己的婚姻很幸運，從不允許自己去想別的女人。他不想要去想別的女人。他只想要靜靜地、認真地做好上帝的事工。

牧師的靈魂深處展開一場掙扎。起於想要把教義傳入凱特·史威夫特的耳朵裡，以他的布道深入她的靈魂；而他也開始想要再看看躺在床上那個白皙、安靜的身影。有一個週日的早晨，他腦中思緒紛紛，睡不著覺，便起身去街上散步。他沿著緬因大街走，走到靠近厲奇蒙老宅時，停了下來，撿起一塊石頭，衝回鐘樓所在的那個房間。他用石頭砸破了窗戶的一角，然後鎖上門，坐到書桌前，對著那本攤開的聖經等待。凱特·史威夫特房間的窗簾拉起來的時候，他可以透過那個洞直接看到她的床，可是她不在床上。她也起身去散步，拉起窗簾的是依莉莎白·史威夫特大嬸的手。

牧師從「偷窺」的肉體慾望中得到了解救，幾乎是喜極而泣，然後他回到自己的家裡，讚美上帝。然而，在心生邪念的那一刻，他忘了堵住窗戶上那個洞。被打破一角的玻璃窗片，剛好破在男孩赤裸的腳後跟上，他一動不動地站著，眼神興奮地看著基督的臉。

那個週日的早上，柯提斯・哈特曼忘了他的布道文。他對信眾談話，在談話中表示，人們常誤以為牧師是可以置之不理的，天生自然會過著無過無失的生活，那可錯了。「以我親身經驗來說，我知道我們這些上帝之道的傳道人，也受到與你們同樣的誘惑。」他宣稱：「我也曾受過誘惑，也曾屈服於誘惑之下。只不過上帝的手放在我的頭下，扶持我。正如祂扶持我，祂也會扶持你們。不要絕望。在你犯罪的時候，抬眼仰望上蒼，你將會一次又一次地得救。」

牧師毅然決然把他對床榻上那個女人的遐想拋到腦後，開始在妻子面前表現得像個情人。有一天傍晚，他們一起駕車出去，他策馬出了七葉樹街，上了自來水廠蓄水池上方的福音丘上，在黑暗中伸出手臂去摟住莎拉・哈特曼的腰。早上吃過了早餐，準備回到屋後的書房時，他繞過餐桌，親了親妻子的臉頰。每次他的腦海中浮現對凱特．史威夫特的遐想時，他就笑著抬眼仰望蒼天。「主啊，請為我求情，」他嘟嘟噥噥說：「讓我走在狹窄的道路上，專注於祢的事工。」

這時候，在這位留著一把棕色鬍子的牧師靈魂裡，真正的鬥爭開始了。一次偶然的機會，他發現凱特．史威夫特習慣晚上躺在床上看書。床邊的桌子上立著一盞燈，光線灑在她白皙的肩膀和袒露無遮掩的喉嚨上。發現這件事的那天晚上，牧師一直待在那個小房間裡，從九點起就坐在那張桌前，直到十一點多她的燈滅了，他才跌跌撞撞地走出教堂，然後又花了兩個小時在街上散步並且祈禱。他並不想要親吻凱特．史威夫特的肩膀和喉嚨，也不讓自己停留在這樣的遐想上。他不知道自己想要什麼。「我是上帝之子，他必定把我從自己的手中拯救出來。」他在街道上徘徊，在樹下的黑暗中大叫道。他在一棵樹旁站定，望向天空，一朵朵流雲遮住了天空。他與上帝展開親密無間的交談。「天父啊，求祢不要忘記我。賜給我力量，讓我明天就去補好窗戶上的那個洞。讓我再次抬眼仰望上蒼。我是祢的僕人，在祢的僕人需要的時候，求祢與我同在。」

牧師在寂靜的街道上來來回回地走著，一連好幾天、好幾週，他的靈魂受盡了折磨。他無法理解降臨在自己身上的誘惑，也想不出誘惑之所以會降臨的原因。在某種程度上，他開始責怪起上帝，他對自己說，他一直努力地走在正確的道路上，沒有四處去追逐罪惡。「我年輕的時候，還有在這裡度過的歲月裡，一直默默做著我的事工。」他宣稱：「為什麼我現在卻要受到誘惑呢？我到底做了什麼，這個負擔居然落在我身上？」

那年的初秋到冬天，柯提斯．哈特曼有三次偷偷溜出家門，來到位於鐘樓的房間，坐在黑暗中看著躺在床上的凱特．史威夫特的身影，事後又到街上去散步和祈禱。他無法理解自己。他可以一連幾個星期幾乎不去想起那個女老師，還告訴自己他已經克服了想要看她身體的性慾。但接著就會發生一些事。當他坐在家中的書房裡，努力準備布道文時，他會變得神經質，開始在房間裡走來走去。他對自己說：「我要上街走走。」甚至在他走進教堂門口時，他還在不斷地否認自己過去那裡的原因。「我不補好窗戶上那個洞，我要鍛鍊自己，晚上過來這裡，坐在這個女人前面，眼睛都不抬一下。我不會在這件事上被打敗，一蹶不振。主設計這個試探來考驗我的靈魂，而我將摸索出路，走出黑暗，走入正義的光明中。」

一月的一個晚上，天氣冷得刺骨，懷恩石堡街道上的雪積得很深，柯提斯·哈特曼最後一次來到教堂鐘樓的那個房間。他那天離開家的時候已經九點多了，當時他匆匆離開，忘了套上鞋套。緬因大街上，除了巡夜人哈普·希金斯外，沒有其他人在外面；整個鎮上，除了守夜人和年輕的喬治·韋勒德外，更沒有人醒著——後者正坐在《懷恩石堡鷹報》報社辦公室裡努力寫著一篇報導。牧師沿著街道向教堂走去，費力地踩過雪堆，心想這一次他將徹底向罪惡屈服。他苦澀地宣稱：「我要看著那個女人，幻想親吻著她的肩膀，我要讓自己愛想什麼就想什麼。」說著他眼中泛起淚光。他開始考慮辭去牧師一職，試著去做點別的事情。「我要找個城市去做生意。」他宣稱：「如果我的本性如此，沒辦法抗拒罪惡，倒不如就沉溺於罪惡之中。至少我不會是一個偽君子，一邊在宣揚上帝之道，心裡一邊想著一個並不屬於我的女人，想她的肩膀和頸項。」

一月的這個晚上，教堂鐘樓的房間裡很寒冷，柯提斯·哈特曼幾乎是一走進房間就知道，待下去的話他會生病。他的腳在跋涉過雪地後濕透了，房間裡又沒有生火。凱特．史威夫特還沒有出現在隔壁那棟房子的房間裡。這個男人狠下心，坐下來等待。他坐在椅子上，緊緊抓住那張擱著《聖經》的桌子邊緣，凝視著黑暗，想著他一生當中最黑暗的想法。他想到他的妻子，此時此刻幾乎恨起她來。「她一直以激情為恥，還騙了我。」他想：「男人有權要求女人身上充滿鮮活的熱情與美。他不應該忘記自己是一種動物，而且在我身上有一種屬於希臘人的特質。*我要甩掉我懷中的女人，去找別的女人。我會攻克這個學校老師。縱然是面對千萬人我也將勇往直前，如果我是肉慾的動物，那我就為我的慾望而活。」

這個心煩意亂的男人從頭到腳都在發抖，有一部分原因是寒冷得發抖，還有另一部分是出於他正在做的掙扎。幾個小時過去後，他的身體開始發燒。他的喉嚨開始痛了起來，牙齒打顫。他的腳踩在書房地板上，感覺就像是兩坨冰塊。但他還是不肯放棄。他對自己說：「我要看到這個女人，想我以前從來不敢想的。」他抓著書桌的邊緣等待著。

那天晚上在教堂裡的苦等，差點要了柯提斯．哈特曼的命，同時他也從所發生的事情中，發現了他認為屬於自己生活方式的東西。先前他等待過的那幾個晚上，透過玻璃窗上的小洞，除了看到這位女老師的床所占之處，看不到房間裡的其他角落。他總在黑暗中一直等著，等到那個穿著白色睡袍的女人突然出現在床上。燈亮後，她便靠在枕頭上看書。有時候她會抽菸。看得到的只有她裸裎在外的肩膀和喉嚨。

一月的那個晚上，他快要冷死的時候，有那麼兩、三次他的思緒真的跑了，落入一個奇異的幻境，他不得不靠著意志力，強迫自己恢復意識，然後凱特．史威夫特出現了。隔壁房間點起一盞燈，等待中的男子盯著一張空空的床。然後就在他的眼前，一個赤身裸體的女人撲到床上。她的臉朝下在哭，還握拳捶打著枕頭。隨著最後一陣哭泣，她半是起身，在這個一直等著看她而胡思亂想的男人面前，這個罪孽深重的女人開始祈禱。燈光下，她的身材苗條而健壯，看起來就像那扇鑲鉛條的窗上站在基督

＊編註：此處的希臘人特質，意指充滿表達和滿足；是相對於牧師所過著的壓抑的「希伯來舊約特質」生活。

面前的男孩。

柯提斯・哈特曼始終想不起來自己是如何走出教堂的。他大喊一聲後站了起來，沉重的桌子拖過地板。那本聖經掉了下來，在一片寂靜中發出砰的一聲巨響。等到隔壁那棟房裡的燈熄滅後，他跌跌撞撞地走下樓梯，來到街上。他沿著街道走去，跑進《溫士堡鷹報》的門口。喬治・韋勒德正在辦公室裡走來走去，兀自掙扎著，牧師幾乎是語無倫次地對著喬治・韋勒德就說起話來。「上帝的道路不是世人所能理解的！」他一邊喊，一邊快步跑進去，關上門。他朝著這個年輕人衝過去，雙眼發光，語氣充滿狂熱。「我找到了光明，」他喊道：「在這個小鎮待了十年之後，上帝在一個女人的身上向我顯靈。」他的聲音沉了下來，開始低語。「我不明白，」他說：「我以為那是對我靈魂的考驗，只是在為一種新的、更美麗的心靈狂熱做準備。在女老師凱特・史威夫特身上，上帝向我顯靈，她赤身裸體地跪在床上。你認識凱特・史威夫特嗎？她可能沒有自覺，其實她是上帝的工具，帶來真理的啟示。」

柯提斯・哈特曼牧師轉身跑出報社辦公室。到了門口又停下來，左右打量著空蕩蕩的街道，然後再度轉過身來面向喬治・韋勒德。「我得救了。別怕。」他舉起流著血的拳頭給那個年輕人看。「我打碎了窗玻璃！」他叫道：「現在必須整個換掉了。上帝的力量在我身體裡面，我用拳頭擊碎它。」

教師

THE TEACHER

懷恩石堡街道上的積雪很深。早上十點左右開始下雪，又起了一陣風，把緬因大街上的積雪吹成一團團。往來鎮上的泥路凍起來後還算平坦，有些地方的泥巴上還結了冰。站在艾德・葛里菲斯酒館吧台旁的威爾・韓德森說：「雪橇滑起來會很好滑。」他走出酒館，遇見藥劑師席維斯特・衛斯特，後者穿著一雙叫「北極」的防水禦寒套鞋，跌跌撞撞地走來。這位藥劑師說：「大雪會讓大家在週六進城來。」兩個人停下腳步討論起事情。威爾・韓德森身上穿的是一件薄大衣，也沒穿套鞋，他用右腳腳尖踢踢左腳腳後跟。「下雪對小麥好。」藥劑師明智地陳述意見。

年輕的喬治．韋勒德無所事事，因為他這天無心工作，所以他可高興了。週報在週三晚上就已經印好送到郵局，週四才開始下雪。八點鐘，早班火車開走後，他拿了雙溜冰鞋塞進口袋裡，上到自來水廠的蓄水池邊，不過他沒去溜冰。他走過水池，沿著懷恩溪邊的一條小路一直走，來到一片山毛櫸樹林。他背著一根木頭在那裡生了一堆火，然後坐到那根木頭末端沉思。當雪開始落下，風也颳起來時，他又趕緊去找木柴來加火。

這個年輕的記者想起教過他的凱特．史威夫特。前一晚，他去她家拿了一本——是她要他讀的書，並單獨和她相處了一個小時。這已經是第四次或第五次了，那個女人鄭重其事地跟他說話，他卻聽不懂她話裡的意思。他開始認為她八成是愛上他了，這個想法既令人心愉又令人心煩。

他從那根木頭上一躍而起，開始往火上堆起柴來。四下看了看，確定只有自己一個人，於是假裝自己就在那個女人面前，大聲說：「喔，你不過是在裝樣子，你很清楚你在裝樣子。」他宣稱：「我會搞清楚你是怎麼回事。你等著瞧吧。」

年輕人站起身來，沿著小路朝鎮上往回走，留下他生的那堆火在樹林裡熊熊燃燒。他穿過一條條街道，溜冰鞋在他口袋裡框啷框啷作響。回到新韋勒德之家自己那個房間裡，他在爐子裡生了火，然後便躺到床上。他開始產生淫念，於是拉下捲簾，閉上眼睛，轉而面壁。他拿過一個枕頭抱在懷裡，先是把它當作那個老師，她的話觸動他的內心；後來又把它當作海倫・懷特，鎮上那個銀行家身材苗條的女兒，他幾乎是愛上她很長一段時間了。

這天晚上到了九點時街上的積雪已經很深了，天氣變得寒冷刺骨。走起路來很困難。店鋪一片漆黑，人們都舉步維艱地回到自己家裡去了。從克里夫蘭發車的夜班火車很晚才到，不過也沒有人在意。到了十點鐘，鎮上一千八百口人之中，除了四個人外，都上床睡覺去了。

巡夜的哈普・希金斯迷迷糊糊地半睡半醒。他瘸著腿，拄著一根粗重的拐杖。他在漆黑的夜裡，提著一盞燈。在九點到十點之間，四處巡邏。他在緬因大街上來來回回，腳步蹣跚地穿過積雪，試推一扇又一扇的店門看是否關緊了。然後他走進小巷，又試了各家的後門。確認家家戶戶都緊閉店門後，他急忙拐過拐角，來到新韋勒德之家，敲響了門。下半夜他打算就守在火爐旁邊。「你去睡吧，我會讓爐子一直燒著。」他對睡在旅館辦公室那張小床上的少年說。

哈普・希金斯在火爐邊坐下，脫掉鞋子。待到那個少年睡下後，他開始想自己的事。他打算在春天油漆自家的房子，便坐在爐邊算著油漆錢和工錢。這一算他又算起了別的錢。這個巡夜人今年六十歲了，他想退休了。他當過兵，打過內戰，領了一筆微薄的退伍金。他希望找到新的謀生之道，有志做個專業的養貂人。在他家的地窖裡，已經養了四隻這種外形奇特、野蠻的小動物；喜好打獵等戶外運動的人會用雪貂來追捕兔子。「眼前我有一隻公的、三隻母的。」他默默想著：「運氣好的話，到了春天我就會有十二隻到十五隻。然後再過一年，我就可以開始在報紙的體育版上登廣告賣雪貂了。」

巡夜人安坐在椅子上，腦筋變得一片空白。他並沒有睡著。多年養成的習慣使然，他已經練就在漫漫長夜裡既不是清醒也沒有睡地坐上幾個小時的本領。而到了早上，他幾乎又是像睡過一覺醒來那般神清氣爽。

哈普・希金斯安坐在火爐後面的椅子上，懷恩石堡只剩下三個人還醒著。喬治・韋勒德還在《鷹報》的辦公室裡，假裝在寫一則報導，實則是在重溫那天早上在樹林火堆旁的那份心情。在長老教會的鐘樓裡，柯提斯・哈特曼牧師坐在黑暗中，準備接受上帝的啟示；而在學校任教的凱特・史威夫特則是正要離開家，在暴風雪中散步。

凱特・史威夫特出發的時候已經過了十點鐘，她並沒有經過事先考慮就外出去散步了。就好像是這一老一少心裡在想著她，把她趕上了寒冬的街頭似的。依莉莎白・史威夫特大嬸拿錢去投資，跑進縣城處理抵押貸款相關的事務，要到第二天才能回來。她們屋裡的客廳有一個巨大的爐子，叫自給暖爐，史威夫特大嬸的女兒就坐在那裡看書。突然間，她跳起身來，從前門的架子上抓起一件斗篷，跑出屋子。

三十歲的凱特・史威夫特在懷恩石堡不算是一個漂亮的女人。她的氣色不怎麼好，臉上長滿了斑，顯示她的健康不佳。然而獨自一人走在冬夜的街道上時，她卻是可人的。她的脊背挺直、肩膀方正，五官看起來就像夏日黃昏暮光照映下，花園臺座上雕的女神小像。

這天下午，這位在學校任教的老師才為了她的健康狀況去看過魏凌醫生。醫生責備她，宣布她正面臨著失聰的危險。凱特·史威夫特在暴風雪中跑出門是愚蠢的，也許不但愚蠢還有危險。

街上的這個女人不記得醫生的話，就算記得，她也不會回頭。她身上很冷，但是走了五分鐘後就不在意那股冷意了。她先走到她家所在的那條街道盡頭，然後穿過架在飼料貯藏倉前地上的一對乾草秤，轉入川尼恩大道。她沿著川尼恩大道，來到奈德·溫特斯的穀倉，然後轉向東，沿著一條兩旁都是低矮木屋的街道，爬過福音丘，進入薩克路。這條路沿著一個淺淺的山谷往下，經過艾克·斯米德的養雞場後，就到了自來水廠的蓄水池。她一路走著走著，當初驅使她踏出家門那股大膽激動的情緒消失了，然後又回來。

凱特·史威夫特的性格中有一股冷峻且令人生畏的氣質。每個人都感覺得到。在教室裡，她沉默、冷漠且嚴厲，然而奇怪的是，她與學生非常親近。每隔很長一段時間，似乎心血來潮地，她會高興起來。教室裡的每一個孩子都能感受到她的快樂所帶來的影響。一時間他們都沒在用功，只是坐在椅子上看著她。

這位學校老師的雙手背在身後，在教室裡來回走動，講話速度很快。她的腦中想到什麼話題似乎並不重要。有一次，她跟孩子們講起查爾斯·蘭姆*這位已故作家的生平，杜撰了一些奇怪而親切的小故事。講得一副她和查爾斯·蘭姆住在同一棟房子裡，熟知他私生活的一切祕密似的。孩子們聽得有些困惑，以為查爾斯·蘭姆以前八成是住過懷恩石堡。

還有一次，這個老師與孩子們談起本韋努托·切利尼†。那一次，他們都笑了。她把這位老藝術家塑造成了一個多麼愛吹噓、狂妄、勇敢、可愛的傢伙啊！她還編出一些與他有關的軼事。有這麼一位德國籍的音樂老師，就住在切利尼位於米蘭的住所

---

* 編註：查爾斯·蘭姆（Charles Lamb, 1775-1834），英國浪漫主義散文作家，和姐姐瑪麗共同改寫莎士比亞戲劇，集成了後世著名的《莎士比亞戲劇故事集》。

† 編註：本韋努托·切利尼（Benvenuto Cellini, 1500-1571）是金匠出身的義大利雕塑家。

樓上，孩子們聽得哄堂大笑。舒格斯・麥克納茨是一個胖胖的男孩，兩頰紅通通，他笑到頭暈眼花，從他的座位上摔下來，凱特・史威夫特也跟著他一起笑。然後突然間，她又變得冷漠且嚴厲起來。

在這個冬日的夜晚，她走過被冰雪覆蓋、空無一人的街道時，一場危機出現在這位學校老師的人生當中。不過懷恩石堡的人誰也沒有想到過，她以前的生活裡充滿了驚險刺激。現在也還是充滿了驚險。日復一日，她在教室裡上課或是走在街上時，悲傷、希望和欲望在她內心裡鬥爭著。在冷漠的外表之下，最離奇的事情正在她的腦中上演。鎮上的人以為她是抱定獨身主義的老處女，由於她講話尖酸刻薄，為人我行我素，大家都認為她缺少人類的情感——關係一個人成敗的情感。實際上，她是他們之中最熱心、最熱情的人，自從她幾次出去旅行回來，在懷恩石堡定居且在學校任教後，這五年裡她不只一次不得不走出家門，在外面走了大半夜，內心做著激烈的鬥爭。有一次，下雨的晚上，她在外面待了六個小時之久，回到家後與依莉莎白・史威夫特大嬸吵了一架。「我真該慶幸你不是男人！」做母親的厲聲說：「我不只一次在家裡等著你父親回來，不知道他又陷入什麼新的麻煩之中。我已經受夠了不定之數，我不想看到他最糟糕的一面在你身上重現，你不能怪我。」

*

凱特．史威夫特滿腦子都是喬治．韋勒德，心頭一片火熱。從他還在學生時代時所寫的一些東西，她就已經發現了天才的火花，想要激發天才的火花。夏日裡的某一天她去《鷹報》辦公室，發現那個孩子無所事事，便帶他離開緬因大街，來到集市廣場，兩人坐在草埂上聊天。這個當老師的試圖要讓少年明白，當作家將會面對的困難。她宣稱道：「你必須了解人生。」她將話說得鄭重其事，聲音都在顫抖。她抓住喬治．韋勒德的肩膀，轉過他的身體，這樣她才能夠直視對方。路過的人可能會以為他們就要抱在一起了。「如果你想當一個作家，就必須停止玩文字遊戲。」她解釋道：「在你做好充分準備之前，最好是放棄寫作的想法。現在就該好好去生活。我不想嚇唬你，但是我想讓你明白你想去嘗試的事之重要。你絕不能成為一個純粹的文字販子。你需要學會了解人們在想什麼，而不是他們說什麼。」

那個週四夜風雪交加，前一天晚上柯提斯．哈特曼牧師坐在教堂那座鐘樓上，等著看她的胴體時，年輕的韋勒德去看了他的老師，還借了一本書。事情就在那時候發生了，這件事讓那個少年感到困惑不解。他把書夾在腋下，正準備離開。凱特．史威夫特再次鄭重其事地講起話來。夜幕降臨了，房間裡的光線也變得越來越暗。他轉身要走時，她輕聲叫著他的名字，一時衝動之下握住了他的手。這個記者正在迅速長成一個男人，他身上有著屬於男人的魅力，再加上屬於少年的可愛迷人，攪動了這個女人的寂寞芳心。她突然生起一股強烈的慾望，渴望讓他了解人生的意義，學會真實而誠懇地詮釋生活。她傾身向前，嘴唇輕輕拂過他的臉頰。與此同時，他第一次意識到她突出的五官之美。他們兩人都覺得尷尬，為了緩解自己的感覺，她變得嚴厲，還盛氣凌人。她激動地喊道：「有什麼用呢？還要再等個十年你才會明白我跟你說的話是什麼意思。」

*

那個暴風雪之夜，牧師在教堂裡坐等凱特・史威夫特時，她卻跑去《懷恩石堡鷹報》的辦公室，打算再和那個孩子談一談。在雪地裡走了一大段路之後，她感到既冷又孤獨且疲憊。她穿過緬因大街時，看到印刷間窗戶上的燈光投在雪地上，一時衝動下，打開報社的門走了進去。她在報社辦公室的火爐旁坐了一個小時，談論人生。她講話充滿熱情又很認真。驅使她衝出家門走過雪地的那股衝動在這場談話中盡情地宣洩了出來。她受到了啟發，就像她有時候在學校裡面對學童時那樣。她的全身充滿一股急切的渴望，想要為這個少年打開人生的大門，這個少年曾經是她的學生，她還認為他可能擁有理解人生的天賦。她是那麼地熱情，熱情到變成含有一種肉體的味道。她的雙手再次握住他的肩膀，把他的身體轉過來。昏暗的光線下，她的眼睛熠熠生輝。她站起身來笑了，笑容不像往常那般尖刻，而是一種古怪、猶猶豫豫的笑法。「我得走了，」她說：「我再不走的話，一會兒就會想要吻你。」

報社裡一陣混亂。凱特・史威夫特轉身走到門口。她是一個老師，同時也是一個女人。她看著喬治・韋勒德時，那股想要被男人愛的強烈慾望，像暴風雪一樣橫掃她千百遍，占據了她的全副身心。燈光下的喬治・韋勒德看起來不再是一個少年，而是一個準備當個男人的男子漢。

這個當老師的讓喬治・韋勒德把她擁入懷中。在那間小小而溫暖的辦公室裡，空氣突然變得凝重起來，她的身體也失去了力氣。她靠在門邊的一個矮櫃上等待著。當他走過來，伸出一隻手去按到她的肩膀上，她轉過身來，讓她的身體重重地壓在他身上。喬治・韋勒德的困惑之情立刻加劇。有那麼一會兒，他抱住這個女人的身體，緊緊貼在自己身上，然後那副身軀就僵硬了。兩個小拳頭開始猛力打在他臉上。當老師的那個跑掉了，留下他一個人，他在辦公室裡來來回回地走著，怒火中燒地咒罵。

柯提斯・哈特曼牧師就是在這場混亂中闖了進去。哈特曼牧師進去的時候，喬治・韋勒德還以為整個小鎮的人都瘋了。牧師揮舞著流血的拳頭，宣稱剛才還被喬治抱在懷裡的那個女人是上帝的工具，帶來了真理的啟示。

*

喬治吹滅了窗邊的燈，鎖上印刷間的門，回家去了。穿過旅館辦公室，經過沉浸在養貂大夢中的哈普·希金斯，他上樓走進自己的房間。爐子裡的火已經滅了，他只好在寒氣中脫掉衣服。他躺上床的時候，床單蓋起來就像一層層乾硬的雪毯。

喬治·韋勒德在床上滾來滾去、輾轉反側，這天下午他才在那張床上躺過，抱著枕頭，想著凱特·史威夫特。牧師的話在他耳邊迴響，那時候他還以為牧師突然發瘋了。他的眼睛盯著房間四下看。男性一旦受挫，自然而然會產生怨恨；怨恨過去後，則會想要搞清楚發生了什麼事。他怎麼想也想不明白，在心裡翻來覆去一遍又一遍地想著這件事。幾個鐘頭過去，他開始想到又是新的一天到來了。到了四點鐘，他把被子拉到脖子上，設法睡一覺。他迷迷糊糊，閉上了眼睛，卻又舉起一隻手，在黑暗中摸索著。他睡意朦朧地嘀咕道：「我錯過了些什麼。我錯過了凱特·史威夫特想告訴我的事情。」然後他就睡著了，在整個懷恩石堡，他是那個冬夜裡最後一個入睡的人。

寂寞

LONELINESS

他是艾爾・羅賓森太太的兒子，羅賓森太太以前擁有一座農場，農場位於懷恩石堡東面，距離小鎮範圍兩英里處，在川尼恩大道岔出去的一條小路上。農舍漆成褐色，所有面向道路的窗戶都拉上百葉窗。屋子前面的路上，有一群雞，還有兩隻珍珠雞，臥在厚厚的塵土裡。當年以諾和他的母親就住在這棟房子裡，青少年時代的他上懷恩石堡高中。老一輩的人還記得他是一個性情沉靜、面帶笑容的年輕人，個性偏向沉默寡言。他到鎮上去時會走在路中央，有時還會邊走邊看書。趕車的人不得不高聲叫罵，才讓他意識到自己身在何處，然後避開車輛行駛過後留下的車轍，讓車馬過去。

以諾二十一歲那年去了紐約市，做了十五年的城裡人。他學法語，進了一所藝術學校，希望培養自己的繪畫能力。他心裡是打算去巴黎深造，置身大師的薰陶下完成他的藝術教育的，但是這個目標始終沒有實現。

結果以諾．羅賓森一事無成。他的畫是畫得不錯，腦子裡也藏著許多奇怪而微妙的想法，這些想法也許可以利用畫家的畫筆表達出來，但他始終是個孩子，這對他在世俗的發展形成一種障礙。他始終長不大，想當然耳無法理解別人，也無法讓別人理解他。他內心裡的那個孩子不斷地與各種事情——金錢、性愛和觀點等現實發生衝撞。有一次，他被有軌電車撞倒，撞到一根鐵柱上，讓他成了瘸子。這是阻礙以諾．羅賓森有所成就的諸多因素之其一。

他剛住到紐約市的時候，在他還沒有受生活現實所迷惑與困擾之前，以諾在紐約四處與年輕人相交。他加入一夥年輕的藝術家，這夥人裡面有男有女，有時候他們會在傍晚的時候到他住的房間去找他。有一次他喝醉了，被帶到警察局，那裡的治安官把他嚇壞了；還有一次，他試圖與當地的一個女人發生關係，他們是在他住處前的人行道上認識的。這個女人和以諾一道走過三個街口，然後這個年輕人越走越怕就跑掉了。女子當時喝了酒，這件事讓她覺得好笑。她靠在一棟樓的外牆上，開懷大笑，笑到又來了一個男人，停下來跟著她一起笑。他們兩人一道走了，邊走還一邊在笑，以諾則發著抖、懊惱地悄悄回到自己的房間去。

年輕時的羅賓森在紐約所居住的那間房，面對著華盛頓廣場*，房間又窄又長像條走廊。記牢這點很重要。以諾的故事實際上就是一個房間的故事，而不是一個人的故事。

到了傍晚，年輕的以諾交到的朋友們就那樣進到他的房間。他們並沒有什麼特別引人注目的地方，除了都是那種喜歡空談的藝術家。每個人都聽說過誇誇其談的藝術家。根據所有已知的歷史，他們都會聚集在房間裡講個不停。他們談論藝術，懷著滿

* 編註：紐約市的格林威治村，在十九世紀末的時候以華盛頓廣場為中心發展成一個藝術家聚落，是個充滿波西米亞風情的地區。

腔的熱情，近乎狂熱、正經八百地在交談。他們認為藝術很重要，比實際的藝術重要得多了。

這些人就這樣聚在一起，抽菸聊天，而來自懷恩石堡近郊那座農場上的少年以諾·羅賓森也在那裡。他待在一個角落裡，大部分時間都不說話。他那雙孩子氣的藍色大眼睛瞪得大大地，四下看啊看。牆上掛著他的畫作，都是些粗糙的半成品而已。他的朋友們評論這些作品。他們靠在椅子上，搖頭晃腦地說個不停。談到線條、價值觀和構圖，話說很多，不外是些陳腔濫調、千篇一律。

以諾也想說話，卻不知道怎麼開口。他激動得話都不連貫。他試著開口，但是語無倫次、結結巴巴，他的聲音聽在自己的耳朵裡很怪，尖利而刺耳。搞得他不再開口。他知道自己想要說什麼，也知道自己怎麼也不可能說出來。當他畫的一幅畫受到大家討論時，他想要脫口這樣說：「你們沒有抓到重點。」他想要解釋：「你們所看著的圖裡面並沒有你們所看到和所說的東西。這裡面有的，是你們根本看不到，也不想看到的東西。看看那邊的那幅畫，靠近門邊那裡，窗戶上照進來的光落在那幅畫上。你們可能根本沒有注意到路旁的黑點，瞧，這是一切的開始。那裡有一叢接骨木，就像在我老家俄亥俄州懷恩石堡鎮的我家前面路邊長的一樣，而在這些接骨木之中藏著東西。是一個女人，就是一個女人沒錯。她從馬背上摔下來，馬已經跑得看不見蹤影了。你們沒看到趕車的那個老人焦急地四下張望嗎？那是賽德・格雷貝克，他在路的那頭有一座農場。他正要把玉米運去懷恩石堡，在康斯塔克的磨坊磨成粉。他知道接骨木裡頭藏著些什麼東西，只不過還摸不清楚是什麼。

「你們看，這是一個女人，就是一個女人！這是個女人，而且啊，她很可愛！她受傷了，很痛，卻沒有發出一點聲音。你們還看不出來是怎麼回事嗎？她靜靜地躺著，面色慘白、一動也不動，從她身上散發出來的美，籠罩著萬事萬物。就在後面的天空中，遍布四處。當然啦，我不想把這個女人畫出來。她太美了，美到畫不出來。講些構圖之類的東西是多麼乏味啊！你們為什麼不像我小時候在俄亥俄州懷恩石堡那樣，看看天空，然後逃跑呢？」

這就是年輕的以諾・羅賓森顫抖著想要對進到他房間裡的客人說的話，那時候住在紐約的他還是個年輕的小夥子，但是最終他什麼也沒說。然後他開始懷疑自己的想法，他擔心他的畫並沒有將他所感受到的東西表達出來。在有幾分憤憤不平的情緒下，他不再邀請別人進他的房間，而且很快就養成了鎖門的習慣。他開始認為訪客已經夠多了，他不再需要別人了。憑藉著敏銳的想像力，他開始創造屬於自己的人，他只有跟他們才能夠真正地交談，把他無法對活生生的人解釋的事說給他們聽。他的房間裡開始住滿了男男女女的靈魂，他走入其中，輪到他說話時就說話。好似以諾·羅賓森見過的每一個人都將自己身上的一部分精華留給他，他可以根據自己的幻想去塑造和改變，而他們會了解一切，像是畫中接骨木後面那個受傷的女人。

這個出身俄亥俄州，個性溫和、有一雙藍眼睛的少年，是一個十足自我中心的人，就像所有的孩子都是以自我為中心的。他不想要朋友，原因很簡單，沒有一個孩子想要朋友。他最想要的是與自己心意相通的人，他能夠真正與之交談的人，那些他可以按鐘點費高談闊論、斥責的人——瞧，他想像出來的僕人。置身在這些人當中，他總是自信而大膽。當然，他們可能有話說，甚至有自己的觀點，但他總是最後一個開口，也是講得最好的。在紐約市那間面對著華盛頓廣場、租金六美元的房間裡，他就像一個作家，忙著與他腦中的人物周旋，他就像一個藍眼睛的小君主。

後來以諾．羅賓森結婚了。他開始覺得孤獨，想要伸手去觸摸有血有肉的人。日子一天天過去，他的房間顯得空蕩蕩的。情慾找上他的身體，慾望在他的心中滋生。到了夜裡，他的體內燃燒著奇怪的熱火，讓他睡不著覺。他娶了藝術學校裡坐他隔壁的女孩，然後住到布魯克林的一棟公寓裡。他娶的那個女人生了兩個小孩，以諾在一家為廣告製作插圖的地方找到一份工作。

由此，開啟了以諾人生的另一個階段。他開始玩起新的遊戲。有一段時間，他為自己能夠扮演世界公民的角色感到非常自豪。他拋開事物的本質，玩起現實來。秋天的時候，他在一次選舉中投下自己的一票，每天早上都會有一份報紙扔在他家的門廊上。傍晚下班回家，從電車上下來，他不慌不忙地跟在某個生意人後面走著，努力讓自己看起來有身價、很重要。身為納稅人，他認為自己應該隨時了解世事的運作。他用一種引人發笑、威嚴的小神情告訴自己：「我將成為舉足輕重的人物，成為這個國家、這座城市等一切事物真正重要的組成分子。」有一次，他從費城回家，與火車上認識的一個人交談。以諾談到鐵路國有與國營的可行性，那人遞給他一根雪茄。以諾認為政府採取這一舉措會是一件好事，他越講越激動。後來他高興地想起自己說過的話。他爬上樓梯回到自己位於布魯克林的公寓時，自言自語：「那個傢伙，我給他一些東西讓他去想。」

可以肯定的是，以諾的婚姻並不如意。是他自己結束這段婚姻的。他開始覺得公寓裡的生活讓他感到窒息與受困，他對妻子甚至孩子的感覺，就像過去曾經來訪的朋友給他的感覺。他開始撒一些小謊，以公事忙碌為由，這麼一來他就有了自由。他晚上獨自一人上街，逮到了機會，還在暗地裡重新租下面對華盛頓廣場的那個公寓房間。後來艾爾·羅賓森太太在懷恩石堡近郊那座農場上過世了，他從受託管理遺產的銀行那裡取得八千美元的遺產。這筆錢讓以諾得以完全脫離世俗之人的世界。他把這筆錢給了妻子，告訴她他再也無法繼續在那間公寓裡生活下去。她哭了，氣到了，出口威脅他，但他只是瞪眼看她，一意孤行。事實上，他的妻子也不是很在意。她覺得以諾的精神不太正常，所以有點怕他。確信他再也不會回來後，她就帶著兩個孩子搬去少女時代在康乃狄克州曾經住過的小村。最後她嫁給一個從事房地產買賣的男人，日子過得相當滿足。

於是，以諾・羅賓森就待在紐約的那個房間裡，與他幻想出來的人在一起，和他們一起玩，對著他們講話，像個孩子一樣快樂。以諾的人，是一群奇怪的人。我想，他們是由他見過的真人想像出來的，這些人莫名地對他產生一股吸引力。其中有一個手裡握著劍的女人；有一個留著一把長長白鬍子的老頭，他走來走去，身後跟著一條狗；還有一個少女，她的長筒襪老是往下掉，掛在鞋面上。這裡面肯定有二十幾號影子人，他們都是以諾・羅賓森的童心虛構出來的，和他一起生活在這個房間裡。

以諾很開心。他走進房間，鎖上門。他用一副了不起的神情大聲說話，下達命令，對人生發表意見，顯得很可笑。他很高興也很滿足，繼續在那家廣告公司討生活，直到出了事情為止。當然是出事了。他之所以回到懷恩石堡居住，我們之所以會知道他，原因就是這件事。事情的起因出在一個女人。事情就是會那樣發展。他高興過了頭。

他的世界注定會樂極生悲。總得有什麼東西把他趕出紐約的那個房間，終其一生成為一個默默無聞、愚蠢的小人物。傍晚時分，當太陽落到衛斯理・莫耶車馬行屋頂後面時，他在俄亥俄州的小鎮街道上晃來晃去。

話說回發生的那件事。有一天晚上，以諾將這件事說給了喬治・韋勒德聽。他想找個人傾訴，他之所以選上這位年輕的報社記者，是因為他們兩個人湊巧相遇，而這個年輕人那時候正好有意去理解。

青春年少的憂傷、年輕人的憂傷、一個成長中的鄉下少年在歲末年終的憂傷，打開了這個老人的嘴。這份悲傷就在喬治・韋勒德心中，卻又毫無意義，但是它卻引來了以諾・羅賓森。

兩個人見面相談的那天晚上下著雨，濕漉漉的十月下的毛毛細雨。這一年的收成時節已到來，一輪明月當空，空氣中明顯瀰漫著霜凍的清爽氣息，預示這個夜晚應該晴朗無雲才是，然而事實卻非如此。下雨了，緬因大街上一個個小水窪在路燈的照射下閃閃發亮。集市廣場過去那片黑暗的樹林裡，水從一棵棵黑魆魆的樹上滴下來。樹下，濕漉漉的樹葉貼在突出於地面的樹根上。在懷恩石堡人家屋舍後面的花園裡，乾癟枯萎的馬鈴薯藤在地上蔓生。男人在吃過晚飯後，原打算往北去商家後面找人聊聊天，消磨這個晚上，又改變了主意。喬治・韋勒德腳步沉重地在雨中走來走去，他很高興下雨了。他是這樣想的。他就像這個夜裡的以諾・羅賓森一樣，這個老人從房間裡出來，獨自一人在街上徘徊。他就像那個樣子，只不過喬治・韋勒德已經長成一個高大的小夥子，他覺得哭過後還大驚小怪不是男子漢所當為。一個月來，他的母親病得很重，他的哀愁與此有一定的關係，但是關係又不大。他想到自己，對年輕人來說想到自己總是會引起傷懷。

以諾・羅賓森和喬治・韋勒德在渥伊特馬車店前面木造遮陽篷下的人行道上相遇，這家店位於懷恩石堡主街旁邊岔出去的莫米街上。他們一起從那裡穿越雨水沖刷過的街道，來到海夫納大樓，上到三樓老人住的那個房間。年輕的記者心甘情願地過去。兩人聊了十分鐘後，以諾・羅賓森就邀他過去。小夥子有點害怕，但是他這輩子從沒像現在這麼好奇過。他聽人家講起這個老人無數次了，都說老人的腦子有點問題，他覺得自己很勇敢、很有男子氣概，居然敢跟著去。從一開始，在雨中的街頭，老人講話的方式就很古怪，他試著講起在華盛頓廣場那個房間裡的故事，還有他在那個房間裡的生活。「只要你用心去試就會懂，」他不容置疑地說：「你從我身邊的街頭經過時，我就看到你，心想你會懂的。這並不難。你只要相信我所說的話，傾聽並相信，僅此而已。」

那天晚上，以諾那個老頭在海夫納大樓的房間裡和喬治．韋勒德談話，時間已經過了十一點，他們才談到一件重要的事——那個女人的故事，以及究竟是什麼原因，迫使他離開了那座城市，孤孤單單一個人，一蹶不振地回到懷恩石堡度過餘生。他坐在窗邊的一張小床上，雙手抱頭，喬治．韋勒德則坐在桌旁的椅子上。桌上放著一盞煤油燈，房間裡幾乎沒有家具，卻乾淨得一塵不染。那個人說著話的時候，喬治．韋勒德開始覺得他想要從椅子上站起來，也坐到那張小床上。他想伸出雙臂來抱住這個小老頭。在幾乎是一片黑暗中，男人說著話，少年就聽著，充滿哀愁。

「那個房間裡已經好幾年沒有人來了，她才過去那裡。」以諾．羅賓森說：「她在那棟房子的樓道裡看到我，我們變得熟起來。我不知道她在自己的房間裡做什麼，我從來沒有去過她那裡。我以為她是學音樂的，拉小提琴。她會不時過來敲敲門，我就打開門。她進來坐到我身邊，只是坐下來四處張望，什麼話也沒說。反正，她也沒說過什麼要緊的。」

老人從小床起身，在房間裡走來走去。他身上的大衣被雨淋濕了，水珠不斷滴落在地板上，發出輕輕的觸地聲。他重新坐到小床上的時候，喬治・韋勒德從椅子上站起來，坐到了他身邊去。

「我對她有了感情。她和我一起坐在房間裡，但是她太大了，那個房間裝不下她。我感覺她正在把她以外的一切都趕走。我們只是聊一些小事，但是我卻坐不住了。我想要伸出手指去摸摸她、想要親親她。她的手是那麼有力，她的臉是那麼好看，她一直看著我。」

老人顫抖的聲音靜了下來，他的身體彷彿受寒般抖了起來。「我害怕，」他低聲說道：「很害怕。她來敲門的時候我就不想讓她進來了，但是我卻坐不住。我對自己說：『不行，不行。』但我還是站起來，打開門。你看，她已經長這麼大了。她是一個女人了。我覺得她比那個房間裡的我更大。」

以諾．羅賓森盯著喬治．韋勒德，他那雙孩子氣的藍眼睛在燈光下閃閃發亮。他又發起抖來。「我想要她，同時又一直不想要她。」他解釋道：「然後我開始跟她說起我的人，以及我覺得有意義的一切。我試過保持沉默，不與任何人往來，但是我做不到。我的感覺就像開門時的感覺。有時候我巴不得她離開，再也不要回來。」

老人猛然站起來，激動得聲音在顫抖。「有一天晚上發生了一件事情。我發瘋似地想讓她理解我，讓她知道我在那個房間裡是多麼高大魁偉。我想讓她明白我是多麼重要。我一遍又一遍地告訴她。她想要走開時，我跑去鎖上了門。我跟著她在房間裡走來走去。我一直講啊講的，然後突然間一切都毀了。她的眼中流露出一種神情，那時我就知道她確實是明白了。也許她一直都是明白的。我火冒三丈。我受不了了。我想讓她明白，但是你看不出來嗎？我又不能讓她明白。我覺得到時候她會明白一切，而我會被淹沒，沒頂，你看著吧。事情就是這樣。我不知道原因何在。」

老人跌坐在那盞燈旁邊的一張椅子上，少年聽得滿心敬畏。「你走吧，孩子。」這個男人說：「別再和我待在這裡了。我以為告訴你也許會是件好事，但事實並非如此。我不想再多說什麼了。走開。」

喬治・韋勒德搖搖頭，他的聲音裡帶著一股命令的口氣。「別在這時候停下來，把剩下的講給我聽。」他嚴厲地命令道：「發生什麼事了？把剩下的故事告訴我。」

以諾・羅賓森突然站起來，跑到窗前，從那扇窗可以俯視懷恩石堡空無一人的那條主街。喬治・韋勒德緊跟在他身後。兩個人站在窗邊，一個是高大笨拙、正在長成大人的少年；另一個是滿臉皺紋卻孩子氣的大人。那副熱切而孩子氣的口氣繼續講著這個故事。「我對她罵髒話。」他解釋道：「我講了很多可恥的話。我命令她離開，不准回來。啊，我說了惡毒的話。起初她假裝聽不懂，而我還是繼續。我尖叫，跺地。我的咒罵聲響徹整間屋子。我不想再見到她，我很清楚，有些事情說出來以後，我就再也見不到她了。」

老人的嗓音哽咽，他搖了搖頭。「一切都毀了。」他平靜而哀傷地說：「她走出那扇門，房間裡所有的生命都跟著她出去了。她把我的人都帶走了。他們都跟著她從那扇門走了。事情就是這樣。」

喬治・韋勒德轉身走出以諾・羅賓森的房間。他穿過那扇門的時候，還聽得見那蒼老而微弱的聲音在窗邊的黑暗中嗚咽和抱怨。「我孤零零一個人，孤孤單單在這裡。」那個聲音說：「我的房間以前溫暖而令人感到愉快，現在卻只剩我孤孤單單一個人。」

一場覺醒

AN AWAKENING

蓓兒．卡本特生得皮膚黝黑，眼珠是灰色的，嘴唇厚厚的。她長得又高又壯。當邪念上身時，她會生氣，但願自己是個男兒身，就可以掄起拳頭打人。她在凱特．麥可休太太開的女帽店工作，白天就坐在店面後方的窗戶邊裝飾帽子。她是亨利．卡本特的女兒，亨利．卡本特在懷恩石堡第一國家銀行管記帳，凱特和他住在七葉樹街盡頭過去很遠一棟陰暗的老房子裡。房子四周都是松樹，樹下寸草不生。屋後有一個鏽跡斑斑的鐵皮簷槽，已從固定裝置上滑落，風一吹，它就會打在一個小棚子的屋頂，發出令人沮喪的咚咚聲，有時候會持續一整夜。

蓓兒還小的時候，亨利・卡本特搞得她幾乎活不下去，但是當她從少女長成後，亨利・卡本特就失去了對她的掌控。這個記帳員的人生是由無數雞毛蒜皮的小事組成的。早上去到銀行，他會走進衣帽間，換上一件黑色的羊駝毛大衣，由於經年累月地穿，大衣變得破舊不堪。晚上回到家，他穿的是另一件黑色的羊駝毛外套。每天傍晚他都會把出門上街穿的那套衣服熨平。為此，他想出一套木板的擺放辦法。他把出門穿的那套服裝的褲子放在兩塊木板之間，再用結實的螺絲把木板固定住。早上，他會拿塊濕布擦拭木板，然後豎起來收到飯廳的門後。如果白天有人動過木板，他會氣得說不出話來，一整個星期都無法恢復平靜。

這個銀行的出納有點欺軟怕硬，他怕自己的女兒。他意識到，女兒知道他虐待她母親這件事，並為此而恨他。有一天中午她跑回家，捧著路上挖來的一把爛泥進屋。她將泥巴抹在熨褲板上，然後放心地回去工作，心情愉快。

蓓兒・卡本特偶爾會在晚上和喬治・韋勒德一起出去散散步。但私底下，她愛的是另一個男人，這段無人知曉的戀情讓她大為焦慮。她愛的是艾德・葛里菲斯酒吧的酒保艾德・韓德比，卻和這個年輕的記者到處散步，以此慰藉自己的情感。她覺得自己的社會地位不允許別人看到她和酒保在一起，所以就和喬治・韋勒德一起在樹下散步，還讓對方親吻她，以慰藉她本性中那股極為迫切的慾求。她覺得自己有辦法約束這個年輕人，不讓他越軌。至於艾德・韓德比，她就不是那麼有把握了。

酒保韓德比是一位身材高大、肩膀寬闊的三十歲男子，住在葛里菲斯酒吧樓上的一個房間。他拳頭很大，眼睛卻小得超乎尋常，不過他的聲音輕柔而沉著，像是在極力隱藏自己拳頭背後的力量。

二十五歲那年，這個酒保從印第安納州的叔叔那裡繼承了一座大農場。賣掉農場為他帶來八千塊美金的收入，但是艾德在六個月內就把錢花完了。他跑去伊利湖畔的桑達斯基，開始尋歡作樂、縱情聲色，這裡面的故事後來讓家鄉的人聽得驚嘆連連。他四處揮霍金錢，駕著馬車穿過大街小巷，舉辦酒會招待成群的男男女女，玩牌輸贏很大，還包養情婦，花好幾百塊美金為情婦添購新裝。有一天晚上，他在一處名叫雲杉點的度假勝地，捲入一起鬥毆，像隻野獸一樣橫衝直撞。他揮拳打碎一家飯店洗手間裡的大鏡子，後來又在舞廳裡四處砸窗戶、摔椅子，只為高興聽玻璃砸在地板上發出的碎裂聲，看看從桑達斯基過來度假屋與心上人共度良宵的店員眼中的恐懼。

艾德・韓德比和蓓兒・卡本特之間的戀情表面上看似沒有結果。他只得以讓她陪了一晚。那天晚上，他在衛斯理・莫耶的馬車行租來一匹馬和一輛馬車，載她去兜風。他深信她就是適合他的女人，他得讓她跟定自己，於是將自己的願望告訴了她。這個酒保準備結婚了，開始設法賺錢以養活妻子，但是他生性單純，發現他解釋不清自己的打算。他的身體因肉體的渴望而隱隱作痛，便用身體來表達自我。他不顧這個製帽女工的掙扎，將她擁入懷中，緊緊抱著，吻到她毫無招架之力為止。然後又把她帶回鎮上，讓她下了馬車。「下次再讓我抱住你就不放你走了，你不能耍著我玩。」他一邊說，一邊轉過身就要駕車離開。然後，他跳下馬車，用孔武有力的雙手握住她的肩膀。「下次我會把你永遠留在身邊。」他說：「你還是做個決定吧。這是你我之間的事，我要在失去耐心之前得到你。」

一月裡的一個新月之夜，喬治・韋勒德出門去散步。在艾德・韓德比的心目中，喬治是他得到蓓兒・卡本特唯一的阻礙。這天傍晚，喬治和塞斯・厲奇蒙與鎮上屠戶的兒子亞特・威而遜一道去了崙山・瑟貝克的撞球間。塞斯・厲奇蒙背靠牆站著，一言不發，喬治・韋勒德在講話。撞球間裡擠滿了懷恩石堡的小夥子，他們都在講女人。這個年輕的記者就進入那個氛圍中。他說，女人自己應該當心，男人和女生出去玩不需要為所發生的事負責。他一邊講話一邊四下張望，渴望引起注意。他一個人滔滔不絕獨占發言權講了五分鐘，然後亞特・威而遜就開口了。亞特正在卡爾・普魯斯的店裡學習理髮的手藝，開始自認是棒球、賽馬、飲酒和玩女人等方面的權威。他開始講起一件往事，那個夜裡他和兩個都是懷恩石堡出身的男人走進縣城的一家妓女戶。這個屠夫的兒子嘴邊叼著一支雪茄，一邊講話一邊往地板上吐痰。「那個地方的女人想盡辦法嘗試，還是無法讓我難堪。」他吹噓道：「裡面有一個女孩想要表現得放肆，被我戲弄了。她一開口，我就走過去坐在她腿上。我吻她的時候，屋子裡的人都笑了。我教她不要來煩我。」

喬治・韋勒德走出撞球間，來到緬因大街上。連日來氣候嚴寒，疾風從小鎮北面十八英里外的伊利湖吹到小鎮上，但是這天晚上的風停了，一彎新月讓這個夜晚變得異常迷人。喬治並沒有想好要去哪裡，或者要做什麼，就走出緬因大街，開始在光線昏暗、木屋櫛比鱗次的街道上行走。

來到戶外，在滿天星斗的夜空下，他忘了撞球間裡的同伴。由於天色很暗，他又是一個人，便開始高聲說話。他抱著好玩的心情，學著醉漢踉踉蹌蹌地走在街上；然後又想像自己是一名士兵，穿著擦得亮晶晶的及膝長靴，佩著一把劍，走起路來框啷作響。既然是兵，他又把自己想像成一名督察，從一長排立正站好的兵士面前經過。他開始檢查這些人的裝備。來到一棵樹前面止步，開始訓話。「你們的背包不整！」他厲聲說：「這種事要我說多少次？這裡的一切都要有秩序。在我們面前的是一項艱鉅任務，沒有秩序就無法完成任何艱鉅任務。」

年輕人被自己的話催眠，跌跌撞撞地沿著木板人行道走，說了更多的話。「有一條規矩既適用於軍人，也適用於男人。」他嘟嘟囔囔，陷入沉思之中。「規矩無非從小事講起，再擴及至一切。每一件小事，從工作場所到穿著，再到思想，都必須講規矩。我自己是一定要守規矩的。我得學會那套規矩。我得讓自己接觸到一些大而有序的事物，像星星一樣在黑夜中移動。我得在小我的範圍內開始學習一些東西，用生命，守著法付出、搖擺和工作。」

喬治．韋勒德停在一盞路燈附近的尖樁籬笆前，他的身體開始顫抖。他以前從未有過剛剛那樣的想法，不知道這些想法是從哪裡來的。此刻他覺得有一個聲音來自他的體外，在他走路的時候一直在講話。他對自己的想法感到既驚又喜，他再次邁開腳步時，便熱烈地說著這件事。「從崙山．瑟貝克的撞球間出來，居然能生出這樣的想法。」他低聲說道：「還是一個人好。如果我像亞特．威而遜那樣說話，那些小子是會理解我，卻無法理解我在這裡想的。」

懷恩石堡就像二十年前俄亥俄州所有的城鎮一樣，也有一區都住著打零工的人。工廠時代還沒有到來，這些臨時工要麼在田裡幹活，要麼在鐵路上做些路段養護工程。他們每天工作十二個小時，辛苦一整天只能拿到一塊錢。他們住的是廉價的小木屋，後面帶一個花園。日子過得舒服些的人，在花園後面的小棚子裡養幾隻牛，也許再養頭豬。

在一月的這個晴朗的夜晚，喬治・韋勒德滿腦子都是大而有力的想法，他邊想著走進了這樣一條街道——街道上光線昏暗，有些地方甚至連人行道都沒有。周遭的景象中，有些什麼東西刺激著那已經被激起的幻想。一年來，他把所有的餘暇都花在讀書上，他讀過的一些關於中世紀舊世界城鎮生活的故事，現在突然又清晰地浮上他的腦海，讓他心生一種舊地重遊的怪異感覺，跌跌撞撞向前走去。一時衝動之下，他拐出這條街道，走進養著豬群牛群的小棚後面一條漆黑的小巷。

他在小巷裡待了半個小時，聞著那些養得太擠的牲畜飄散出來的濃烈氣味，讓他的大腦玩味著突然冒出來的新奇想法。清甜的空氣中飄散著糞肥的臭味，喚醒了他腦中陶醉的東西。煤油燈照亮一間間貧窮的小屋，煙囪裡的炊煙直入清新的空氣中，豬叫的咕嚕聲、穿著廉價花布洋裝在廚房裡洗碗的婦人、走出屋子朝緬因大街商店和酒館而去的男人的腳步聲、狗吠聲、兒童的哭聲，這一切都讓潛伏在黑暗中的他，顯得超脫世俗，遺世獨立。

這個年輕人覺得承受不起自己想法，激動得開始沿著小巷小心翼翼往前移動。有條狗攻擊他，他不得不拿石頭把牠趕走，一名男子出現在其中一間屋子的門口，對那條狗罵粗話。喬治走進一塊空地，抬頭仰望天空。他感到自己無比偉大，拜他先前這場簡單的經驗所賜，他得到了改造。在滿懷激動的情緒之下他舉起了雙手，伸入頭頂的黑暗中，口中喃喃自語。一股想要說話的欲望戰勝了他，他脫口說出毫無意義的語句，都是些充滿氣魄的話，意味深長，所以在舌頭上那麼一滾就說出來了。「死亡，」他咕噥道：「夜晚，大海，恐懼，美妙。」

喬治．韋勒德走出那塊空地，再度站到對著房屋的人行道上。他覺得這條小街上所有的人肯定都是他的兄弟姊妹，他真希望自己有勇氣把他們都叫出門來，握他們的手。「如果這裡只有一個女人，我會握住她的手，然後一直跑，跑到我們都筋疲力盡為止。」他心想：「這樣會讓我感覺好些。」他心裡頭想著一個女人，他走出街道，往蓓兒．卡本特住的那棟屋子走去。他覺得她會理解他的心情，相信他能夠當著她的面達到他渴望已久的境地。以前，他跟她在一起的時候，會親吻她的嘴唇，離開之後又對自己生一肚子的氣。他有一種莫名其妙被人利用的感覺，並沒有享受到那份感情。現在他覺得自己突然大到無法再被利用。

喬治來到蓓兒．卡本特家的時候，已經有一位訪客在他之前就到了。艾德．韓德比來到門口，把蓓兒叫出屋子，試圖和她說話。他本來想叫這個女人跟他走，做他的妻子，卻在她站到門口時失去了自信，變得悶悶不樂。他想到喬治．韋勒德，便咆哮道：「你離那個小子遠一點！」然後想不出還能說什麼，轉身就要走。「如果讓我逮到你們倆在一起，我會打斷你的骨頭，也打斷他的骨頭！」他補充道。這個酒保是來求愛的，不是來威脅的，他氣自己沒能做到這個。

愛人離開後，蓓兒回到室內，急忙跑上樓去。她從樓上的窗戶裡看到艾德．韓德比過了街，坐到一戶鄰居家門前的下馬石*上。昏暗的光線下，男人雙手抱著頭，一動也不動地坐著。看到這個情景讓她很開心，在喬治．韋勒德來到門口時，她熱情洋溢地招呼他，連忙戴上帽子。她心想，若她和年輕的韋勒德一起走在街上，艾德．韓德比會跟在後面，她要讓他受折磨。

蓓兒・卡本特和那個年輕的記者就在甜蜜的夜風中，在樹下散了一個小時的步。喬治・韋勒德滿嘴都是深奧的話。在黑暗的小巷中待那一個小時所感受到的力量還在他體內，他放開膽子講話，走起路來昂首闊步，揮舞著雙臂。他想讓蓓兒・卡本特明白，他意識到自己以前的弱點，已經有了改變。他宣稱道：「你會發現我變得不一樣了。」說著他雙手插進口袋，大膽地直視她。「我不知道為什麼，不過事情就是如此。你必須把我當作一個男人，否則就別來招惹我。就是這麼回事。」

在那彎新月下，這個女人和那個少年來來回回走在安靜的街道上。喬治講完話之後，他們拐進一條小道，過了一座橋，踏上往山丘上去的一條小徑。這座丘陵順著自來水廠蓄水池的地勢開始往上，可以上到懷恩石堡的集市廣場。山坡上長著茂密的灌木叢和小樹，灌木叢中有小塊小塊的空地，上面的草長得很長，現在都凍得硬邦邦的。

喬治・韋勒德跟在這個女人身後走上山，他的心跳開始加速，肩膀也挺直了。突

＊ 編註：Horse block，此指上下馬踩踏用的石階。

然間，他認定蓓兒．卡本特即將委身於他。他覺得，顯現在自己身上的那股新力量已經對她起了作用，她成了俘虜。這個想法讓他有點沉醉於男性力量的感受中。雖然他們四處走來走去的時候，她似乎沒在聽他講話，這點令他感到惱火，不過她陪著他來到這個地方，這個事實又打消了他所有的懷疑。他心想道：「不一樣了。一切都變得不一樣了。」然後抓住她的肩膀，轉過她的身體來，站在那裡看著她，他的眼睛裡閃著自豪的光芒。

蓓兒．卡本特並沒有反抗。他親吻她的嘴唇時，她重重倚偎在他身上，越過他的肩膀看向黑暗。她整個姿態都暗示著有所等待。就像在小巷裡一樣，喬治．韋勒德的思緒湧現，化作一個個的字，他緊緊地抱著這個女人，在寂靜的夜色中輕聲低語。「慾望，」他低聲說道：「慾望、黑夜和女人。」

喬治．韋勒德不明白，那天晚上在山坡上他的身上到底發生了什麼事。後來，他一回到自己的房間裡就很想哭，然後是又氣又恨，幾乎要瘋掉。他恨蓓兒．卡本特，而且深信自己會恨她一輩子。到了山坡上，他把女人帶到灌木叢中的一塊小空地上，跪在她身邊。就像在工人房旁邊的空地上一樣，他舉起雙手，感謝自己身上新出現的力量，等著女人開口說話，這時候艾德．韓德比出現了。

那個酒保認定這個小夥子想要搶走他的女人，但是他並不想揍他。他知道不需要打人，他自有力量在不使用拳頭的情況下達成目的。他抓住喬治的肩膀，把他從地上拉起身來，他的一隻手扶著喬治，眼睛則看著坐在草地上的蓓兒．卡本特。然後，他的手臂快速且大力一甩，就把那個年輕人拋到灌木叢中，接著他開始威嚇已經站起身來的女人。「你的行為不檢點。」他粗魯地說：「我差點就打算不再來煩你。如果不是那麼想要你，我就會放任你不管了。」

喬治．韋勒德四肢著地，趴跪在灌木叢中，盯著眼前這一幕，努力思索。他準備向那個羞辱他的人撲過去。挨打似乎還比這樣不光彩地被扔到一旁要好得多。

這個年輕的記者向艾德．韓德比撲去三次，每次都被那個酒保抓住肩膀，拋回灌木叢中。年紀比較大的這個男人似乎準備無止盡地繼續這項練習，可是喬治．韋勒德的頭撞到了樹根，一動不動地躺下了。然後艾德．韓德比抓住蓓兒．卡本特的手臂，帶著她大步揚長而去。

喬治聽到這一男一女人穿過灌木叢的聲音。他緩緩爬下山坡，心裡難過得要死。他恨自己，也恨為他帶來屈辱的命運。當思緒再回到獨自一人在巷子裡度過的那一個小時，他百思不得其解，於是在黑暗中停下腳步靜聽，希望能夠再次聽到出自他體外的聲音，那個聲音曾經在很短的時間內為他的內心注入新的勇氣。回家的路上，他又來到那條木板屋挨著木屋的街道上，卻無法再忍受眼前的景象，他跑了起來，想要盡快離開這個現在看起來全然汙穢不堪且平淡無奇的社區。

怪人

"QUEER"

在懷恩石堡的「考利父子公司」商店後面，那間木頭蓋的粗糙小屋像扎了根芒刺一樣。父子檔店東裡的那個兒子埃爾默·考利正坐在一口箱子上，從他所坐的那個位置，透過髒兮兮的窗戶，可以看到《懷恩石堡鷹報》的印刷間。埃爾默正在給他腳上的鞋子穿上新鞋帶。鞋帶並不是太容易穿進去，於是他不得不脫下了鞋子。他的手上拿著鞋子，坐在那裡看著一只長筒襪的腳後跟上破了一個大洞。接著，他迅速抬起頭來，看見懷恩石堡唯一的報社記者喬治·韋勒德站在《鷹報》印刷間的後門，心不在焉地四下張望。「哎呀呀，又怎麼了呢！」年輕人手裡拿著鞋子驚呼道，跳起身來，悄悄離開窗口。

埃爾默・考利的臉上泛起紅暈，手抖了起來。在考利父子公司的店裡頭，有一個跑遍各地四處兜售物品的猶太裔推銷員站在櫃檯旁和他的父親交談。他猜想那個記者聽得到他這邊講的話，這個想法令他怒不可遏。他手裡還抓著一只鞋子，站在棚子的一角，穿著長筒襪的腳踩著木板鋪的地板。

考利父子公司這家店並不對著懷恩石堡的主街。它的前門向著莫米街，再過去就是渥伊特的馬車店，還有一座提供農民馬匹遮風避雨的棚子。店鋪旁邊是主街商家店鋪背面的一條後巷，整天都有平板大車和運貨的四輪馬車來來往往，忙著將貨物運進運出。這家店本身實在是讓人難以形容。有一回威爾・韓德森說過：它什麼都賣，卻又什麼都不賣。面對莫米街的櫥窗裡擺著一塊煤炭，有蘋果桶那麼大，表示他們接受購買煤炭的訂單，在那一大塊黑乎乎的炭旁，放著三個蜂巢，在木框架上已經放到轉成褐色，都髒了。

這些蜂蜜在店面的櫥窗裡已經擺了六個月。蜂蜜是要賣的，還有衣架、專利吊帶扣、一罐罐屋頂塗料、一瓶瓶治風濕的藥，以及咖啡代用品，都跟蜂蜜放在一起，耐心十足地等著為大眾服務。

埃本尼澤．考利長得又高又瘦，看上去像是個底層民眾。他就站在店裡，聽著話語急急地從那個四處兜售的推銷員嘴裡不斷地吐出來。其骨瘦如柴的脖子上長了一顆粉瘤，有一部分被那把花白的鬍鬚蓋住了。他身穿一件亞伯特親王樣式的長外套*，這件外套當初是買來當結婚禮服穿的。埃本尼澤原來是農民，後來才轉而經商。婚後，每逢週日上教堂、週六下午進城談生意，他都會穿著這件外套。他賣掉農場改行從商之後，更長年都穿著這件外套。日久年深，它已經變成了褐色，上面布滿油漬，但是只要一穿上它，埃本尼澤便覺得自己打扮得體，可以到鎮上去展開這一天的工作。

從商的埃本尼澤做得不開心，務農時也一樣活得不開心。儘管如此，他還存活著。

---

* 編註：一種用深色羊毛製成的雙排扣及膝男士禮服，為英國維多利亞女王的王夫亞伯特親王愛穿的外套款式，也因而普及。

他的家人，成員包括一個名叫梅寶的女兒和這個兒子，都跟他一同住在這家店樓上的房間裡，他們的生活費用並不高。他的煩惱並不是經濟上的。他是做生意的——他的不幸就在於，當推銷員帶著要賣的貨物從前門進來，他便害怕。他站在櫃檯後面搖著頭。一來他怕自己會堅持己見拒絕買進，從而失去轉售的機會；再者，他又怕不夠堅持己見，只要一時心軟就會買下賣不掉的東西。

那天早上在店裡，埃爾默．考利看到喬治．韋勒德站在《鷹報》印刷間的後門，顯然是在偷聽。店裡出現一個情況，這種情況只要一出現總是會激起這個兒子的怒氣。那個四處走的人正在說話，埃本尼澤則聽著，他渾身表現出拿不定主意的神情。那個四處兜售的推銷員說：「你看，這樣多快！」他要賣的是一種小小的扁平狀金屬，用來代替領扣。他用一隻手迅速解下襯衫上的衣領，然後又重新戴上。他拿出諂媚討好的語氣講話。「我告訴你，繫領子扣鈕扣這一套的時代就要到頭了，你可以從即將發生的這場變化中獲利。我提供給你這個鎮上的獨家代理權。你拿二十打這種衣領夾，我就不再找別的店了。我把這門賺錢的生意留給你。」

那個四處兜售的推銷員俯身靠在櫃檯上，手指點著埃本尼澤的胸口。「這是個機會，希望你抓住這個機會不要錯過了。」他慫恿道：「一個朋友跟我提起你。他說：『去看看考利那個人，他是一個趣人。』」

這位兜售者停下來等待著。他從口袋裡掏出一個本子，開始寫訂單。埃爾默．考利手裡還抓著那只鞋子，他穿過店面，經過這兩個全神貫注的男人，來到靠近前門的一個玻璃陳列櫃前。他從櫃子裡取出一把廉價的左輪手槍，開始揮舞。「你給我滾出這裡！」他尖聲喊道：「我們這裡不需要什麼領扣。」一個念頭閃過。「請注意，我不是在威脅你。」他補充道：「我可沒有說我會開槍。也許我只是從櫃子裡拿出這把槍來看看。不過，你最好出去。沒錯，先生，我是這麼說的。你最好是拿好你的東西，滾出去。」

年輕的少東拔高嗓門變成尖叫，他走到櫃檯後面，開始向這兩個人逼近。「我們在這裡當傻瓜的日子過去了！」他大叫：「在我們開始把東西賣出去之前，不會再買任何東西了。我們不會再表現得怪里怪氣的，讓人們盯著我們瞧、豎著耳朵聽。你給我滾出這裡！」

四處兜售的那個人走了。他把衣領扣樣掃下櫃檯，掃進一只黑色皮包裡，然後就跑了。他的個子矮小，又是羅圈腿，彎得很嚴重，跑起來模樣笨拙。那只黑色的袋子撞到門上，把他絆倒了。「瘋了，他這是——瘋了！」他的嘴裡劈里啪啦一陣罵，一邊從人行道上爬起身，匆匆忙忙跑掉了。

店裡的埃爾默·考利和他的父親面面相覷。眼下他發作怒氣的直接對象已經跑了，這個年輕人反倒覺得尷尬。他宣稱道：「嗯，我是認真的。我想我們已經當怪人當得夠久了。」一邊說一邊走向陳列櫃，將左輪手槍放回去。他坐到一個木桶上，用力拉上並繫緊一直抓在手上的鞋。他等著父親會從嘴裡吐出一些表示理解的話，但是埃本尼澤一開口，他的話只是重新喚起了兒子的憤怒，年輕人話也沒回就跑出店裡。這個生意人用修長卻髒兮兮的手指搔著花白的鬍子，以他面對銷售員時那副猶豫不決的神情看著他的兒子。「我會被漿挺的。」他輕聲說道：「好吧，好吧，我會被洗淨燙好漿挺的！」

埃爾默・考利出了懷恩石堡，沿著一條與鐵軌並行的鄉間小路走去。他不知道自己要往哪裡去，也不知道要做什麼。那條路急轉向右後，降到鐵道之下，他來到一個深溝的避風處停了下來，這讓他在店裡情緒爆發的那股激情再次表露了出來。「我才不會成為一個怪人，引來窺視和偷聽。」他高聲宣稱：「我要像別人一樣。我會表現給那個喬治・韋勒德看。他會發現的。我要表現給他看！」

這個心神不寧的年輕人站在路中央，回頭怒視著小鎮。他並不認識當記者的喬治・韋勒德，對這個在鎮上跑來跑去收集小鎮新聞的高個少年也沒什麼特別的感覺。那個記者出現在《懷恩石堡鷹報》的辦公室和印刷間，在這個做買賣的年輕人心中只是一種代表。他認為這個來來去去路過考利父子公司商店的少年，在街上停下來與路人交談時，一定是在想著他，也許還在嘲笑他。他覺得喬治・韋勒德屬於這個小鎮，他就是這個小鎮的象徵，他這個人就代表這個小鎮的精神。埃爾默・考利才不相信喬治・韋勒德也有不開心的日子，也有朦朧的渴望和難以啟齒的祕密欲求。難道他不代表公眾輿論？難道懷恩石堡的公眾輿論不是都說考利一家是怪人嗎？他沒有邊走邊吹口哨，還一邊笑著走過緬因大街嗎？打擊他這個人，不就能打擊更大的敵人——那個面帶笑容、我行我素的東西——懷恩石堡的判決嗎？

埃爾默・考利長得特別高大，一雙長手孔武有力。他的頭髮、眉毛，以及下巴上剛開始長出來的毛茸茸的鬍渣，都淡得發白。他的牙齒突出於嘴唇之間，他的眼睛是藍色的，與懷恩石堡那些男孩子口袋裡裝的大理石彈珠「瑪瑙珠」一樣藍得透明。埃爾默已經在懷恩石堡鎮住了一年，卻沒有交到半個朋友。他覺得自己這一生注定沒有朋友，他一想到這個就恨。

這位高大的年輕人悶悶不樂的，雙手插在褲袋裡，腳步沉重地走在路上。天氣很冷，寒風颼得讓人生疼，但是不久後太陽一照，道路又變得軟爛泥濘。路面上凍成一條條冰脊的泥濘開始融化，爛泥黏在埃爾默的鞋子上。他的腳凍得冰冷。走了幾英里後，他離開大路，穿過一片田野，進入一片樹林。他在林子裡撿來一些柴，生了火，坐在火旁取暖，身心俱疲。

他在火邊的木頭上坐了兩個小時，然後站起來，小心翼翼地鑽過一大片矮樹叢，走到柵欄旁，眺望田野，看著旁邊一座低矮棚屋包圍的小農舍。他的嘴角浮起一絲微笑，然後開始伸出長長的手臂對著在田裡剝玉米的人比手勢。

在痛苦的時候，這個年輕的生意人會回到童年生活過的農場，在那地方有一個人是他覺得可以為自己做解釋的對象。農場上的那個人是個癡傻的老頭，名叫穆克。老人過去受雇於埃本尼澤．考利，農場賣掉後，他留了下來。老人就住在農舍後面一棟沒有粉刷的棚屋裡，整天在田裡閒蕩做些瑣碎的細活。

穆克這個癡癡傻傻的老頭活得很開心。他像個孩子一樣相信和他同住在棚屋裡的那些牲畜是有智慧的，孤單寂寞的時候，他就和牛啊豬啊，甚至與在打穀場上跑來跑去的雞長談。就是他把「洗滌」這些詞彙放到這個前雇主嘴裡的。他對任何事情感到興奮或驚訝時，就會含糊一笑，嘟嘟噥噥道：「我會被洗淨燙好。哎呀呀，我會被洗淨燙好漿挺。」

這個癡傻的老頭丟下剝玉米的活，走進林子去見埃爾默．考利，他對這個突然現身的年輕人既不驚訝，也不特別感興趣。他的腳也很冷，便坐到火邊的木頭上，他對於這份溫暖是感激的，但對埃爾默非講不可的話顯然無動於衷。

埃爾默講得認真，同時也很隨意，走來走去地揮舞著手臂。「你不明白我是怎麼了，所以你理所當然不在意。」他宣稱：「我不一樣。你看看我，一直都是這樣子。父親是個怪人，母親也是個怪人。就連母親以前穿的衣服也和別人穿的不一樣，再看看父親在鎮上行走辦事時穿的那件外套，他還以為自己是穿著考究。他怎麼不去買件新的？又花不了多少錢。我來告訴你原因。父親並不知道，母親在世時也不知道；梅寶則不一樣，她是知道卻不說。不過我要說出來。我才不要再讓人家盯著瞧了。哎呀，你聽好，穆克，父親不知道他在鎮上開的那家店不過是一堆奇怪的雜物，他買進來的東西永遠賣不掉。他卻一無所知。有時候，沒有生意上門，他會有點擔心，於是又跑去買些別的東西。晚上，他就坐在樓上烤著火，說再過一陣子就會有生意了。他不擔心。他是怪人。他知道的太少，少到不懂得擔心。」

本來就很激動的年輕人變得更加激動了。他大吼道：「他不知道，但是我知道。」說著他停下腳步，凝視著癡傻老頭那張呆愣愣、毫無反應的臉。「我太清楚了！我受不了了！我們住在這裡的時候，情況可不一樣。我勞動，到了夜裡就上床睡覺。我以前不像現在這樣，老是在看人、在動腦。住在鎮上，傍晚我會去郵局或去車站看火車進站，沒有人找我說話。每個人都站在四周說笑，卻不找我說話。然後我就覺得很奇怪，結果我也說不出話來。我走開。什麼話也沒說。我說不出來啊！」

年輕人的怒火變得無法收拾。「我不忍了！」他仰頭看著光禿禿的樹枝大喊道：「我可不是生來忍受這個的！」

埃爾默被呆坐在木頭上烤火的男人那張呆滯的臉氣到了，轉過身瞪著對方，就如他在路上回頭瞪著懷恩石堡鎮那樣。「回去幹活吧！」他尖聲喊道：「我告訴你能有什麼好處？」一個念頭閃過，他的聲音低了下來。「我也是個膽小鬼，對吧？」他嘀咕道：「你知道我為什麼一路步行來這裡嗎？我得找個人傾吐，而你是我唯一能傾吐的對象。你看，我又逼出一個怪人。我跑開了，我就是這麼做的。我無法對抗喬治·韋勒德那樣的人。我不得不過來找你。我應該跟他說的，我會跟他說的。」

他再次提高嗓門大喊，揮舞雙臂。「我會跟他說的。我不會變成怪人！我才不在乎他們怎麼想，我不會忍受的！」

埃爾默·考利跑出了林子，留下那個傻子獨坐在火堆前的圓木上。沒多久，老人便站起來，翻過柵欄，回玉米田裡繼續幹活去了。「我會被洗淨燙好漿挺，」他宣稱道：「好了，好了，我會被洗淨燙好。」穆克興致盎然。他沿著一條小路來到一塊地，地裡有兩頭乳牛正在啃食麥稈。「埃爾默來過這裡了。」他對乳牛說：「埃爾默瘋了。你們最好躲到乾草堆後面去，讓他看不到你們。可他還是會傷害別人的，埃爾默會的。」

那天晚上八點鐘，埃爾默·考利來到《懷恩石堡鷹報》報社的前門，探頭進去，喬治·韋勒德坐在辦公室裡寫稿。他把帽子拉下來遮到眉眼上方，一臉陰沉卻又堅定的神情。他走進去關上門，說：「你跟我出來。」他的手一直放在門把上，彷彿擋著門以防別人進去。「你出來一下就好，我想見見你。」

喬治·韋勒德和埃爾默·考利走過懷恩石堡那條主街。夜裡冷，喬治·韋勒德身上穿著一件新的大衣，看上去清清爽爽，穿著入時。他把手插進大衣口袋裡，帶著疑問看著他的同伴。他早就想和這個做生意的年輕人交個朋友，去了解他心裡面的想法了。眼前他以為自己看到了機會，心下高興。「不知道他要做什麼？也許他以為他可以提供一則消息登報。不會是一場大火，我沒聽到火警的鈴聲，也沒見到有人奔跑。」他心想。

寒冷的十一月傍晚，懷恩石堡這條主要街道上幾乎沒有什麼鎮民出沒，少數幾個走在路上的人形色匆匆，一心奔著商家店後的火爐而去。商店的窗戶都結滿了霜，風吹得往魏凌醫生診所那道樓梯口的鐵皮招牌砰砰作響。鶴恩雜貨店前的人行道上放著一籃蘋果，還有一個架子，架上裝滿了新進的掃帚。埃爾默・考利停下腳步，面對喬治・韋勒德站著。他嘗試說話，兩隻手臂開始上下擺動。他的臉上一陣痙攣。他似乎就要叫出來了。「啊，你回去吧！」他喊道：「別跟我待在這裡。我沒什麼話要跟你說的。我根本不想見到你。」

由於未能宣示自己不當怪人的決心，這個心煩意亂的年輕商販氣得失去理智，在懷恩石堡住宅區的街道上整整徘徊了三個小時之久。苦澀的挫敗感爬上他的心頭，他很想哭。他一整個下午對著虛無口沫橫飛做白工，然後到了那個年輕的記者面前卻又說不出口，他覺得自己看不到未來的希望了。

接著，他生出一個新的想法。在周遭一片黑暗中，他開始見到一絲光明。考利父子公司已經等了一年多，徒勞地等著生意上門。這時候他走進如今已經漆黑一片的店裡頭，偷偷地溜進去，在店後那只火爐旁邊的木桶裡摸索著。木桶的刨花下面放著一個鐵皮盒，盒子裡面裝著考利父子公司店裡的現金。每天晚上，埃本尼澤・考利打烊上樓睡覺前，都會把盒子收進這個木桶裡。他心裡想著強盜，嘴上對自己說：「他們永遠想不到這麼一個隨隨便便的地方。」

埃爾默從一小捲鈔票中抽出二十塊錢（兩張十塊錢的鈔票）；紙捲裡面捲著大約四百美金的鈔票，是出售農場後留下的現金。然後，他把盒子放回刨花下面，悄悄從前門出去，又上街去走了走。

他以為可以就此結束自己身上所有不幸的想法非常簡單。他告訴自己：「我要離開這裡，離家出走。」他知道有一班貨運區間車會在午夜經過懷恩石堡，繼續開往克里夫蘭，在黎明時分抵達。他會偷上這班區間車，到了克里夫蘭後消失在茫茫人海中。他會去店裡找工作，與別的工人交朋友，泯滅於人群之中。然後他就可以談笑自如了。他不再是怪人，還會交到朋友。人生對他來說將會和其他人一樣，開始變得溫暖而有意義。

這個身材高大卻笨拙的年輕人大步走過街道，為自己居然生氣、居然有點怕喬治．韋勒德而嘲笑自己。他決定在離開這個小鎮之前找那個年輕的記者談談，他會告訴他一些事情，也許會挑戰他，透過他進而挑戰整個懷恩石堡的人。

埃爾默重新生出滿滿的信心，來到新韋勒德之家的辦公室，敲了敲門。一個少年睡在辦公室的小床上，睡眼惺忪。他沒有工資可領，但是吃在旅館，還以「夜班服務員」這個頭銜為豪。在這個少年的面前，埃爾默是大膽而堅持的。「你去把他叫醒。」他命令道：「叫他到車站來。我要見他，然後我就要搭那班區間車離開了。叫他穿好衣服下來，我的時間不多。」

午夜的那班區間車已經完成在懷恩石堡的工作，鐵路工人正在連結車廂，晃著燈籠，準備繼續向東行。喬治．韋勒德揉了揉眼睛，又穿上那件新的大衣，懷著滿腹的好奇心，跑到火車站的月臺上。他說：「好了，我來了。你要做什麼？你有什麼話要告訴我的，嗯？」

埃爾默試著要解釋。他伸出舌頭舔舔嘴唇，看著吱吱嘎嘎開始啟動的那列火車。「嗯，你看。」他開口說道，然後就控制不住自己的舌頭：「我會被洗淨燙好。我會被洗淨燙好漿挺的。」他語無倫次地咕噥道。

漆黑的月臺上，埃爾默．考利站在在呻吟的火車旁邊憤怒地手舞足蹈。燈光躍入空中，在他眼前上下晃動。他從口袋裡掏出那兩張十塊錢的鈔票，塞到喬治．韋勒德手裡。「拿去！」他喊道：「我不要了。交給我父親吧。我偷來的。」他憤怒地低聲一吼，轉過身來，長長的手臂開始在空中揮舞。就像有一個人努力要掙脫抓住他的手，他出手了，一拳又一拳地打在喬治．韋勒德的胸口、頸上和嘴上。這個年輕的記者被這一記記拳頭驚人的力量嚇呆了，翻身倒臥在月臺上，幾乎是昏過去。埃爾默跳上行駛中的列車，跑過幾節車廂的車頂，跳到一節平台車廂上，臉朝下俯臥，回頭望去，試圖看清楚倒在黑暗中的那個人。一股自豪感油然而生。「我表現給他看了！」他喊道：「我想我表現給他看了。我不是那麼地古怪。我想我表現給他看了，我並不是那麼地古怪。」

說不出的謊

THE UNTOLD LIE

雷・皮爾森與海爾・溫特斯都是農場工人，受雇於懷恩石堡往北三英里處的一座農場。每到週六下午，他們都會進城去，跟鄉下來的那些鄉親們在街上閒逛。

雷是一個沉默寡言、頗為緊張不安的人，大概五十歲上下，蓄著棕色的鬍鬚，兩邊的肩膀因勞動過度而拱起。從本性來看，人與人之間能有多大的不同，他與海爾・溫特斯就有多大的不同。

雷是一個十分嚴肅的男子，他的妻子身材嬌小、五官分明、嗓音尖銳。這兩個人帶著六個腿腳細長的孩子，住在一棟破舊的木屋裡，這棟屋子就在雷受雇的威爾斯農場後面的一條小溪旁邊。

他的同事海爾・溫特斯是個年輕的小夥子。他不是奈德・溫特斯家族的人，奈德・溫特斯家族在懷恩石堡可是極受人尊敬的。他是溫皮特・溫特斯那個老傢伙膝下三子的其中一個，這個溫特斯在六英里外的尤尼恩村附近有一家鋸木廠，懷恩石堡的人都視他為老惡棍。

懷恩石堡位於北俄亥俄州，那個地方出身的人都記得老溫皮特，他的死法真是不同尋常，真是慘。有一天晚上，他在鎮上喝醉酒，駕車沿著鐵道往尤尼恩村的家走。遠遠住在那條路上的屠夫亨利・卜拉騰堡在小鎮邊攔住他的去路，告訴他他肯定會遇上下行列車*，但是溫皮特甩開鞭子抽他，繼續駕車前行。火車撞上來，撞死他和那兩匹馬的時候，附近一條路上正驅車返家的農民夫婦剛好目睹這起事故。他們說，老溫皮特站在馬車座位上，對著衝過來的火車頭胡言亂語、賭咒發誓，拉車的馬隊被他的不斷揮鞭激怒，直直衝上前去赴死，就在必死無疑之際，他幾乎是高興地尖叫起來。喬治・韋勒德和塞斯・厲奇蒙這一輩的男孩，對這件事記憶猶新，儘管鎮上的每一個人都說老人會直接下地獄，沒了他地方上會更好；但私底下他們卻堅信，他知道自己在做什麼，他們欽佩他的愚勇。大多數男孩都有過這樣的時期，希望自己能夠光榮地死去，而不只是在雜貨店當個店員，過著單調乏味的人生。

可這個故事要講的不是溫皮特．溫特斯，也不是溫皮特的兒子海爾，海爾和雷．皮爾森一起在威爾斯農場工作。這是雷的故事。不過，我們有必要講講年輕的海爾，如此你們才能投入到氣氛之中。

海爾是個壞孩子。大家都這麼說。溫特斯家有三個男孩，約翰、海爾和愛德華，他們都是寬肩大漢，就像老溫皮特本人一樣，他們也都愛打架、喜歡追逐女人，大體而言就是無惡不作。

海爾是這三兄弟裡面最壞的那個，隨時都在想著幹壞事。有一次，他從他父親的鋸木廠裡偷了一車木板，到懷恩石堡賣了。他拿這筆錢給自己買了一套廉價、花哨的

* 編註：由北向南行駛的火車。

衣服。然後喝得酩酊大醉，他父親罵罵咧咧跑到鎮上去找他，父子倆在緬因大街上相遇，掄起拳頭幹了一架，然後一起被捕入獄。

海爾之所以跑去威爾斯農場工作，是因為那裡有一個鄉下女老師很合他的意。當時他才二十二歲，但是已經發生過兩、三起懷恩石堡人所謂的「女性困境」事件。只要是聽說他迷上了那位學校女老師的人，都相信事情的結果會很糟。「他只會給她帶來麻煩，走著瞧吧。」這是流傳甚廣的一句話。

十月下旬的某一天，雷和海爾兩人在田裡幹活。他們剝玉米苞，偶爾說說幾句話，有時會笑起來，接著又一片靜默。雷比較敏感，心裡總是擱著事放不下，他那雙手龜裂，疼得很。他把兩隻手放進外套口袋裡，移開視線，眺望著田野。他內心鬱鬱寡歡、心不在焉，看著鄉村的美景有所感觸。如果你見識過懷恩石堡鄉下秋天的風景，低矮的丘陵到處都染上紅紅黃黃，你就會明白他的感受。他開始回想起那段時光——很久以前他還是個年輕小夥子，還和父親住在一起，父親當時在懷恩石堡做麵包師，在那樣的日子裡，他會溜到樹林裡去撿堅果、獵兔子，或者就只是去溜達溜達、抽抽菸斗。

他的婚姻就是在他到處溜達的時日裡結下的。他引誘在他父親店裡幫忙做生意、伺候客人的女孩和他一塊出去，事情就那樣發生了。他正想到那個下午，還有那件事如何影響他這一生的時候，一股抗議的精神在他心中甦醒。他忘了海爾就在身邊，喃喃自語。「被蓋德給騙了，這就是我，被人生欺騙，被生活愚弄。」他低聲說道。

海爾・溫特斯彷彿明白他的想法，開口說道：「嗯，值得嗎？怎麼樣呢，嗯？婚姻什麼的又怎麼樣呢？」他問完就笑了。海爾還想要繼續笑，不過他正處於認真的心境當中。他開始正經地說起話來：「一個人是不是非那樣做不可呢？」他問：「一個人非要像匹馬一樣被套上馬具，一生供人驅策嗎？」

海爾不等對方回答，猛然站了起來，開始在一綑綑玉米堆之間來回走動。他越走越激動。突然彎下腰去，撿起一穗黃色的玉米，扔到圍籬上。「我給奈兒・甘瑟惹麻煩了。」他說：「我可是告訴你了，你要閉緊嘴啊！」

雷・皮爾森站了起來，站在那裡瞪眼。他比海爾幾乎要矮上一英尺，當年輕的那個走過來，兩隻手擱到年長的那個肩膀上時，他們兩人構成了一幅畫。他們站在那一大片空曠的田地上，身後是一排排安靜的玉米穗，遠處是紅黃相間的丘陵，他們從兩個漠不關心的工人變成對彼此來說活生生的人。海爾感覺到這一點，這就是他的作風，於是笑了。「好吧，老爹。」他尷尬地說：「來吧，幫我出出主意吧。我給奈兒惹了麻煩。也許你也遇到過同樣的麻煩？我知道大家都會說要怎麼怎麼做才是對的，但是你怎麼說呢？我是不是應該結婚，就此定下來呢？我應該自己套上枷鎖，像匹老馬一樣被操得半死嗎？你是知道我的，雷。誰都無法打敗我，只有我可以打敗自己。我應該去做，還是讓奈兒見鬼去吧？說吧，你告訴我。雷，你怎麼說，我就怎麼做。」

雷答不出來。他掙開海爾的手，轉身徑自朝穀倉走去。他是個敏感的人，眼裡含著淚水。他知道對老溫皮特．溫特斯的兒子海爾．溫特斯，他只有一句話可以說——他知道自己所受的一切教養，加上自己認識的人所相信的，都會認同的只有一句話，但是就算再怎樣不顧一切，他都說不出他心知自己該說的話。

那天下午四點半，雷正慢條斯理地在打穀場上幹些細活，這時候他的妻子沿著小溪來到小路的盡頭叫他。與海爾談過話後，他並沒有回到玉米田裡，而是在穀倉附近幹活。他已經做完晚間的例行瑣事，看見海爾剛從農舍裡出來，走上大路。海爾一身穿戴整齊，顯然準備去城裡狂歡一夜。雷跟在妻子身後，腳步沉重地沿著通往自己家的小路走，眼睛盯著地上在思考。他想不通哪裡不對。每次抬眼，看到在殘陽夕照之下的這幅鄉間美景，他就想做些以前沒有做過的事，大喊大叫，或是舉起拳頭揍老婆，或是做些同樣出人意料和可怕的事。他沿著小路走，一路撓著腦袋，努力想要弄明白。他仔細看著妻子的背影，但是她看上去似乎沒有什麼不對的地方。

她只是想要他進城去買點雜貨，一交代完她要的東西，她就開始叱責他。「你老是慢吞吞懶洋洋的。」她說：「現在我要你趕緊去。家裡沒有東西可以拿來做晚飯了，你得快快進城去，快快回來。」

雷走進自家的屋子，從門後的掛鉤上取下大衣。大衣口袋周圍破了，領子油亮油亮的。他的妻子走進臥房，沒多久就出來了，一隻手上拿著一塊髒布，另一手拿著三塊大錢。有個孩子在屋裡的某一個地方大聲痛哭，一直睡在爐邊的狗站起來打了個哈欠。妻子又罵了起來。「孩子們哭個不停。你怎麼老是慢吞吞懶洋洋的？」她責問道。

雷走出屋子，翻過籬笆，來到一片田地裡。天色才剛剛暗下來，眼前景色迷人。所有低矮的山丘都染上了色彩，就連長在籬笆角落的小叢灌木也美得生機勃勃。雷・皮爾森覺得整個世界都變得充滿了生機，就如他和海爾站在玉米地裡凝視彼此時，世界突然變得充滿生機一樣。

那個秋日的傍晚，懷恩石堡周邊的鄉村美景美到令雷無法忘懷。這就是一切了。他無法承受了。突然間，他忘記自己是一個沉默寡言、年紀老大的農場幫工，他拋下破舊的大衣，在田地上跑了起來。他一邊跑，一邊叫嚷著抗議，抗議他的生活，抗議整個人生，抗議讓人生變醜陋的一切。「沒有任何承諾！」他對著身邊的空曠喊道：「我不曾對我的米妮承諾過什麼，海爾也沒有對奈兒做過什麼承諾。我知道他還不曾做過承諾。她跟著他一塊進林子裡去，那是因為她想去。他想要的，她也想要。為什麼要我付出代價？為什麼要海爾付出代價？為什麼要有人付出代價？我不希望海爾衰老，變得精疲力竭。我要告訴他。我不會任由事情發展下去。我得趕在海爾進城之前追上他，告訴他。」

雷姿勢笨拙地跑著，有一次還絆了一跤摔倒了。他不停地在想：「我一定要追上海爾，告訴他。」儘管跑得上氣不接下氣，他還是越跑越賣力。他一邊跑一邊想著多年來不曾再想起來的一些事——在他結婚的那個時候，他是怎麼計畫去西部，去俄勒岡州波特蘭市找他叔父——他是如何不想當個農場工人，他原想著去到西部後就出海當水手，或是在牧場上找份事，然後騎馬進西部小鎮。他又喊又叫又笑，用野性的呼喊聲吵醒了一戶戶屋子裡的人。然後，跑著跑著，他想起他的孩子們，在他的幻想中感覺到他們的手緊緊抓著他。他對自己的想法都扯到對海爾的想法，他以為孩子們也在緊緊地抓住那個年輕人。「海爾，他們只是生命中的意外。」他喊道：「他們既不是我的，也不是你的。我跟他們沒有任何關係。」

雷．皮爾森繼續跑啊跑的，黑暗開始籠罩田野。他的呼吸裡夾雜著小聲的嗚咽。當他來到路邊的柵欄前，面對著海爾．溫特斯，一見對方打扮整齊，嘴上叼著一根菸斗，歡快地往前走著，他就說不出他所想的或是他想要的了。

雷．皮爾森失去了勇氣，發生在他身上的故事就這樣結束了。他來到柵欄前，把手放在柵欄頂部，站在那裡凝視著，這時候天已經快黑了。海爾．溫特斯跳過一條溝渠，來到雷的身前，兩隻手插進口袋，哈哈大笑。他對發生在玉米田裡的事似乎已經無感，他伸出一隻有力的手，抓住雷那身外套的衣襟，搖了搖老人，就像搖著一隻不聽話的狗一樣。

「你是來告訴我的吧，嗯？」他說：「算了，用不著跟我說什麼。我不是個懦夫，我已經下定決心了。」他又笑了，然後跳回溝渠那邊去。「奈兒又不傻，」他說：「她並沒有開口叫我娶她。是我想娶她。我想安定下來，生兒育女。」

雷．皮爾森也笑了。他很想嘲笑自己，也想嘲笑全世界。

當海爾．溫特斯的身影消失在往懷恩石堡那條路上的暮色中，雷轉過身慢慢地穿過田野，回到他丟下那件破大衣的地方。走著走著，過去的一些記憶，他與幾個腿腳細瘦的孩子在溪畔那座破房子裡一起度過的愉快夜晚，肯定是浮上了心頭，因為他正在喃喃地自語：「這樣也好。無論我告訴他什麼，都是謊言。」他輕聲說著，然後他的身影也消失在一片黑暗的田野中。

酒精

DRINK

湯姆・福斯特從辛辛那提來到懷恩石堡的時候，年紀還輕，留下了很多新印象。他的外祖母是在小鎮附近的一座農場上長大的，小時候就在當地上學，那時候的懷恩石堡還只不過是個村子，僅有十二到十五戶人家，圍著川尼恩大道上一家雜貨店聚眾而居。

自從離開邊城屯墾區後，這個老婦人過得是怎樣的生活，她又是一個多麼堅強、能幹的小婦人和老太婆啊！在她的丈夫去世前，她曾經跟著她的機械工丈夫到處走，去過堪薩斯州、加拿大和紐約市。後來她搬去和女兒同住，她女兒也嫁給一個機械工人，住在肯塔基州的卡溫頓，卡溫頓與辛辛那提隔河而立。

湯姆．福斯特外祖母的苦日子就這樣開始了。先是她的女婿在一次罷工中被警察殺害，然後湯姆的母親也因病死了。這個做祖母的本來存了一點錢，卻被女兒的那場病和兩次葬禮的喪葬費花得一乾二淨。她的精力幾乎消耗殆盡，成了一名老婦人，只得去做女工，帶著這個外孫住在辛辛那提一條小路的一家舊貨鋪樓上。五年來，她在一棟辦公大樓擦地板，後來又在一家餐館找到一份洗碗的工作。她的兩隻手都扭曲變形了。她握著拖把或掃帚柄的時候，那雙手看上去就像攀生在一棵樹上的老藤枯莖。

這個老婦人一逮到機會就回懷恩石堡來了。有一天傍晚，她下工回家，路上撿到一個錢包，裡面裝著三十七塊錢，這筆錢為她打開一條生路。這趟旅程對少年來說是一場很大的驚險之旅。外祖母回到家的時候是晚上七點多，她那雙蒼老的手裡緊緊抓著錢包，激動得幾乎說不出話來。她堅持當晚就離開辛辛那提，還說如果他們留到早上，那筆錢的失主鐵定會找到他們，到時可就麻煩了。湯姆當時十六歲，不得不跟著老太太，用一條破毯子裹上他們全部的家當，背在背上，吃力地走去車站。外祖母走在他的身邊，催促他往前走。老人家那張沒了牙的嘴緊張地抽搐著，湯姆漸漸生出乏意，他在等著過馬路的時候想要放下包袱，但她一把抓起包袱，要不是他出手攔住，她早就揹到自己背上去了。他們上了火車，火車駛離城市之後，她像個小女孩一樣高興，說起話來的口氣是少年以前從來沒聽過的。

那一整夜，火車轟隆隆向前行駛，外祖母給湯姆講了講懷恩石堡的故事，還說他會享受下田勞作、到林子裡打野物的生活。她無法相信，五十年前的那座小村落，在她不在的時候已經發展成了一個繁榮的小鎮。早上火車抵達懷恩石堡的時候，她都不想要下車了。她說：「這不是我想的那樣。你在這裡可能會不好過。」然後火車繼續前進，兩個人六神無主地站在懷恩石堡車站的行李管理員艾伯特・朗沃斯面前，不知該往何處去。

但是，湯姆・福斯特的日子過得還不錯。他這個人走到哪裡都可以過得不錯。銀行家懷特的妻子雇了他的外祖母在廚房裡幫傭，而他則是在那位銀行業者家裡那座磚砌的新穀倉裡找到一份馬童的工作。

在懷恩石堡，傭人不好找。這位需要找人幫忙做家務的婦人，本來僱了一名「女傭」，這個女傭堅持與主人一家同桌吃飯。懷特太太受夠了女傭，於是一有機會就緊緊抓住這個城裡來的老婦人不放。她在穀倉樓上為少年湯姆整出一個房間。「不需要照料馬的時候，他可以修修草坪、跑跑腿。」她向丈夫解釋道。

以他的年齡來說，湯姆．福斯特的個頭算是相當矮小的，但卻長了一個大頭，還生著一頭又直又硬的黑髮——他的頭髮更是突顯了他的大頭。他的嗓音是你所能想像最溫和的嗓音，而他本人又是那麼地溫和沉靜。他就這樣融入了小鎮的生活，沒有引起絲毫的注意。

人們不禁好奇湯姆．福斯特溫和的個性是怎麼養成的。在辛辛那提的時候，他住的那一帶有一幫小流氓在街頭遊走，在他性格成形的那段成長初期，他跟著這幫小流氓四處混。他在一家電報公司送過一陣子的電報，在妓女戶密布的那一區送。妓女戶裡的女人都認識湯姆．福斯特，而且也喜歡他；那幫小流氓也都喜歡他。

他從不堅持自己的主張。這是幫助他逃過災厄的一個因素。他以一種奇怪的方式站在人生這道牆的陰影下，而他也有意站在陰影之下。他目睹著慾望之屋裡的男男女女，感覺到他們隨意又可怕的情愛糾葛；看到小子們打架，聽著他們做賊行竊和酒醉鬧事的故事，卻無動於衷。更奇怪的是，他還能不受影響。

湯姆確實做過一次賊。那時候他還住在城裡。當時外祖母病了，他自己又失業。家裡沒有東西吃，於是他走進小路上的一家馬具店，從收銀箱裡偷了一塊七毛五。

開馬具店的是個留著一把長鬍子的老頭。他看到那個少年潛伏在附近，也沒多想。他走到街上與馬車夫談話時，湯姆打開收銀的抽屜，拿著錢走了。後來他被逮住，是他的外祖母主動提出每週去店裡兩次打掃店鋪，做滿一個月，才算解決了這件事。少年為此感到羞愧，同時也很高興。他對外祖母說：「感到羞恥是應該的，這也讓我明白了新的道理。」外祖母聽不懂少年在說什麼，但是她很愛他，所以她明白與否並不重要。

湯姆．福斯特在銀行業者的馬廄裡住了一年，然後就把那裡的工作給丟了。他不但沒有把馬照顧好，也成了銀行家妻子經常頭疼的來源。她吩咐他去剪草坪，他卻忘了；然後她派他去店裡或郵局跑腿，他卻一去不回，加入一大群小夥子，跟著他們混了一下午，四處站站、聽人說話，偶爾遇到有人對他發話時說上幾句。就像身處在城裡的妓女戶中，夜裡和那群吵鬧粗暴的小子們在街上亂跑一樣，他置身於懷恩石堡的居民之中，總是有辦法融入他周遭人的生活，卻又明顯置身事外。

湯姆丟了他在銀行業者懷特家那份工作後，並沒有和外祖母住在一起，不過她經常在傍晚的時候來看他。他在屬於魯夫斯・懷廷老頭的一小棟木造小樓後面租了一個房間。這棟樓位於杜安街上，就在距離緬因大街不遠處。多年來，老人一直拿來當律師事務所，老人的身體已經孱弱不堪又過於健忘，無法再繼續執行業務，但是他並沒有意識到自己的力不從心。他喜歡湯姆，就讓他以每個月一塊錢的租金把房間給租下了。傍晚時分，律師回家後，這個地方便全歸這個少年所有。他會躺在火爐旁的地板上想事情，一想就是好幾個小時。晚上，他的外祖母來了，坐到律師的椅子上抽著菸斗，湯姆則是保持一聲不吭，他在人前始終是這樣不聲不響。

老太太一講起話往往興致盎然。有時候她會為銀行業者家裡發生的事情生氣，然後罵上幾個小時。她自掏腰包買了支拖把，定期打掃律師事務所的辦公室。待她把這個地方擦洗得一塵不染，聞起來也很乾淨時，她就點上那把陶土捏的菸斗，和湯姆一起抽著。「等你準備好去死的時候，我也會去死。」她對躺在她椅子旁邊地板上的少年說。

湯姆．福斯特享受著在懷恩石堡的生活。他打打零工，比如為這家廚房的爐灶劈劈柴，為那家屋前的草坪剪剪草。到了五月下旬和六月上旬，他就到地裡去摘摘草莓。他有時間閒晃，也喜歡晃來晃去。銀行家懷特給他一件穿舊了不要的外套，他穿起來太大了，但他的外祖母幫他改小；他還有一件大衣，來源一樣，裡子是毛皮的。雖然有幾處毛皮都磨掉了，但這件外套很暖和，冬天湯姆就裹著它睡覺。他覺得自己已經過得夠好了，對於自己在懷恩石堡的生活方式感到既高興又滿足。

最是荒唐的小事都讓湯姆．福斯特感到高興。我想，這就是大家都喜歡他的緣故。鶴恩雜貨店會在週五下午烘咖啡豆，預先為週六的人潮高峰做好準備，濃郁的香氣瀰漫緬因大街的商業區。湯姆．福斯特出現了，坐到店後的一個箱子上。他一動也不動地靜靜坐上一個小時，渾身充滿了辛香氣味，讓他開心得幾乎要醉了。「我喜歡這個，」他溫柔地說：「它讓我想起遠方的事，這類的地方和東西。」

有一天晚上，湯姆．福斯特喝醉了。事情的發生頗為奇怪。他以前從來沒有喝醉過，事實上他這輩子從來沒有喝過會令人醉倒的東西，但是他覺得他需要醉上那麼一次，所以他就喝醉了。

湯姆還住在辛辛那提的時候就發現許多事了，許多與醜陋、犯罪和欲望有關的事。事實上，他比懷恩石堡的任何人都還要了解這些事。尤其是性方面的事，以一種相當可怕的方式呈現在他眼前，在他心頭留下了深刻的印象。他見過那些女人在寒夜裡站在汙穢不堪的屋子前，見過停下來與她們交談的男人眼中的神色——他就想他會把性整個排除在自己的生活之外。有一次，附近那一帶有個女人引誘他，他跟著她進了一個房間。他永遠忘不了房間裡的那股氣味，也忘不了閃過女人眼中那抹貪婪的眼神。這件事讓他感到噁心，從此以一種非常可怕的方式在他的心上留下一道傷疤。從前他一直認為女人是相當無辜的，就像他的外祖母，但是自從在那個房間裡經歷過那次之後，他就把女人從他的腦海中排除掉了。他的性格是如此溫和，溫和到讓他無法憎惡任何事，可是他也無法理解，所以他決定忘記。

湯姆確實忘了，直到他來到懷恩石堡。他在這裡住了兩年之後，內心開始蠢蠢欲動。走到哪裡都可以看到年輕人在做愛，而他本身就是個年輕人。在他意識到發生什麼事之前，他也墜入愛河之中了。他愛上了海倫．懷特，她是前東家的女兒——他還發現自己到了夜裡就會想著她。

對湯姆來說這是個問題，他用自己的方式去解決這個問題。只要海倫．懷特的身影出現在他腦海裡，他就放任自己想著她，一心一意只關心自己的思維方式。為了將他的慾望控制在他認為該待的地方，他展開一場鬥爭，一場屬於他自己安靜無聲而堅定的小小戰鬥，總的來說，他打贏了。

接下來就是那個春天的夜晚，他喝醉了。那天晚上湯姆發了酒瘋。他就像森林裡一頭幼小無辜的公鹿，吃進一些令人發狂的雜草。事情就在那一夜之間起了頭，自然而然展開，然後結束。你可以肯定，在懷恩石堡沒有人因為湯姆發酒瘋而變慘。

一來，這是一個讓天性敏感的人沉醉的夜晚。小鎮住宅區街道兩旁的樹木都剛換上綠色嫩葉的新裝，在一棟棟屋子後面的花園裡，人們慢條斯理地在打理菜園子，空氣中有一股靜謐、一種令人熱血沸騰的靜謐。

漫漫長夜才剛開始揭開序幕的時候，湯姆離開他在杜安街的那個房間。他先是穿過街道，輕手輕腳、不聲不響地走著，心裡思索著他努力想要用語言表達出來的遐想。他說海倫・懷特是一團舞在空中的火焰，他是一棵沒有長葉子的小樹，姿態分明地兀立在天空下。然後他又說她是一陣風，一陣可怕的強風，起於黑暗而波濤洶湧的海上，而他是被漁夫遺落在海邊的一艘船。

這個想法讓少年一樂，他一邊溜達一邊仔細玩味這些想法。他走上緬因大街，坐在瓦克菸草店前的路邊。他徘徊了一個小時，聽路人說話，但是都激不起他的興致，於是就溜走了。然後他決定醉上一場，於是走進維利的酒館，買了一瓶威士忌。他把酒瓶裝進口袋裡，走出小鎮，想要一個人獨處，多想一想，喝一喝威士忌。

湯姆坐在小鎮北邊大約一英里處路邊一條新長出草的草埂上，喝醉了。眼前是一條白色的道路，身後是一座花樹盛開的蘋果園。他就著瓶子喝了一口酒，然後躺到草地上。他憶起懷恩石堡的早晨，銀行家懷特家旁邊那條車道上的碎石頭被露水打濕了，在晨光中閃閃發亮。他想起睡在穀倉裡那些下雨的夜晚，他清醒地躺在那裡，聽著雨滴的敲打聲，聞著馬兒溫暖的體味和乾草的氣味。然後他又想到幾天前席捲懷恩石堡的一場暴風雨，他的思緒又回到從前，重溫他跟著外祖母從辛辛那提過來時在火車上度過的那個夜晚。他猛然記起自己靜靜坐在車廂裡，感受火車頭拖著火車在夜色中行駛的那股力量，那種感覺多麼奇怪。

湯姆很快就喝醉了。思緒上湧之際，他不斷地就著瓶子喝酒，在他的頭開始昏昏沉沉的時候，他站起身來，順著大路走出懷恩石堡。出懷恩石堡往北去伊利湖的路上有一座橋，喝醉酒的少年沿著路向前走，來到橋上。他在那裡坐下。他想再喝點酒，但是剛要從瓶口拔掉軟木塞時，便感到不舒服，趕緊又把瓶塞塞了回去。他的腦袋晃個不停，於是坐在靠橋邊的石頭上，嘆了口氣。他的頭彷彿像風車一樣轉著，然後射向空中，他的手腳無助地撲騰著。

到了十一點鐘，湯姆回到城裡。喬治．韋勒德發現他四處遊蕩，就把他帶去《鷹報》的印刷間。然後他又怕這個喝醉酒的少年會弄髒地板，所以扶著他進了巷子。

這個記者被湯姆．福斯特給弄得糊塗了。喝得醉醺醺的少年說起海倫．懷特，說他曾和她一起去過海邊，還跟她做過愛。那天晚上喬治才看到海倫．懷特和她父親在街上散步，他斷定湯姆醉昏頭了。潛藏在他內心深處，對海倫．懷特懷抱的感情，熊熊燃燒起來，他怒火中燒。「你別再說了！」他說：「我不會讓海倫．懷特的名字被扯進來的。我不會讓這種事情發生。」他開始搖起湯姆的肩膀，想要讓他明白。「你別說了！」他又說道。

兩個年輕人就這麼奇怪地湊到了一起，在印刷間裡待了三個小時之久。稍微清醒過來後，喬治帶上湯姆去散步。他們走到鄉間，坐到靠近一座林子邊的一根木頭上。在這個寂靜的夜裡，有一種東西把他們湊在了一起，當喝醉酒的少年頭腦開始清明後，他們便聊了起來。

「喝醉的感覺很好。」湯姆．福斯特說：「它教會我一些東西。我不需要喝醉了。

從此以後我會想得更清楚。你也看到了這是怎麼一回事。」

喬治．韋勒德可沒看明白，倒是因海倫．懷特而起的那股怒氣消失了，他感覺自己受到這個蒼白、顫抖的少年所吸引，他以前從來沒有和誰這麼接近過。懷著慈母般的關懷，他堅持要湯姆站起來走動走動。他們再次回到印刷間，在黑暗中默默地坐著。

這個記者的腦子裡始終想不明白湯姆．福斯特行動背後的目的。在湯姆再次談起海倫．懷特時，他又生氣了，便開始罵人。「你別再說了！」他厲聲道：「你並沒有和她在一起過。你憑什麼說你有？你憑什麼一直這樣說？你現在就別再說了，聽到了沒有？」

湯姆頗受傷。他沒有吵架的本事，無法和喬治．韋勒德吵一架，所以他起身要走。喬治．韋勒德的態度堅決，他伸出手，搭在這個年紀比他大的少年手臂上，想要解釋。

「好吧，」他輕聲說道：「我也不知道是怎麼一回事。我很開心。你瞧，就是這麼一回事。海倫．懷特讓我開心，夜色也讓我開心。我想要受點苦，莫名其妙地想要受點傷害。我以為那是我應該做的。你瞧，因為人人都受苦，都做錯事，所以我也想要受苦。我想過很多事情可以去做，但是都行不通。它們都會傷害別人。」

湯姆・福斯特的嗓門大了起來，這是他生平第一次幾乎變得激動起來。「那種感覺就好像做愛，我的意思就是這樣。」他解釋道：「你還不明白是怎麼回事嗎？我所做的事讓我很難過，讓一切都變得奇怪。這就是我這麼做的原因。我也很高興。它教會我一些東西，就是這樣，這就是我想要的。你還不明白嗎？我想學習些東西，你看。這就是我這麼做的理由。」

死亡

DEATH

瑞菲醫生的診所位於海夫納大樓巴黎絲布品店樓上，往診所那座樓梯的光線昏暗。樓梯口掛著一盞燈，用支架固定在牆上，玻璃燈罩髒兮兮的。那盞燈上有一個鐵皮製的反光罩，鏽成了褐色，上面積滿灰塵。上樓梯的人是踩著許多前人的腳步上去的。樓梯的軟木板承受不住眾人的踩踏，出現了深深的凹陷。

上到樓梯頂端，向右一轉就來到醫生的診所門口；向左轉則是一條昏暗的走廊，裡面堆滿了垃圾。舊椅子、鋸木架、折疊梯和空箱子都躺在黑暗中，等著蹭破過路者的足脛。這堆垃圾屬於巴黎絲布品商行。只要店裡的櫃檯或貨架有派不上用場的，店員就把它搬上樓，往那一堆垃圾上面一扔了事。

瑞菲醫生的診所有一座穀倉那麼大。房間中央放著一口圓腹的火爐。火爐用釘在地板上的厚木板固定住，底部四周堆滿了碎木屑。門口放著一張巨大的桌子，原是赫里克服裝店的家具，用來展示訂製的衣服。桌上堆滿了書籍、瓶子和手術器材。靠近桌緣的地方擺著三、四顆約翰·西班尼亞德留下的蘋果，約翰·西班尼亞德是一處苗圃主人，也是瑞菲醫生的朋友，他進門的時候將蘋果從口袋裡掏出來。

人到中年的瑞菲醫生身材高大，動作卻笨拙。他後來才留了一嘴花白的鬍鬚，這時候還沒有留起來，倒是上唇蓄著棕色的小鬍子。他還不像老了以後那樣風度翩翩，隨著年紀越來越大，心裡想的都是手腳沒地方放的問題。

伊麗莎白·韋勒德結婚多年後，在她的兒子喬治還只有十二歲或十四歲大的時候，有時她會在夏日午後，走上老舊的階梯，去瑞菲醫生的診所。婦人天生就一副高䠷的身材已經開始彎腰駝背，她無精打采地拖著笨重的身體走動。表面上，她是為身體健康去看醫生的，但是她去看醫生的次數之多，有一半與她的健康根本無關。她和醫生確實是談到了她的健康，不過他們談的最多的還是她這一生、他們兩個人的生活，還有他們在懷恩石堡生活所生出的想法。

偌大的辦公室裡，男人與女人對坐相視，他們之間極為相像。他們的身材不同，眼珠的顏色不同，鼻子的長短不同，還有他們生存的環境也不同，但是在他們的內心裡有些東西是一樣的——他們追求同樣的意義，想要同樣的解脫，這些都在旁觀者的記憶中留下同樣的印象。後來，他年紀大了以後，娶了一個年輕的妻子，醫生經常跟妻子談起他與那個患病婦人相處的時光，說出許多無法向伊麗莎白說破的事。到了晚年，他幾乎算得上是一個詩人，他對發生之事的看法也帶著點詩意。「我的人生已經走到需要祈禱的時候，所以我造出神來，向祂們祈禱。」他說：「我不用語言祈禱，也不用跪，而是文風不動地坐在椅子上。下午近黃昏的時候，天氣炎熱，緬因大街上靜悄悄；或是在冬天，天色陰沉沉的時候，諸神便來到這個診所。我以為沒有人知道祂們。然後我才發現伊麗莎白那女人竟然知道，她也崇拜同樣的神靈。我有一個想法，她到診所來是因為她以為眾神會在，無論如何，她很高興發現自己並不孤單。雖然我猜想這種事情總是發生在各種地方的男男女女身上，但這個經驗是無法解釋的。」

＊

夏日的午後，伊麗莎白和醫生坐在診所裡談論他們兩人的人生，同時也會談到別的人生。有時候醫生會說出一些雋永而富哲理的話。然後他自己又會覺得好笑，輕聲地笑了出來。時不時地，在一段沉默過後，誰說一句話或是給個暗示會奇怪地對說者的人生有所啟發——一個願望變成一個欲望，或是一個半死不活的夢想突然又爆出生機。這些話大部分都是從那個婦人嘴裡吐出來的，她講這些話的時候看都不看那個男人一眼。

每次去看醫生，這位旅館老闆娘說話就會更無拘束些，在醫生面前待上一、兩個小時後，她走下樓梯來到緬因大街上時，感覺自己煥然一新、精神大振，有了力量去面對沉悶無聊的日子。她的身上帶著一種接近少女時代輕鬆擺動的感覺，一路走著，但是她一回到她那個房間，坐到窗邊的椅子上，到了夜幕降臨，旅館餐廳請的女孩用托盤為她送來晚餐時，她就聽憑那種感覺變冷。她的思緒跑遠了，回到對探險充滿熱烈憧憬的少女時代，回到她還有可能去探險的時候，曾經抱過她的男人的臂膀。她特別記得其中一個人，一度是她情人的那個男子在激情的那一刻，曾無數次對著她大喊，一遍又一遍地瘋狂重複同樣的話：「我心愛的！我心愛的！我心愛的親親寶貝！」她以為這句話所表達的正是她這輩子最想實現的目標。

在這棟破舊旅館的房間裡，旅館老闆的病妻哭了起來，她用雙手摀著臉，身體前後搖晃。她唯一的友人瑞菲醫生的話在她耳邊響起。「愛就像一陣風，在黑夜裡拂動樹下的青草。」他說過：「你不該嘗試確定愛情。它是生命中神聖的偶然。如果你想讓愛情變得清楚、明確且肯定，生活在輕柔夜風吹拂的樹下，那麼漫長而炎熱、充滿失望的日子很快就會到來，過往馬車揚起的沙塵就會落在因親吻而腫脹發熱且一觸即痛的嘴唇上。」

伊麗莎白．韋勒德想不起她的母親，母親在她只有五歲大的時候就去世了。她的少女時代可想而知過得亂七八糟，其亂無比。她的父親只想要一個人清淨、不被打擾，但是旅館的事情偏偏讓他不得清淨。他生前和臨死之前都是病歪歪的。他每天起床時臉上都掛著愉快的笑容，但是到了早上十點的時候，他心裡面所有的喜悅都已消失殆盡。若有客人抱怨旅館餐廳的飯菜，或是旅館裡有個鋪床的女孩結婚走掉了，他就會頓足咒罵。到了夜裡上床睡覺時，他一想起自己的女兒在旅館進進出出的人流中長大，便悲從中來。隨著少女逐漸長大，開始在晚上和男人一起外出散步，他就想找她談談，但是每次都談不成。他老是忘記自己想要說什麼，結果把時間都花在抱怨自己的事情上。

伊麗莎白在她的少女時代與青年時期，都嘗試過當個真正的人生探險家。十八歲那年，人生緊緊地掌控她，她不再是處女了，但是，儘管在嫁給湯姆・韋勒德之前她就有過六個情人，卻從來沒有一次單純是為了慾望就展開探險的。她像世界上所有的女人一樣，想要一個真正的愛人。她總是盲目而熱情地追求一些東西，追尋生命中隱藏的奇蹟。那個身材高䠷，走路像在踏舞步的漂亮姑娘，過去會和男人一起在樹下散步的姑娘，總是會在黑暗中伸出手，試圖抓住另一隻手。她和那些男人一起探險，她試圖從他們喋喋不休的嘴裡，找出對她來說真正的諾言。

伊麗莎白嫁給了湯姆・韋勒德，韋勒德是她父親旅館裡的一名職員，因為他就在她身邊，在她打定主意要嫁人的時候，他也想娶老婆。有一段時間，她像大多數年輕女孩一樣，以為婚姻會改變人生的樣貌。假使她心裡面對於與湯姆結縭的結果有所疑慮，她也會置之不理。當時她的父親病得快要死了，她自己又剛捲入一樁感情糾紛而無果，為此她感到很迷茫。與她同齡的懷恩石堡少女紛紛嫁給她認識的男人，或是雜貨店店員或是年輕的農民。到了傍晚，她們會和丈夫相攜在緬因大街上散步，在她經過的時候，她們都笑得很幸福。她開始覺得，婚姻這個事實可能充滿了某種不為人知的重大意義。與她交談的少婦們講起話來聲音輕柔，口氣羞澀。「有了自己的男人，事情變得不一樣。」她們說。

出嫁的前一晚，這個困惑不解的少女與她的父親有過一次談話。後來她懷疑過，與病人獨處的那幾個小時是否導致她下決定要結婚。當父親的說起了自己這一生，同時勸女兒不要陷入同樣的泥淖之中。他辱罵湯姆・韋勒德，這一舉動讓伊麗莎白出頭為這位職員辯護。病人變得很激動，想要下床。她不讓他下床走動，他便開始抱怨。「我從來沒有清淨過。」他說：「我一直努力工作，還是無法讓旅館獲利。即使到現在我還欠銀行錢。等我走了，你就會知道。」

病人的口氣因認真而繃緊。他起不了身，便伸出手去，把女兒的頭拉下來與自己的頭齊高。「有一條出路。」他低聲說道：「別嫁給湯姆．韋勒德，也別嫁給懷恩石堡的任何一個男人。我的行李箱裡有一個鐵皮盒子，裡頭有八百塊錢。拿著錢，走吧！」

病人又變成發牢騷的口氣。「你得保證。」他宣稱：「如果你不保證不結婚，那就向我保證，你永遠不會把這筆錢告訴湯姆。錢是我的，要我把錢給你，我就有權提出這個要求。把錢藏起來。我沒當好一個父親，這是給你的補償。日後它可能會是一扇門，一扇向你敞開的大門。來吧，告訴你，我就要死了，給我保證吧。」

*

在瑞菲醫生的診所裡，四十一歲的老婦伊麗莎白，滿臉疲憊、憔悴不堪，坐在火爐旁邊的椅子上，看著地板。醫生坐在靠窗附近的一張小桌旁。他的手玩著桌上的一支鉛筆。伊麗莎白談到她婚後的生活。她變得冷淡客觀而不摻雜個人感情，忘掉了她的丈夫，只把他當作一個外人用來點出她的故事。「後來我就結婚了，結果一點也不如意。」她苦澀地說：「一踏入婚姻，我就開始害怕起來。也許是我婚前就知道得太多了，也許是我和他在一起的第一個晚上就知道太多了。我記不清了。」

「我真是傻啊！父親給我錢，想要勸我打消結婚的念頭，那時候我不肯聽勸。我想到那些已婚女人的說法，也想要結婚。我想要的不是湯姆，而是婚姻。父親睡著後，我從窗口探出身子，回想自己走過的一生。我不想成為一個壞女人。鎮上到處流傳著與我有關的流言蜚語。我甚至開始擔心湯姆會改變主意。」

婦人激動得聲音都開始顫抖。瑞菲醫生在還沒有意識到怎麼回事的情況下，就愛上她了，他產生一種奇怪的錯覺。他覺得，這個女人在說話的時候身體正在發生變化，她變得年輕些、挺拔些、強壯些。他擺脫不了這種錯覺，於是他的大腦便從專業的角度去扭轉它。他嘀嘀咕咕道：「這場談話對她的身體和心靈都有好處。」

婦人開始講起她結婚幾個月後有一天下午發生的事。她的聲音變得越發平穩。「下午近黃昏的時候，我獨自駕車去兜風。」她說：「我有一輛單馬拉的輕便馬車和一匹灰色小馬，寄在莫耶的車馬行。湯姆在旅館粉刷房間，重新貼壁紙。他需要錢，我拿不定主意是否要把父親留給我八百塊錢告訴他。我猶豫不決，無法下定決心。我不夠喜歡他。那段日子裡，他的手上和臉上總是沾滿油漆，身上也散發著一股油漆味。他正努力想辦法整修那棟老舊的旅館，使它煥然一新，有模有樣。」

這個婦人激動得在椅子上坐直了身子，一邊講著那個春日下午獨自駕車的經歷，一邊用手很快地比了一個少女姿態的動作。「那天是個陰天，有一場暴風雨要來。」她說：「烏雲襯得青草和綠樹格外醒目，綠意刺痛我的眼睛。我從川尼恩大道出鎮，走了有一英里多的路吧，然後拐進一條岔路。小馬上坡又下坡走得很快。我很沒耐性。思緒紛飛，我想擺脫自己的思緒。我開始打起馬來。烏雲籠罩地面，下雨了。我想要以駭人的速度飛馳，一直跑下去。我想離開小鎮，掙脫我的衣服、擺脫我的婚姻、放棄我的身體，拋下一切。我催著馬跑，差點累死那匹馬，當牠再也跑不動了，我便下了馬車，徒步奔入黑暗中，直到摔倒，傷到側腰為止。我想逃離一切，但是同時我也想奔赴什麼。天哪，你不明白這是怎樣的一種心境嗎？」

伊麗莎白猛然從椅子上起身，開始在診所裡走來走去。她走過來走過去，那個樣子令瑞菲醫生覺得他從來沒有見過有人這樣走路的。她的整個身體都在擺動，那種節奏令他陶醉。她走過來跪在他椅子旁邊的地板上時，他把她抱入懷中，開始熱烈地親吻她。她說：「我一路哭叫著回家去。」試著繼續講述她那趟瘋狂駕駛，但是他並未聽進去。他嘟噥著：「心愛的！心愛的寶貝！啊，心愛的寶貝！」同時，他覺得自己懷裡抱著的不是那個疲憊不堪的四十一歲婦人，而是一個天真可愛的少女，她奇蹟般地從那個疲憊不堪的女人軀殼裡鑽了出來。

直到她死了，瑞菲醫生才又見到此時被他抱在懷裡的婦人。那個夏日的午後，在診所裡，他差點就成為她的情人，那時候發生一件有點奇怪的小插曲，讓他的求愛很快就結束了。當這對男女緊緊地抱在一起時，沉重的腳步踏上往診所的樓梯。這兩人跳了起來，發抖地站在原地聽著聲音。樓梯上的響聲是巴黎絲布品公司的職員發出來的。砰的一聲巨響，他把一個空箱子扔到走廊那堆垃圾上，然後又重重地走下樓梯。伊麗莎白幾乎是立刻就跟著他下樓去了。她和朋友交談時在她身上湧起的那股力量突然消失了。她很神經質，瑞菲醫生也是一樣，她不想再繼續這場談話。她一路走著，熱血仍在她體內奔流，但是當她走出緬因大街，看到前方新韋勒德之家的燈光時，她便發起抖來，雙膝抖得厲害，一時之間，她以為自己要倒在街上。

這個病中的婦人在她生命的最後幾個月一心求死。她沿著死亡之路前行，尋尋，覓覓。她把死亡擬人化，一會兒將他變成一個健壯的黑髮青年，奔跑在山間；一會兒又變成一個嚴肅安靜的男人，身上留著生活所烙下的痕跡與傷疤。在她住的那間漆黑的房間裡，她從被褥底下伸出手，伸在外面，她覺得死亡就像活物一樣對她伸出了手。「要有耐心，愛人。」她低聲說道：「保持自己年輕、貌美，還要有耐性。」

那天晚上，當病魔對她伸出沉重的魔掌，她的打算落空了，來不及把藏起來的那八百塊錢告訴兒子喬治，她下了床，匍匐過半個房間，懇求死神再給她一個小時的壽命。「哎呀，等一等！那孩子啊！那孩子啊！那孩子啊！」她一邊哀求，一邊用盡全身的力氣想要掙脫那雙手，那是她誠心誠意渴求的愛人的懷抱。

＊

伊麗莎白死在那年三月的某一天，那年她的兒子喬治十八歲了，這個年輕人並不明白她的死所代表的意義。只有時間才能讓他明白。一個月來，他一直看著她臉色蒼白、一動不動、一言不發地躺在床上，然後有一天下午，醫生在走廊上叫住他，說了幾句話。

年輕人回到自己的房間，關上房門。他的胃部有一種奇怪的空虛感。他愣愣地盯著地板坐了一會兒，然後跳起身來散步去了。他沿著火車的月臺走，繞過住宅區周邊的街道，經過高高的校舍，幾乎完全沉浸在自己的事情裡。死亡的概念無法抓住他的注意力，事實上，他對母親居然死在這天有些惱。他剛收到鎮上那位銀行業者的女兒海倫．懷特寫給他的一封回函。「今晚我本來可以去看她，現在不得不往後推了。」

他幾乎是惱怒地想。

伊麗莎白是在星期五下午三點離世的。那天早上天氣寒冷，還下著雨，不過下午太陽就出來了。她去世之前已經癱瘓在床上躺了六天，不但無法言語，也無法動彈，只有她的大腦和眼睛還活著。這六天裡面有三天她一直在掙扎，想著她的兒子，想要對他的前途說幾句話，她的眼裡有一股懇求的意味，是如此地感動人心，看過這一幕的人多年後都還記得這個垂死的婦人。就連對妻子幾乎是一直心懷怨恨的湯姆・韋勒德也忘了他的怨恨，淚水湧出眼眶，落在他的鬍子上。湯姆的小鬍子已經開始變花白，他用染料染過鬍子。他用來染鬍子的製劑裡含油，因此淚水沾在小鬍子上，他用手去拂拭，便形成細密的霧氣。悲痛的湯姆・韋勒德，臉上的表情讓他看起來像一隻小狗，嚴寒之下在戶外待了很久似的。

母親死的那天，喬治在天黑時沿著緬因大街回到家，他先回去自己的房間梳了梳頭，整理過衣服，再沿著走廊走進停放遺體的房間。門邊的梳妝臺上放著一支蠟燭，瑞菲醫生坐在床邊的椅子上。醫生起身要出去。他伸出手，好似要問候這個年輕人，然後又尷尬地縮了回去。房間裡的空氣因這兩個自我意識很強的人變得沉重，男人匆匆離開了。

死者的兒子坐到椅子上，看著地板。他又想起自己的事，果斷決定要改變自己的生活，離開懷恩石堡。他心想：「我要去城市裡。也許我可以在哪家報社找份工作。」然後他的心思轉向要和他共度黃昏的那個女孩身上，再一次地對阻礙他去找她的事情變化感到有點生氣。

在昏暗的房間裡與死去的女人相伴，年輕人開始東想西想。他滿腦子想的都是生之念，就如他母親的腦子裡想的都是死之念。他閉上眼睛，想像海倫・懷特柔嫩的紅唇觸碰自己的嘴唇。他的身體在顫抖，雙手也在抖。然後發生了一些事。少年猛地跳起來，直挺挺地站著。他看著被單下那個死去的婦人的身形，為自己的想法感到羞愧，他開始飲泣。他的腦中冒出一個新的想法，於是轉過身去，內疚地四下張望，彷彿害怕被人發覺。

一個狂念上了心頭，喬治・韋勒德想要掀開蓋在母親身上的被單，看看她的臉。

這個念頭突然出現在他的腦海裡，緊緊揪住他。他開始認為，躺在他前面這張床上的不是他母親，而是另一個人。這個信念是如此地真實，幾乎令人無法承受。那床被單下的軀體修長，死後看來反而顯得年輕而優雅。小夥子被某種奇怪的幻想所惑，對他來說，那副遺體實在難以形容地迷人。他感覺眼前這副身體還活著，下一刻一個可愛的女人就會從床上蹦起來與他面對面，那種感覺是如此地強烈，讓他無法承受這種懸念。他一次又一次地伸出手去。有一次，他摸到蓋在她身上的白色床單，半掀起來，但是他的勇氣消失了，他像瑞菲醫生一樣，轉身走出那個房間。他來到門外的走廊上，停住腳步，渾身發抖，不得不用手扶著牆壁才能支撐自己。他低聲自言自語：「那不是我的母親。躺在裡面的那個不是我母親。」身體則因恐懼和不確定再次抖了起來。依莉莎白·史威夫特大嬸來守靈，她從隔壁的房間裡出來，他把手伸進她的掌心裡，嗚咽起來，搖著頭，傷心得幾乎失去理智。「我的母親死了。」他說著，然後忘了那個女人，他轉過身去，盯著他剛剛走出來的那扇門。「心愛的，心愛的，噢，心愛的寶貝。」在一股衝動的驅使下，少年高聲喃喃道。

＊

至於那八百塊錢，死掉的那個婦人藏了那麼久，準備給喬治．韋勒德去城市起步發展用的，就收在他母親床腳那片灰泥牆後的鐵皮盒裡。伊麗莎白在結婚一週後就拿了根棍子捅破灰泥，把錢放進那裡面。那段時間她的丈夫雇了工人整修旅館，於是她找來一名工人將牆壁補好。當時她還無法放棄得到解脫的夢想，所以她對丈夫這樣解釋：「我在推床時床角撞破牆壁了。」最終她還是得到了這種解脫，在她的一生當中只出現過兩次解脫——就是在死亡和瑞菲醫生這兩個戀人的懷抱裡。

老於世故

SOPHISTICATION

深秋的一天，夜幕剛剛降臨的時候，在懷恩石堡舉行的全縣性集市吸引了大批鄉下人來到鎮上。白日天氣晴朗，夜色降臨時溫暖宜人。川尼恩大道出了小鎮後，道路在漿果田之間延伸下去，眼下的漿果田裡堆滿了褐色的枯葉，過往的馬車揚起陣陣塵土。孩子們蜷縮成一小團，睡在車上用麥稈鋪成的床上。他們的頭髮上滿是塵土，手指頭黑黑黏黏的。田野上空的塵土滾滾而去，西沉的落日將塵土染上絢爛的色彩。

在懷恩石堡的主街上，商店裡和人行道都擠滿了人群。夜幕降臨，馬兒嘶鳴，店裡的店員跑來跑去都忙瘋了，孩子們沉浸在其中，放聲大喊大叫，這座美國小鎮努力忙著自娛自樂。

年輕的喬治．韋勒德擠過緬因大街上的人群，躲在走去瑞菲醫生診所的樓梯口，看著人群。他的眼神狂熱，盯著從商店燈光下飄過去的一張張臉孔。各種念頭不斷湧入他腦中，他卻不願去想。他不耐煩地跺著木造的樓梯板，目光銳利地環顧四下。「呃，難道她要和他混上一整天嗎？難道我就要白白等這麼久嗎？」他嘀咕道。

喬治．韋勒德這個俄亥俄州的鄉下男孩正迅速長大成人，新的想法一直進入他的腦中。這一整天，混在集市上擁擠的人群中，他走到哪裡都感到孤獨。他就要離開懷恩石堡去大城市了，他希望能在城市裡找到一份報社的工作，他感覺自己長大了。充塞他內心的情緒是男人都懂，孩子卻不懂的。他感覺自己老了，有點累了。記憶在他的內心裡甦醒了。在他想，新生出來的成熟感使他與眾不同，使他成為一個半悲劇人物。他希望有人能夠理解在母親去世後占據他整個人的感受。

每一個孩子一生當中都會有一段時期，第一次回首看人生。也許這就是他跨過界線邁入成年的時刻。小夥子在他出生長大的這個鎮上行走著，他想著未來，想著他即將在這個世界上扮演的角色。雄心壯志和遺憾在他內心甦醒。突然間，發生了一件事。他停在了一棵樹下，彷彿等待一個呼喚他名字的聲音。往事的幽靈悄悄潛入他的意識之中；他身外的聲音低聲訴說著有關生命有限的啟示。對於自己和自己的未來，他本來是把握十足的，此刻卻變得完全不確定了。如果他是一個想像力豐富的孩子，那麼一扇門就此開啟了，他第一次看向外面那個世界，看到數不清的身影，彷彿在他面前列隊行進，他們在他的時代之前從虛無之中來到這個世界，過完他們的人生，然後又消失於虛無之中。長大成熟的哀愁向這個少年撲來。他輕輕喘了口氣，發現自己不過是一片樹葉，被風吹過鄉下的街道。他知道，不管他的夥伴們再如何振振有詞，他的生死都充滿無常，他是隨風飄泊的東西，注定像玉米一樣在陽光下枯萎的東西。他打了個顫，急切地四下張望。他活了十八年，在人類的長途跋涉中，似乎只是一個轉瞬，一個喘息的剎那。他已經聽到了死亡在呼喚。他全心全意地想要接近另一個人，伸手摸摸對方，也讓那人摸摸。如果他更希望對方是個女人，那是因為他相信女人溫柔、女人善解人意。他最想要的是理解。

喬治．韋勒德變成熟的時刻到來時，他的心思就轉向了懷恩石堡那個銀行業者的女兒海倫．懷特。他一直都意識到，隨著自己長成男人，那個女孩也長成了女人。在他十八歲的這一年，一個夏日夜晚，他和她一起走在鄉間小路上，當著她的面，他被一股自我吹噓的衝動沖昏了頭，只想讓自己在她眼中顯得高大雄偉。但現在他想見她卻是另有目的。他想將他身上的這股新衝動告訴她。他對長大成人還一無所知的時候，試過要讓她把他當成一個男人看，現在他想和她在一起，設法讓她感受到他自認為他性格上正在發生的變化。

至於海倫．懷特，她也到了一個轉變期。喬治所感受到的，身為年輕女性的她也從另一個角度感受到了。她不再是一個少女了，她渴望表現出女性的優雅和美麗。她在克里夫蘭上大學，從克里夫蘭回家後，要去集市上玩一天。她也開始有了回憶。白天，她和一個年輕男子坐在大看臺上，男子是她大學學校裡的一名講師，也是她母親請來的客人。這個年輕人思想迂腐，她馬上就感覺得出來他並不合她的意。在集市上，她很高興被人見到有他陪伴，因為他的衣著光鮮，還是個外地人。她知道他的出現會給人留下深刻的印象。白天她很開心，但是一到了晚上她就變得焦躁不安起來。她想把這個當講師的趕走，遠離他。當他們一起坐在大看臺上，昔日同學的目光都在他們的身上，她對這位護花使者過分關注，令他也變得感興趣起來。他暗暗想：「做學者需要錢，我應該娶個有錢的女人。」

海倫．懷特心裡正想著喬治．韋勒德的時候，他也鬱鬱寡歡地穿過人群想著她。她想起那個夏日傍晚，他們曾經一起散過步，她想再和他一起去散步。她覺得自己在城市裡生活過的這幾個月，去劇院看戲，在燈火通明的大街上看人群熙來攘往，深深地改變了她。她希望他能夠感受到且意識到她性格上的變化。

在這對年輕男女的心上留下深刻印象的那個夏夜，從理智的角度去看，其實是糊里糊塗地浪費掉了。他們沿著一條鄉間小路走出小鎮，然後停在一片尚未成熟的玉米田邊的柵欄旁，喬治脫下外套挽在手臂上。「嗯，我一直待在懷恩石堡——沒錯——我還沒有離開過，不過我正在長大。」他說：「我一直在看書，也一直在思考。我要努力試試，在人生裡做出一番成就。」

「好吧。」他解釋道：「重點不是這個，也許我還是別說了。」

腦筋一團亂的少年把手擱到少女的手臂上，他的聲音發抖。兩人開始沿著路往回鎮上的方向走。絕望之下，喬治誇口道：「我要成為一個大人物，成為懷恩石堡有史以來最了不起的人物！」他宣稱。「我希望你也能做點什麼，我不知道做什麼才好。也許這不關我的事，但我希望你努力成為和別人不一樣的女性。你明白意思吧？我跟你說，這不關我的事。我希望你成為一個美麗的女人。你明白我的意思吧？」

少年停下話，兩人默默地回到鎮上，沿著街道來到海倫．懷特家。他站在大門口，想要說幾句令人印象深刻的話。他事前打好草稿的那些話出現在他腦中，但是感覺似乎毫無意義。「我以為——我曾經以為——我心想你會嫁給塞斯．厲奇蒙。現在我知道你不會嫁給他的。」當她穿過大門，朝她家門口走去時，他只想到這句話可以說。

在這個溫暖的秋日傍晚，喬治站在樓梯口，看著緬因大街上熙熙攘攘的人群，想起那次在玉米田邊的談話，他為自己打造出來的形象感到不好意思。街上的人潮川流不息，就像圈在牛欄裡的牛。大大小小、或輕型或重型的馬車幾乎塞滿了狹窄而繁忙的道路。有一支樂隊在演奏音樂，兒童在人行道上奔跑，在男人的雙腿之間鑽來鑽去。紅光滿面的小夥子們手上挽著女孩，笨拙地走來走去。在一家商店樓上的房間裡，一場舞會就要開始，提琴手們正在調音。斷斷續續的聲音從一扇敞開的窗戶飄下來，穿過喧嘩的話語聲和樂隊響亮的喇叭聲。這些雜亂的聲音搞得年輕的韋勒德心煩意亂。到處都是擁擠、流動的生活氣息，它們從四面八方逼近他。他想一個人溜開，好好想一想。「如果她想和那個傢伙待在一起，讓她去好了。我為什麼要在乎呢？這對我來說有什麼差別嗎？」他氣沖沖地說著，然後沿著緬因大街走去，穿過鶴恩雜貨店，進入一條小路。

喬治感到那麼地孤獨和沮喪，他想要哭，但是自尊心驅使他擺動雙臂快步向前走。他來到衛斯理·莫耶的車馬行，在陰影處停下來，聽一群男人聊天，討論衛斯理養的種馬湯尼·蹄波那天下午在集市上跑出第一的一場比賽。一群人聚集在車馬行前，衛斯理在人群前趾高氣昂地踱過來踱過去，吹噓著。他的手裡拿著一根鞭子，不斷抽打地面。燈火下，揚起細細的灰塵。「見鬼，別說了！」衛斯理喊道：「我可沒擔心，我一直都知道會打敗他們的。我才沒擔心。」

一般情況下，喬治．韋勒德會對莫耶這個騎師的吹噓非常感興趣。但現在卻讓他感到生氣。他轉身沿著街道快步離開。「喋喋不休的老傢伙，」他氣急敗壞地說：「他幹麼要吹牛？幹麼不閉上嘴巴？」

喬治走進一塊空地，匆匆忙忙往前走，絆倒在一堆垃圾上。一根從空桶中突出的釘子，扯破了他的褲子。他一屁股坐在地上罵髒話。他用別針將破口處別起來，然後站起來繼續往前走。他翻過柵欄，跑了起來，一邊宣稱：「我要去海倫．懷特家，這就是我要做的。我會直接闖進去。我會說我想見她。我會直直走進去坐下來，這就是我要做的。」

*

在銀行家懷特家的露臺上，海倫坐立不安，心煩意亂。那位大學講師坐在母女兩人中間。他的談話內容令少女感到疲倦。其實這位講師也是在俄亥俄州的小鎮上長大的，卻開始擺出城裡人的派頭來。他想表現得像是見過世面的樣子。「您給我這個機會研究大多數女孩的出身背景，我很喜歡。」他宣稱：「懷特太太，您真好，讓我在今天下鄉來玩。」他轉向海倫，笑了起來。「妳的生活還是離不開這個小鎮的生活範圍是吧？」他問：「這裡有妳感興趣的人嗎？」他的聲音在女孩耳裡聽起來顯得傲慢而沉重。

海倫起身進屋去。在通往屋後那座花園的門上，她停下腳步來聽著。她的母親開口說話了。「這裡沒有適合像海倫這種出身教養的女孩往來的對象。」她說。

海倫跑下屋後的階梯，跑進花園裡。黑暗中她停下腳步，站在那裡發抖。在她看來，這個世界上到處都是無謂的人在講話。她滿懷急切的渴望跑過花園大門，在自家馬房旁拐過轉角，走上一條小路。「喬治！你在哪裡啊，喬治？」她高聲叫道，一肚子的緊張與激動。她停下腳步不再跑，靠在一棵樹上歇斯底里地笑了。喬治・韋勒德沿著黑暗的小巷走來，嘴上還在念念有詞。「我要直直闖進她家。我要直接走進去坐下來。」他的人走到了她的跟前，嘴上還在說著。他停下腳步，傻愣愣地瞪著眼。「來吧！」他說著，握住她的手。他們倆低垂著頭，順著街道在樹下走著。枯葉在腳下沙沙作響。眼下找到了她，喬治反而不知道該做什麼、說什麼才好。

*

在懷恩石堡集市廣場的上方，有一座半朽的老舊大看臺。這座大看臺從未上過漆，木板彎曲變形了。集市廣場就坐落在懷恩溪河谷裡一座低矮的小丘頂上，夜晚從大看臺上看出去，可以見到玉米田上空，小鎮的燈火映在夜空下。

喬治和海倫從經過自來水廠蓄水池那條小路上來，爬上小丘來到集市廣場。海倫的存在打破了年輕人置身家鄉擁擠街頭感受到的那份寂寞感與孤立感。凡是他心理感受到的也反映在了她的心上。

年輕的時候，我們的心裡總是有兩股力量相爭。溫情、不加思考的小動物，與反思、記憶的東西在對抗，而喬治・韋勒德年紀越大，越是受更為成熟世故的東西所支配。海倫感受到他的心境，滿懷敬意地走在他身邊。他們來到大看臺後，爬到屋頂下，在長凳狀的座位上坐了下來。

在一年一度的集市過後，夜裡走進位於中西部小鎮邊的集市廣場，這樣的經驗值得紀念。那種感受令人難忘。四面八方都是幽靈，不是死者的鬼魂，而是活人的生魄。就在剛剛過去的白天，人們從小鎮和周邊村莊湧入了這裡。農民帶著他們的妻子兒女，還有住在上百棟小木屋裡面數不清的人，都聚集在這些木板牆內。少女們在歡笑，蓄著鬍鬚的男人們談論著他們生活中的風流韻事。這個地方擠滿了人，滿是生機，滿到要溢出來。它充滿著生命力。現在入夜了，整個生氣消失殆盡。這份寂靜簡直令人生懼。一個人隱藏起來，靜靜站在樹幹旁，他本性中那股偏好反思的傾向便會被強化。想到生命的毫無意義，令人不寒而慄；同時，一想到鎮上的人都是自己人，又不禁熱愛生活，感動到熱淚盈眶。

在大看臺屋頂下那片黑暗中，喬治．韋勒德坐在海倫．懷特身旁，深深感覺到自己在生存的大格局之下是多麼地渺小。鎮上的人四處走動奔波，忙著各式各樣的事情，讓他覺得很煩，現在他既然已經出了小鎮，一切煩躁都消失了。海倫的出現令他重新振作起來，恢復精神。她彷彿伸出那雙女人的手在幫他，對生命的機械運轉做了一些細微調整。他開始懷著一種類似崇敬之情，想著一直與他同住在小鎮上的人。他對海倫有所敬。他想愛她，也想為她所愛，但是此刻他不想被她的女性氣質所惑。他在黑暗中握住她的手，在她悄悄移近時，把手擱到她的肩膀上。一陣風颳過來，他打了個寒顫。他用盡全身力氣嘗試掌握並理解他所感受到的心境。在那一片漆黑的高處，這兩個異常敏感的人類分子緊緊抱在一起，等待著。彼此心中都是同樣的想法。「我來到這個孤寂的地方，這裡還有另一個人。」這就是他們感受中最重要的部分。

在懷恩石堡，繁忙的白日過盡了，進入深秋的漫漫長夜。農場上的馬拉著疲憊的自家主人沿著孤寂的鄉間小路緩步歸去。店員開始把擺在人行道上的商品樣本收進店裡，鎖上店門。歌劇院裡，聚著一群人在看演出，沿著緬因大道往下走，提琴手已調好樂器，揮汗如雨地在演奏，努力讓青春的腳步繼續在舞池裡飛舞。

在大看臺上的黑暗中，海倫．懷特和喬治．韋勒德保持沉默不語。時不時地，束縛他們的魔咒會被打破，他們轉過身來，試圖在昏暗的光線下與對方的目光相接。他們接吻了，不過那份衝動並未持久。在集市廣場的上方處，有五、六個男子在詳細檢查下午參賽過的馬。這些人生了火，正在燒壺煮水。他們在火光下來來回回地走動，但是只能看到他們的腿。風一吹，一簇簇小火苗就瘋狂地跳動。

喬治和海倫站起身來走開，步入黑暗之中。他們沿著一條小路前行，經過一片尚未收割的玉米田。風在乾燥的玉米葉間輕聲低語。步行回小鎮的途中，有一個短瞬，束縛住他們的魔咒被打破了。他們來到自來水廠山丘頂的時候，停在一棵樹旁，喬治再次伸手按住女孩的肩膀。她急切地擁抱他，然後他們很快又從這股衝動中抽身回去。他們停止親吻，微微分開來站著。他們之間越來越尊重對方。兩人都覺得尷尬，為了減輕尷尬，又陷入青春的動物行為中。他們笑了起來，彼此開始拉拉扯扯。從某方面來說，他們的心境經過洗禮和淨化，他們不再是男人和女人，也不是少男和少女，而是興奮的小動物。

他們就這樣下山。黑暗中，他們像兩個花樣年華的年輕人在初生的世界裡嬉戲。海倫一度迅速跑向前，絆到喬治，喬治摔倒了。他扭動身子，高聲叫喊。他笑得渾身發抖，吵吵嚷嚷地下山去。海倫從後面追他。她在黑暗中佇足了片刻。她的心中到底生出哪些成年女子的想法，我們無從得知，但是一來到山腳下，她就走到那個少年跟前，挽起他的手臂，莊重而沉默地走在他身側。出於某種說不清也道不明的原因，他們兩人都從一起度過的那個寧靜之夜中得到了所需要的東西。不論是男人還是男孩，女人還是女孩，他們都在這一刻抓住了讓現代世界中的男男女女能夠過著成熟人生的東西。

離開

DEPARTURE

年輕的喬治・韋勒德凌晨四點鐘就起床了。時值四月，樹上的嫩葉剛剛冒出芽來。懷恩石堡住宅區街道兩旁都是楓樹，楓葉的果實是有翅膀的。風一吹，它們就瘋狂地打轉，空氣中到處都是，掉在腳下鋪成了毯。

喬治拎著一只棕色皮包，下樓來到旅館的辦公室。他的行李箱都已經收拾好了，準備要走了。從兩點鐘起他就一直醒著，睡不著覺，他想著即將踏上的旅程，不知道在旅程盡頭等著他的會是什麼。睡在旅館辦公室裡的那個男童躺在門邊的一張小床上。他張著嘴，鼾聲大如雷。喬治躡手躡腳地走過小床，出門來到寂靜無人的主街上。

東方被曙光染成一片粉，一道道長長的曙光爬上天空，天空中還有幾顆星子在閃爍。

懷恩石堡的川尼恩大道盡頭最後一棟房子再過去，是一大片開闊的田野。這些田地的主人都是住在鎮上的農民，到了傍晚，他們就駕著吱嘎作響的輕型馬車沿著川尼恩大道回家。田裡種的是漿果與莓果。炎熱的夏季裡，下午的後半晌道路和田野上煙塵滾滾，這一大片平坦的盆地上籠罩著一層煙霧。放眼看過去就像在眺望大海一樣。春來，大地一片青蔥翠綠，影響所及的效果就有些不一樣了。大地變成一張廣闊的綠色撞球桌，渺小如昆蟲的人類在其上往來勞作。

整個童年時期和青少年時代，喬治・韋勒德一直習慣在川尼恩大道上散步。他曾經在被白雪覆蓋的冬夜之時，置身這片遼闊的大地上，只有月亮在天上俯視他；也曾在秋風瑟瑟吹起的時候、在夏日傍晚蟲鳴陣陣的時間，來到這裡。在這個四月的清晨，他想要再過去那裡，在萬籟俱寂中再走上一遍。他真的走到了距離小鎮兩英里遠，大路沉降被小溪浸沒之處，然後轉身默默走回去。他回到緬因大街時，商家的店員正在清掃店鋪前面的人行道。他們問：「喂，喬治啊。要走了是什麼感覺啊？」

西行的火車於早上七點四十五分離開懷恩石堡。列車掌是湯姆．利透。他跑的這班火車從克里夫蘭出發，開過去與一條主幹線相接，這條主幹線的終點是芝加哥和紐約。湯姆跑的這條線在鐵路圈裡號稱是「輕鬆跑」，每天晚上他都會回到家人身邊。春秋兩季，每逢週日他就會去到伊利湖邊釣魚。他有一張圓潤的紅臉，還有一雙藍色的小眼睛。他對那條鐵路沿線城鎮居民的了解之深，勝過城市裡的人對住在同棟公寓住戶的了解。

七點鐘，喬治從新韋勒德之家走下小斜坡。湯姆．韋勒德拿著喬治的旅行袋。做兒子的已經長得比他父親還高了。

在火車站的月臺上，每個人都和這個年輕人握了手。有十幾個人等在那裡。然後他們便聊起了各自的事。就連威爾．韓德森，這個經常睡到九點才起床的懶人也已經起床了。喬治覺得尷尬。葛楚．威爾摩是一個五十歲的高瘦女人，她在懷恩石堡郵局工作，她沿著車站月臺走過來。她以前從來不曾留意過喬治。這時候她停下腳步，伸出手來。三言兩語她就道出所有人的感受。「祝你好運！」她說得言簡意賅，然後轉身繼續走她的路。

火車進站的時候，喬治感到如釋重負。他急急忙忙跑上火車。海倫・懷特沿著緬因大街跑來，希望與他講幾句話道別，但是他已經找到座位，沒有看到她。火車開動了，湯姆・利透在喬治的車票上打了洞，剪過票他咧開嘴笑了笑。雖然他對喬治認識頗深，知道他剛踏上探險的旅程，卻沒有表示任何意見。湯姆見過數不清的喬治・韋勒德離開他們的家鄉到城市裡去。對他來說這是再平常不過的事。在吸菸車廂裡，有個男人剛開口邀請湯姆去桑達斯基灣釣魚。他打算接受邀請再談談細節。

喬治前前後後掃視車廂，確定沒有人在看他，才拿出他的皮夾，數了數他手上的錢。他滿腦子只想著不要表現出一副青澀的樣子。父親對他說的最後幾句話幾乎都和他去到城市之後的行為有關。「機靈點，」湯姆・韋勒德說：「看緊你的錢。保持警醒。這是你需要的。不要讓別人以為你是個乳臭未乾的小子。」

喬治數過錢後看向窗外，驚訝地發現火車還在懷恩石堡。

這個年輕人要離開他的家鄉去接受人生的驚險考驗，他開始思考，不過他想的不是什麼大事或戲劇性的事。諸如母親的死、離開懷恩石堡、在城市生活的前程未卜，這類正經和更大方向的人生大事都沒有進入他的腦海裡。

他想到的都是些小事：早上推著木板穿過鎮上那條主街的土客・史莫雷特；曾經在他父親旅館裡過夜，一個身材高䠷、穿著打扮入時的女人；夏日的傍晚，匆匆穿過街道，手裡還拿著火把的懷恩石堡點燈人布奇・惠勒；站在懷恩石堡郵局的窗口，往信封上貼郵票的海倫・懷特。

年輕人對夢想漸漸生出熱情，他的思緒飄走了。閉上眼睛，往後靠坐在座位上，他的腦子裡滿滿都是一些小事的回憶。他就保持這副樣子久久，當他清醒過來，再次朝車窗外一看，懷恩石堡小鎮已經不見了，他在那裡的生活已經成了他發揮成人夢想的背景。

書信

LETTERS

致沃爾多・弗蘭克*

一九一六年十一月十四日，芝加哥
沃爾多・弗蘭克
紐約《七藝》雜誌

弗蘭克先生您好：

前兩天我寄了一小件東西給您，相信您會喜歡。這裡有個提議。

去年，我對家鄉俄亥俄州克萊德市的鄉人做了一番研究。書中，我稱這個小鎮為俄亥俄州懷恩石堡。其中有幾篇你可能會覺得相當不成熟，有股悲傷的調性貫穿其中。有一、兩篇非常認真在處理人生中的醜陋。無論如何，我在寫作的過程中付出了很大的努力，也相信整體來說已有長足的進步，更加符合您發表在《七藝》上面那篇文章所要求的。

這裡面有幾篇故事已經被採用了。《大眾》（*Masses*）登過了這個系列裡面的〈手〉一文。有兩、三篇刊登在此間一本名為《小評論》（*Little Review*）的小

* 選自《舍伍德・安德森書信集》（*Letters of Sherwood Anderson*, ed. Howard Mumford Jones and Walter B. Rideout, Boston: Little, Brown, 1953, P4-5）沃爾多・弗蘭克（Waldo Frank, 1889-1967）是《七藝》（*Seven Arts*）雜誌的編輯，該雜誌創刊號上曾經登過他針對安德森所著小說《溫弟・麥克斐森之子》（*Windy McPherson's Son*）寫的一篇書評（"*Emerging Greatness*",p. 73-78）。

雜誌上。貴刊將登在十二月號雜誌上那篇〈怪人〉也是其中一篇故事。*

我心裡突然有這麼一個想法。這些試作共計有或說預計會有十七篇，有十五篇已經寫好了。如果您有時間，也有意願，我可以將這部分寄給您過目。

我個人的想法是這樣的，這些故事集結成書出版後，可以作為現今美國青年所處的真實環境參考。

敬祝順心

致沃爾多・弗蘭克†

一九一六年十二月十四日，芝加哥

沃爾多・弗蘭克
紐約《七藝》雜誌

弗蘭克先生你好：

很高興你喜歡〈母親〉這個短篇，並且將會刊登出來。該死的，我希望你能夠喜歡以諾・羅賓森的故事，喜歡進去到他房間的那個女人，她大得房間都塞

---

* 〈手〉最先發表於第八期的《大眾》（March 1916, p.5,7）雜誌上。《小評論》則登了三篇：〈哲人〉（June-July 1916, p.7-9）；〈有想法的人〉（June 1918, p.22-28）；〈一場覺醒〉（December 1918, p.13-21）。〈怪人〉則刊於《七藝》雜誌創刊號（December 1916, p.97-108）。

† 選自《舍伍德・安德森書信集》，（*Letters of Sherwood Anderson*, p5）。

不下。*

有一個短篇注定了不論是哪一個評論者都不喜歡。我還記得我念給佛洛伊德・戴爾（Floyd Dell）†聽，他氣得跳腳。「這篇真是他媽的爛，」佛洛伊德說：「沒寫出什麼新意來。」

「有寫出新意來的，只不過你不在狀況內。」我是這樣回答佛洛伊德的，而我覺得自己是對的。

我為什麼要設法說服你喜歡這個短篇呢？嗯，我希望它能登在《七藝》雜誌上。一個短篇寫得好，作家是知道的，而這個短篇就是寫得好。

哪一天我過去紐約的時候，會帶著這個短篇過去，我會讓你看出它的好。

同時，收到〈母親〉一文的稿酬支票了，謝謝。還有一個短篇我也寫得很好，寫的是這個女人之死。

敬祝順心

致亞瑟・H・史密斯‡

一九三二年六月六日，馬里恩市

亞瑟・H・史密斯你好：

我收到你的信與隨信附的一本小書《俄亥俄州懷恩石堡正史》。這可真有趣。

* 〈母親〉曾登在《七藝》雜誌第一期（March 1917, p.452-461）：以諾・羅賓森的故事〈寂寞〉在所有故事集結成書出版之前從未刊登過。

† 小說家，一九一四～一九一七年間任《大眾》雜誌副主編。

‡ 選自《舍伍德・安德森：一百週年紀念研究文集》（*Sherwood Anderson: Centennial Studies*, ed. Hilbert H. Campbell and Charles E. Modlin, Troy, NY: Whitson Publishing Company, 1976, P47-48）。亞瑟・史密斯（Arthur H. Smith, 1845-1932）是美國公理會的牧師，著有《俄亥俄州霍姆斯縣懷恩石堡正史》（*An Authentic History of Winesburg*, Holmes County, Ohio, 1930）一書。

我三番兩次表示過，而且還盡量公開地表示，我不知道俄亥俄州真有懷恩石堡這麼一個地方，直到我的書出版至少一年後才知曉。

我肯定很蠢。說得明白些，當時我還查過一張俄亥俄州城鎮地名清單來著，不過我找來的清單肯定只列出鐵路沿線的城鎮。列出這麼一張清單，可以想見他們是多麼傲慢。

這位先生，我相信你或是你書上所謂真正的懷恩石堡居民，不必對我想像出來的「懷恩石堡」居民端出傲慢的態度，當然，我肯定也不會為他們道歉。誠然，他們的人生都不是很成功。他們並沒有成為銀行業者或股票經紀人，成立任何大型的現代企業，或是晉升為大公司的管理階層，他們在自己居住的小村裡始終默默無聞，卻是淳樸、善良的人。生活對他們造成傷害，扭曲了他們。欲望找上他們。整體而言，他們還是可愛的，善良的。如果我說我希望真正貨真價實懷恩石堡出身的人，本質上能像他們一樣正派，擁有自己的內在價值，你們不要覺得惱。

身為傳教士，最起碼你應該明白我的意思。

你在你的書中提到我寫「懷恩石堡」這本書是「戲謔諷刺之作」。我原諒你用了這個詞，並將之歸因於你不懂文學用語。毫無疑問，這本書絕對不是戲謔諷刺之作，而是作者努力以同情與理解去處理美國中西部小鎮上淳樸老百姓的人生。許多評論者甚至說，其中不乏溫柔。這本書的命運極為有趣。最初出版的時候，幾乎是受到各方的普遍譴責，一般的美國人是這麼看的，我敢說大部分真正的懷恩石堡人第一次讀到這本書也會這樣看。說它是敗壞道德的、醜陋的，甚至經常用到「汙穢」這個詞。

但是過幾年後，這一類的譴責聲就消失了。我甚至還敢說，讀者開始喜歡起這本書。自此這本書幾乎可以說被翻譯成歐洲各國語言。在俄羅斯，這本書是由政府印刷與發行；在美國國內，則出版過各種不同的版本，有成千上萬的人買去讀過，而我相信他們都是抱著同情與理解去閱讀的。

再回到書中的人物，我筆下的懷恩石堡人，我個人是很樂意與他們相處一輩子的。我寫這些人並不是為了取笑他們，或是嘲諷他們，醜化他們，而是透過這些淳樸的普通人，特別是沒什麼成就的人，他們身上所發生之事為例，顯示生活為我們這個時代的美國人帶來了什麼影響，以及大體而言，我們是多麼地正派與真實。

亞瑟・史密斯牧師，我讀過了您針對所謂真正的懷恩石堡寫的書，享受到閱讀的樂趣，但是如果您還要再次付印，書中提到我想像出來的「俄亥俄州懷恩石堡」時，拜託您刪除「戲謔諷刺之作」這樣的字眼。這些字眼嚴重失真。

如果在真正的懷恩石堡真有那麼一份地方週報，請你將這封信轉寄給該報刊登，我會很高興。

同時，請向真正的懷恩石堡人轉達我的問候之意，我相信他們都是虔誠、善良的好人。無庸置疑，絕對都是。

舍伍德・安德森謹上

致喬治・傅萊泰格*

一九三八年八月二十七日，維吉尼亞州楚岱爾鎮

喬治・傅萊泰格你好：

有時候我覺得自己應該寫一本書給別的作家、年輕的作家看。這並不是因為我有所成就，而是因為我所經歷過的，我的特殊經歷。

我們之中的大多數人，很難意識到商業掛帥是多麼全面且徹底地滲透到藝術的領域。打個比方，你怎麼知道出版商或雜誌編輯對作品的意見，怎樣才算一個

* 選自《舍伍德・安德森書信集》，（*Letters of Sherwood Anderson*, p403-407）。

短篇或不算一個短篇，其實毫無意義呢？再比方說，我寫的短篇小說裡面有幾則，如今已經成了美國文學的經典之作，被高中和大學院校拿去給學生當教材，當作如何說好故事的範本，但是當初剛寫出來、提交編輯過目時，拿給所謂傑出的美國文學評論者看，可是被視為完全稱不上故事。

確實，它們不是包得漂漂亮亮的，採用歐．亨利*寫作手法包裝，可以被歸類為歐．亨利派的。寫這些小說的人很顯然是不知道答案的。它們只是將所發生的事，作者觀察到與感受到的，簡單寫出來。故事裡面沒有牛仔，也沒有膽大妄為的遊獵者。故事裡的人也沒有在熱死人的沙漠裡迷路，或是去尋找北極。在我的故事裡，我就待在家裡，置身於鄉人之間，無論走到哪裡，他們就是我在街頭遇到的人。我想我一定很早就意識到，這就是我周遭的環境，換句話說，一般美國人的日常生活。我身邊一般人的看法，認為愛永無止境，成功意味著快樂幸福，對我來說根本不真實。

事情一直在發生。我的眼睛開始去看，我的耳朵開始去聽。當時美國大多數的故事寫的都與富人和富裕階層有關。我是會講故事，卻還不是一個短篇小說作家。我出身貧困，老一輩的人總是對我重複這句老話：「錢拿來。有錢能使鬼推磨。」

我做過一陣子的工人。由於我對小跑與順邊跑的賽馬情有獨鍾，我在賽馬場做過事。我當過兵，做過生意。

我認識（往往認識相當深）在賽馬場附近偷竊的黑人、小賭徒、職業騎師、一般的勞動工人與勞動婦女。其中有一名危險的暴力男子，據說是個殺手。有一天晚上，他走過來對我說話，突然變得溫柔起來。我被迫意識到，在形形色色的人身上有各式各樣的感情。一個外表看似莊稼漢的年輕小伙子，會突然在月光下狂奔起來。有一次我在一個林子裡散步，聽到一個男人的哭泣聲。我便停下來，

* 編註：歐・亨利（O. Henry, 1862-1910）是一位多產作家，其寫作手法誇張而幽默，風格奇巧。安德森曾在《講故事人的故事》（*A Story Teller's Story, New York: Huebsch, 1924*）中提到過他對這些故事的厭惡。

看了看，聽了聽。有一個農夫，由於運氣不好，天候又不佳，再加上管理不善，失去了農場。他去城裡的工廠做工，休息的那一天，又偷偷跑回去他熱愛的田地裡去。他跪在低矮的籬柵旁，望著從孩提時代就開始下田耕作的那片地。當時我和他受雇於同一家工廠，在工廠裡他是一個沉默寡言、面帶微笑的人，表面上看似很認命。

我開始收集這些浮光掠影。有一種東西叫幸福，人們都在努力想要得到它。從來沒有人得到過幸福。人生的一切都是驚人的偶然。愛，溫柔和絕望的時刻，降臨在窮人和悲慘的人身上，也降臨在富人和成功的人身上。

我開始覺得，所有的人最想要的其實就是愛與理解。我們作家，我們這些講故事的人，將生活包裝成一個個整齊劃一的小包裹，不過是背叛生活。我開始覺得，我自己最想要的，並不是所謂的成功、讚譽，不是受出版商和編輯誇獎，而是設法開發自己的能力，將我的觸覺、視覺、味覺、嗅覺、聽覺，發揮到極致。我想要，就像每個人都想要的那樣，成為一個自由的人，為自己身而為人感到自豪，對地球、人類、街道、房屋、村鎮、城市的了解越來越深。我想吸納這一切，消化我能消化的一切。

我無法拿出答案來，所以，當我的短篇小說開始出現時，最初只是刊登在一些曲高和寡的小雜誌上，有很長一段時間，我幾乎是受到評論者的一致譴責。我的故事似乎沒有明確的結局。它們都沒有做結論，沒有提供答案，所以我被說是含糊其辭，「摸索」是他們最喜歡用的詞。看來我無法得出一套公式，來套公式。我無法聰明地處理人生。

*

就這樣，我寫了懷恩石堡的故事。早先出版過我兩本小說的出版商退我的稿，不過最終我還是找到了出版商。這些故事被稱為不潔、骯髒、汙穢，但它們確實逐漸進入美國人的意識，不久，先前譴責過它們的評論家開始問我為什麼不多寫些懷恩石堡這類的故事。

我向你保證，我告訴你這一切，並不是出於怨恨。我過去的人生過得很好，充實且豐富。我現在的生活也過得很好，充實且豐富。我講這件事只是為了向你這個年輕的作者指出來，從你寫給我的信中，我感覺得到你對人生滿懷柔情，我講這件事只為明明白白指出你所面對的會是什麼。我寫完並出版《小城畸人》之後長達十年甚至十五年裡，迫於無奈必須在寫作領域之外謀生。你甚至無法在那些稿酬極優、極受歡迎的重要雜誌上看到我寫的短篇小說。

我並不怪出版商，也不怪編輯。有一次，我在一家大型雜誌的編輯室裡，他們邀請我過去參加一場編輯會議。

他們有沒有可能開始刊登我的故事呢？

我建議不要。「如果我是你，我會讓舍伍德．安德森一個人清靜。」

我曾經在一家大型廣告公司做過很久的事，我撰寫的是大型雜誌賴以為生的那種廣告。

但是我對廣告並不抱任何幻想，也不可能抱任何幻想。我撰寫廣告文案的時間有夠久了。和我一起工作的人，那些商人，他們之中有許多人做得很成功，甚至很有錢，但是他們就像我以前認識的那些工人、賭徒、士兵、賽馬場上的扒手一樣。通常在幾杯酒下肚後，他們會放鬆警惕，對我講起同樣的故事，同樣是糾結、受挫的人生。

我如何為這樣的生活增添光采呢？我做不到。

*

我寫這些只是為了讓你做好準備。在一個商業當道的世界裡，我們憑什麼指望商人不先從商業的角度思考呢？

請記住，書籍、雜誌、報紙的出版商先是商人。他們不得不如此。

如果他們不買你的帳，對你寫的故事不感興趣，別怪他們。別不切實際。世界上沒有一把萬能金鑰可以開啟所有的門。只有盡可能豐富你的生活，享受其中的樂趣，不斷地去多感受一些，多吸收一些，如果你天生就會講故事，你會意識到，裝模作樣編出來的，試圖提供讀者他們以為自己想要的東西，你有可能讓自己變遲鈍，最終就是毀掉自己的人生道路。

當然，對你來說，還得面對謀生的問題。很遺憾地告訴你，關於這個問題的解決方法，不論是關乎你或別的年輕作家，都不干我的事。唉，那是你自己的問題。我只對你能為我們共同從事的這一行技藝做出什麼貢獻感興趣。

我們何不就稱它為藝術呢？就是藝術沒錯。

你聽說過哪個藝術家的人生道路是一帆風順的嗎？

附錄二

回憶錄

MEMOIRS

舍伍德・安德森

《小城畸人》的創作*

我寫下《小城畸人》裡面的故事時，住在芝加哥出租公寓一間廉價的雅房裡。我敢打包票，書中所有的故事都是來自童年時期住在小鎮上的一些記憶或印象，不過這

* 選自《舍伍德・安德森回憶錄》（*Sherwood Anderson's Memoirs*, ed. Ray Lewis White, Chaper Hill: U of North Carolina P, 1969, p346-350.）。

樣的小鎮我住過好幾個，所以我的腦子裡並沒有一個特定的小鎮。

我租了間雅房住的那棟房子位於芝加哥北區，裡面住著一群對我來說很陌生的人。他們要不是活躍於藝術領域，就是渴望在某些藝術領域占有一席之地。他們之中有年輕的音樂家、年輕的作家、畫家、演員，我覺得他們都令人感到愉快。

他們總是來我的房間，我和他們談過很多次話。他們大多是我後來所認定的「文藝小青年」。他們身上有一種細緻脆弱。在我看來，他們之中大多數人都活在屬於自己的封閉小世界裡。我在他們身上幾乎感受不到什麼欲望，對我來說這是一種很奇怪的體驗，我走出我所生活的世界，走進那棟屋子，感覺到他們的人生與我所知道的其他人的活法大相逕庭。

傍晚我從廣告公司的辦公室出來，來到他們身邊。幾年前，我還是個工人。那時候的我，身上充滿各種奇怪的欲望。

先前，我坐在旅館房間裡和別人玩撲克牌。

我曾經和鎮上的一個女人在一起。

我對人生感到心灰意冷，藉酒澆愁。

那棟房子看起來是那麼地奇怪，讓我感到有些新鮮。我在臨近傍晚時分進屋，有一個年輕的女子在樓梯上哭泣。她進到屋裡來，身上穿著男裝，由於她的胸部相當大，男裝讓她看起來有些可笑。

可能是我和那個人聊了起來，然後她就跟著我進了我的房間。她向我解釋，說她愛上了這棟屋裡的另一個年輕女子，還說那個年輕女子並不愛她。

我身邊存在一些有點奇怪的關係，而我從自己熟悉的那種生活中走出來，這一切對我來說都是新鮮的。那棟屋子裡是否真的存在所謂的「變態」，我不曉得。對此我存疑。

我身邊的人都專注於詩歌、音樂與表演藝術。他們以一種我從未見過、極為嚴肅認真的態度對待所有的藝術。在我看來，他們彼此之間相待總是出奇地溫柔，最重要的是，他們都無比認真。

我住在那棟房子裡的時候，已經寫了三本書且出版過兩本書。*我很肯定，直到那時，我的作品都大幅受到別人的作品影響。批評家們懷疑我受到這個或那個前輩作家的啟發，然而他們從來沒有選對人。他們總是指責我模仿某個作家，我卻從未讀過那個人的作品。

我就住在那棟房子裡，那時候是冬天。我突然開始寫起短篇小說。這些故事都是在幾個月之內寫成的，一篇接著一篇，對我來說那是一段快樂的時光，文思如泉湧，幾乎不需要修改。我有了一個想法，而且確信這個想法是出自周遭的人對我所生出的某種美好情感。這些相當奇怪的小人物（我免不了會這樣想）是如此溫柔，如此善良，如此專注於藝術，似乎總是對我頗為尊重，這對我來說無疑是很新鮮的。

可能是我和商人、廣告人、勞動者在一起的時間太長了，這些人覺得從事藝術工作的人多多少少缺乏男子氣概。而這些新認識的人——這有點難以解釋——他們突顯出了我身上，我應該這麼說嗎？我的男性特質。至少他們給我一種新的信心。

我的想法是把他們，按他們本來的樣子，就如我感受到的那樣，從城市的出租屋轉移到一個想像中的小鎮，可以說，這個小鎮的具體特點是從我所生活過的幾個這樣的小鎮拼湊出來的。

那棟房子裡住著一個年輕人，他是演員。他渴望成為一名演員，也許他其實是在一家店裡當店員。我感覺到他的內心世界，試著將他放到另一個角色身上。

另一個可能是住在小鎮一家藥房樓上某個怪人孤獨的身影。

你看，我改變了這個年輕店員生活中每一個客觀事實。我是否捕捉到他了呢？

正如我所講的那樣，這些故事是一篇接一篇連續不斷寫出來的，我在我進去的屋裡，玩了一個遊戲。我把他們都叫到一個房間裡，大聲朗讀我寫的故事。

我問：「會是你們其中一人嗎？」

他們東張西望，從這個到那個。他們笑了。文字總是叫人讚嘆。

「是的。是艾弗雷，還是克萊拉，或是詹姆斯來著？」他們一次也沒有說錯過。

＊編註：此處安德森搞混了時間順序。他住在該處時，還沒有出版過任何作品。

這些故事就以一種相當奇怪的方式出現了。對這些故事，我有一種新的感覺。就好像我與故事寫作幾乎沒有什麼、甚至根本沒有關係。就好像那棟屋子裡的人，他們想要的這麼多，他們之中沒有一個人真正具備與生活抗爭的能力，卻以這種奇怪的方式把我當作工具。我覺得，他們透過我講出自己的故事，不是以他們自己的方式，而是一種更真實、更叫人滿意的方式，透過書中這些奇怪小鎮居民的生活講出來。

於是，這本書就這樣誕生了。它在書海中占有一席之地。我不知道我與它有多大的關係。這本書被輾轉兜售了很長一段時間，從這家出版社到那家出版社，其中有幾個短篇刊登在當時的一些文藝小雜誌上，最終書出版了，但是沒有一個評論家對它有好評。

對我們來說，那段日子真的很可怕。這本書上市後的幾個星期裡，只要是提到這本書的人，普遍都認為這是一本有影響力的書，但幾乎是對它同聲譴責，幾週下來我收到的信多到幾乎氾濫成災。

哎呀，我並不是說沒有人承認這本書的品質。范・威克・布魯克斯先生*等少數幾個人確實是認可這本書。他們寫信給我，但是並沒有公開站出來為我辯護。

源源不絕一直寄來的是其他的信，大部分是女性寫的。罵我什麼難聽的話都有。他們唾棄我、怒斥我，用最骯髒的字眼，我特別記得其中一封信，是一個故友的妻子寫來的。她說有一次晚餐她就坐在我的座位旁邊。「我不相信，自己曾經離你那麼近，以後我還能覺得乾淨嗎？」她寫道。

事情就這樣發展下去。同一本書現在被大專學校用作教科書，過去在新英格蘭小鎮上被拿去在廣場上燒毀，佛洛伊德．戴爾與亨利．孟肯†這兩位評論家還曾經出言譴責過，雖然不是公開性質的譴責，也不像這些人是以道德為由，而是，套句他們所說的，「這些短篇小說不算是短篇小說」，現在想起來還真是奇怪啊。

我想到後來，很多年後，這兩個人或多或少都稱自己是識得這些故事的伯樂。我

---

* 編註：范．威克．布魯克斯（Van Wyck Brooks, 1886-1963）：評論家、文學史家暨傳記作家，一九一七～一九一八年間，擔任《七藝》雜誌的副主編。

† 編註：亨利．孟肯（H. L. Mencken, 1880-1956）一九一四～一九二三年間於《新潮派》（*Smart Set*）任編輯。

認為他們提出這個說法的時候，都已經信以為真了。我認為現在大眾普遍承認這本小書起到一些重要的作用。它打破了歐·亨利的束縛，莫泊桑*的束縛。它促使美國的短篇小說與生活之間產生新的關係。我自己認為，《小城畸人》背後真正的父親，你高興的話也可以說是母親，是曾經和我一起住在芝加哥出租公寓裡的那些人，那些混得並不成功的文藝小青年。

* 編註：居伊·德·莫泊桑（Guy de Maupassant, 1850-1893），法國作家，亦以巧妙的故事情節著稱。

附錄三

書評

REVIEWS

麥斯威爾·安德森

一個鄉村小鎮*

論起挑戰短小精悍的短篇小說形式，裡面有比例設計得好好的輕哲學、警句式對話和危險的性，美國文學裡沒有比《小城畸人》做得更好的了。我們在這個領域拿得

* 摘自《新共和》第十九期（*The New Republic*, June 1919, p257,260）。

出手的很少，所以可能很容易高估它的優秀。在契訶夫*的短文中，簡潔就是一種藝術成就。對舍伍德．安德森來說，簡潔既是一種藝術，也是一種局限。但這本書完全在他的能力範圍內，他把自己多年來的觀察，經過沉思後「零零碎碎的想法」融入其中。這是出自一位耐心且充滿愛心的巧匠；這是一種新調，不會被輕易遺忘。

威廉．里昂．菲爾普斯

摘自《紐約時報書評》†

可以想像，（《小城畸人》）這些故事可能是在新心理學出現之前寫的，如果是這樣的話，它們就無法被理解。這些角色都受非外部動機所驅使，他們的行為給人一種驚奇的效果，就像一個有頭和肩膀的上半身突然從空房裡的隱藏式活動門蹦出來一樣。但是，安德森先生的論述讓讀者對這些突如其來、微不足道、半是瘋狂的行為舉止感到很自然，就像醫生看到排泄物一樣自然，兩者都是分泌物累積下來的結果。佛洛伊德和榮格告訴我們，一旦壓力減弱或是繃得太緊時，希望和想法會如何偽裝。在安德森先生筆下的俄亥俄州懷恩石堡鎮，上演著一場場小型悲劇和喜劇，它們都有科學啟示的支持。

威廉・福克納

摘自《達拉斯晨報》‡

這個書名取得多麼簡單明瞭！故事的寫法也很簡單：文短，故事一講完就停下。他的經驗不足，心急，不願意浪費時間或紙張，造就了天才的一個特質。一般來說，作家的頭幾本書表現出來的如果不是很乏味，就是虛張聲勢。但是，《小城畸人》卻

---

* 編註：安東・契訶夫（*Anton Chekhov* ,1860-1904），俄羅斯短篇小說家暨劇作家。

† *The New York Times*, June 29, 1919, p353.

‡ *Dallas Morning News*, April 26, 1925, Part 3, p7.

沒有這兩個缺點。安德森先生對他筆下的喬治・韋勒德、渥石・威廉斯與銀行業者懷特家的女兒，帶著試探與克制，他彷彿在想：「我是誰，我有什麼資格窺探這些人的靈魂？他們和我一樣，出生在這片土地上，承受著同樣的傷痛。」這是唯一能看出作者個性之處，但是這本書如果寫成一部長篇小說，就會變成多愁善感、無病呻吟。幸而他再次受到眾神的眷顧。這些人顯得活靈活現，如此之美。這裡面有組織棒球隊的人、有一雙手「會說話」的男人、中年的伊麗莎白・韋勒德和上了年紀的醫生，他們之間的愛可能令紅衣主教皮埃特羅・本博*都為之嚮往。有一個希臘詞彙可以用來形容像他們這樣的愛情，然而安德森先生可能從未聽說過。在這一切的背後是肥沃的土地和豐饒的玉米，春來一片綠油油，夏日炎炎而漫漫，冬日嚴寒冷峻，這些不僅沒有傷害到它，反而讓它變得更強壯。

* 編註：皮埃特羅・本博（Pietro Bembo, 1470-1547）是羅馬天主教會的樞機主教，也是具影響力的古典學者。

年表

舍伍德．安德森

CHRONOLOGY

一八七六　九月十三日生於美國俄亥俄州康登（Camden）；歐文．M．安德森（Irwin M. Anderson）與艾瑪．史密斯．安德森（Emma Smith Anderson）夫婦育有七個孩子，舍伍德排行老三。

一八八四　全家搬到俄亥俄州的克萊德（Clyde）。

一八九五　母親去世。

一八九六　搬到芝加哥，從事體力勞動工作。

一八九八—九九　美西戰爭期間在美國陸軍服役，戰後駐紮古巴。

一八九九　夏天在克萊德附近從事打穀工作；秋天前往俄亥俄州春田市（Springfield）的威登堡學院（Wittenberg Academy）就讀先修班課程。

一九〇〇　完成學業，搬到芝加哥，進廣告公司寫文案。

一九〇二　開始撰寫系列文章，發表在《農業廣告》（*Agricultural Advertising*）上，時間長達三年。

一九〇四　與柯妮莉亞·萊恩（Cornelia Lane）結婚。

一九〇六　遷居克里夫蘭（Cleveland），主管郵購業務。

一九〇七　搬到俄亥俄州伊利里亞（Elyria），當上塗料郵購公司主管；長子出生，取名羅伯特·萊恩·安德森（Robert Lane Anderson）。

一九〇八　次子出生，取名約翰·舍伍德·安德森（John Sherwood Anderson）。

一九一一　女兒出生，取名瑪麗恩·安德森（Marion Anderson）。

一九一二　正式下決心以寫作為業；十一月二十八日突然無預警去職，三天後出現在克里夫蘭，精神狀態錯亂。

一九一三　二月回到芝加哥，重操舊業，撰寫廣告文案。

一九一四　七月發表第一個短篇故事〈兔籠〉（*The Rabbit-Pen*）。

一九一五　秋天開始寫作《小城畸人》（*Winesburg*）系列短篇小說。

一九一六　開始於期刊上發表《小城畸人》系列短篇小說；與柯妮莉亞·萊恩·安德森離婚；與田納西·米契爾（Tennessee Mitchell）結婚；出版長篇小說《溫弟·麥克斐森之子》（*Windy McPherson's Son*）。

一九一七　與詩人卡爾・桑德堡（Carl Sandburg）相見，寫信給作家西奧多・德萊塞（Theodore Dreiser）；出版長篇小說《行進的人》（*Marching Men*）。

一九一八　出版詩集《中美洲聖歌》（*Mid-American Chants*）。

一九一九　五月出版短篇小說集《小城畸人》（*Winesburg, Ohio*）。

一九二〇　在芝加哥見到厄尼斯特・海明威（Ernest Hemingway）；出版長篇小說《窮白人》（*Poor White*）。

一九二一　夏天訪問歐洲；在巴黎見到葛楚・史坦（Gertrude Stein）；出版短篇小說集《雞蛋的勝利》（*The Triumph of the Egg*）。

一九二三　出版長篇小說《許多婚姻》（*Many Marriages*）和短篇小說集《馬與人》（*Horses and Men*）。

一九二四　與田納西・米契爾・安德森離婚；與伊莉莎白・普拉爾結婚（Elizabeth Prall）。秋、冬兩季展開巡迴演講；出版回憶錄《講故事人的故事》（*A Story Teller's Story*）。

一九二五　在紐奧良與威廉・福克納（William Faulkner）相見。秋、冬兩季展開巡迴演講；出版長篇小說《暗笑》（*Dark Laughter*）。

一九二六　在特勞特代爾（Troutdale）附近買下農場；將散文和筆記集結，出版《舍伍德·安德森的筆記》（*Sherwood Anderson's Notebook*）；出版虛構自傳《柏油：中西部的童年》（*Tar: A Midwest Childhood*）。

一九二七　買下維吉尼亞州馬里恩（Marion）兩家週刊社，成為主編和發行人；出版詩集《新約》（*A New Testament*）。

一九二九　將兩份週刊轉給長子羅伯特經營；前往佛羅里達州、紐約州和華盛頓特區旅遊；將報紙專欄文章集結，出版《小城你好！》（*Hello Towns!*）。

一九三一　四處旅行，主要在南部；出版散文集《也許是女人》（*Perhaps Women*）。

一九三二　春季巡迴演講；與伊莉莎白·普拉爾·安德森離婚；八月前往荷蘭阿姆斯特丹參加國際反戰大會；出版長篇小說《慾望之外》（*Beyond Desire*）。

一九三三　梅開四度，與愛蓮娜·柯彭哈弗（Eleanor Copenhaver）結婚；出版短篇小說集《林中之死》（*Death in the Woods*）。

一九三四　春天前往賓夕法尼亞州梅迪亞（Media），幫忙籌備將《小城畸人》改成劇本，搬上刺蝟劇院舞台；出版散文集《不炫耀》（*No Swank*）。

一九三五　出版散文集《困惑的美國》（*Puzzled America*）。

一九三六　出版長篇小說《基特·布蘭登》（*Kit Brandon*）。

一九三七　八月參加在科羅拉多州博爾德市（Boulder）舉行的作家年會；出版《小城

畸人劇戲集》（*Plays: Winesburg and Others*）。

一九三九　一月和七月赴密西根州奧利韋學院（Olivet College）演講。

一九四〇　出版《故鄉》（*Home Town*）散記，附照片。

一九四一　二月二十八日展開南美洲之旅；在船上生病，三月八日因腹膜炎病逝於巴拿馬箇朗（Colón）；三月二十六日安葬於維吉尼亞州馬里恩。

故事方舟 0001

小城畸人

Winesburg, Ohio

作　　者　舍伍德・安德森 Sherwood Anderson
譯　　者　夏荷立

封面設計　Bert.design
內文設計　薛美惠
選題策劃　邱昌昊
資深主編　林雋昀
行銷經理　許文薰
總 編 輯　林淑雯

方舟文化官方網站　方舟文化讀者回函

出版者　方舟文化／遠足文化事業股份有限公司
發行　遠足文化事業股份有限公司（讀書共和國出版集團）
231 新北市新店區民權路 108-2 號 9 樓
電話：（02）2218-1417
傳真：（02）8667-1851
劃撥帳號：19504465　戶名：遠足文化事業股份有限公司
客服專線：0800-221-029　E-MAIL：service@bookrep.com.tw
網站　www.bookrep.com.tw
印製　呈靖彩藝有限公司
法律顧問　華洋法律事務所　蘇文生律師
定價　460 元
初版一刷　2024 年 06 月
ISBN　978-626-7442-33-3　書號 0AST0001

國家圖書館出版品預行編目 (CIP) 資料

小城畸人 / 舍伍德 . 安德森 (Sherwood Anderson) 著 ; 夏荷立譯 . -- 初版 . -- 新北市 : 方舟文化 , 遠足文化事業股份有限公司 , 2024.06

面；　公分 . --（故事方舟 ; 1）

譯自：Winesburg, Ohio
ISBN 978-626-7442-33-3（平裝）

875.57　　113005751